HEYNE <

HAROLD

einzlkind

Roman

Wilhelm Heyne Verlag
München

Die Originalausgabe erschien 2010
bei der Edition Tiamat, Berlin

MIX
Papier aus verantwortungsvollen Quellen
FSC® C014496
FSC
www.fsc.org

Verlagsgruppe Random House FSC® N001967
Das für dieses Buch verwendete FSC®-zertifizierte Papier
Holmen Book Cream liefert Holmen Paper, Hallstavik, Schweden.

5. Auflage
Vollständige deutsche Taschenbuchausgabe 10/2011

Printed in Germany 2013
Lektorat: Gabriele Monjau
Umschlaggestaltung: © Nele Schütz Design, München,
basierend auf dem Originalentwurf von Einzlkind
Druck und Bindung: GGP Media GmbH, Pößneck
ISBN: 978-3-453-43597-1

www.heyne.de

Für Katja

Donnerstag

1

Harold glaubte, nach Mutters Tod erbe er die Villa und erhänge sich zweimal die Woche in der Vorhalle. Weiter hat er nie gedacht. Als Mutter starb, waren kaum die Schulden zu begleichen, und hätte Onkel Derringham nicht wie ein tapferer Held all den Papierkram an sich gerissen, wer weiß, was aus Harold geworden wäre. Glücklicherweise konnte Onkel Derringham das Mietshaus in der Golborne Road auf seinen Namen überschreiben und Harold zu günstigen Konditionen in Parterre einquartieren. Mittlerweile weiß Harold die Sicherheit zu schätzen, den Rückzug und das Ewige, manches Mal sogar den Einklang mit sich selbst und auch mit dem Schild auf seiner Schürze, auf dem steht: *Ich bin Harold. Was kann ich für Sie tun?*

Viel ist es nicht, was Harold für die Menschen tun kann. Sie erwarten auch nicht viel, und an einem Tag wie heute schlägt das Wetter auf das Gemüt der Menschen, denn aus dem Himmel schlagen Blitze ein und töten Bäume. Es ist nur zu hören, zu sehen ist gar nichts. Fenster gibt es keine hier unten. Das war schon immer so und nie hätte jemand etwas anderes erwartet, wenn er das

Unterirdische aufsucht. Das Licht ist künstlich, es flutet von der Decke durch die Gänge, es reflektiert und bricht, in manchen Winkeln schimmert es nur, in anderen gleißt es übernatürlich. Den Tieren ist es egal, sie sehen das Licht nicht mehr. Dabei hat das Schwein noch seine Augen. Dunkel funkeln sie in dem rosigen Kopf, es sieht so gesund aus, und fast ließe sich denken, es würde noch leben, aber ohne Körper ist das gar nicht möglich. Den Körper gibt es in kleinen Stücken oder in Scheiben oder auch als Gehacktes. Schön soll es aussehen, frisch und in satter Farbe, nur glänzen soll es nicht, da haben die Kunden kein gutes Gefühl.

Wenn Harold mag, darf er in der Mittagspause raus. Durch den Personalausgang, die kleine Treppe hinauf und dann durch den Hinterhof, in dem die Abfälle in grauen Containern wesen und der rauchenden Belegschaft die Sucht versüßen. Wenn möglich, versucht Harold diesen Ort zu meiden, nicht der streunenden Katzen und Ratten wegen, die, wenn sie sich unbeobachtet fühlen, aus den Ecken, Winkeln und Löchern kriechen, um sich am Halbverdorbenen zu sättigen, als vielmehr des Feindes wegen, der auf den Namen Carol hört.

Aus der Käseabteilung.

Ihre Theke ist nur zehn Meter Luftlinie von Harolds entfernt, und manchmal trägt sie eine rosa Schleife im Haar, aber das ist nur Tarnung, ein Hinwegtäuschen über ihr wahres Ich, über das, was sich in Worten nicht beschreiben lässt und in der direkten Erfahrung mit Schmerz verbunden ist. Ihr Blick in Harolds Richtung sagt recht eindeutig: Massenmörder. Wahlweise hebräischer Siedler. Harold jagt sie damit Angst ein. So wie am ersten Tag, als sie ihm zur Begrüßung die Hand zerquetschte und Süßholz raspelnd sagte: »Du überlebst hier keine Woche.« Anfangs hatte Harold noch mit der gnadenlosen Vorstellung geliebäugelt, dass Carol auf dem Weg zur Arbeit von einem Laster überfahren wird. Mittlerweile weiß er, dass es sehr viel wahrscheinlicher ist, dass Carol einen Laster überfährt. Warum Carol sich so festgebissen hat, weiß Harold nicht. Vielleicht ist sie als Kind mehrfach vergewaltigt worden, von ihrem Vater oder ihrem Bruder oder von beiden. Und vielleicht sieht Harold dem Vater oder dem Bruder ähnlich. Sie hat es ihm nie gesagt.

In zehn Minuten ist der Termin bei Mr. Hopkins. Carol weiß das. Sie hat über 50 Post-its beschrieben, die an der Theke, den Schränken, der Spüle, den Beilen, Messern und Scheren kleben. *Toi, toi, toi*, *Hals- und Beinbruch*, *Die Zeit heilt alle Wunden.* In ein roséfarbenes Kuvert neben der Waage hat sie ein Foto gelegt. Eine Aufnahme, die in detailreicher Auflösung und weichen Lichtsäumen Carol zeigt, wie sie einer Taube den Hals umdreht, wenngleich nicht ganz zu erkennen ist, ob die Taube schon vorher tot war, aber wahrscheinlich eher nicht.

Harold ist nicht sicher, was Mr. Hopkins von ihm möchte, Mr. Hopkins redet im Allgemeinen nur sehr ungern mit seinen Angestellten. Das letzte Mal hat er Harold vor sieben Jahren zu einem Gespräch hochgebeten. Damals ging es um die Verunreinigungen auf der Herrentoilette, die für großes Aufregen gesorgt hatten. Jemand schrieb mit schwarzem Filz auf allen Türen »Hier verdaut das Schweinesystem«. Harold war zwar in der engeren Wahl der Denunzierten, hatte aber letztendlich bei Mr. Hopkins den Eindruck erweckt, in solch subversiven Abenteuern keine Befriedigung zu finden. Darüber hatte Harold allerdings nie nachgedacht, über Abenteuer und über Toiletten im Allgemeinen. Wenn Harold könnte, würde er es abschaffen, das Denken, er würde nur noch da sein, weder Schicksal noch Zufall und ganz gleich, ob am Ende Primeln oder Stiefmütterchen verwelken. Harold hat nie verstanden, warum so viel Wert auf goldene Griffe und eine bordeauxrote Lackierung gelegt wird, ansonsten ist die Kiste ja aus Holz.

2

»Harold, was ist der Sinn Ihres Lebens?«

Mr. Hopkins ist ein Mann von kleinem Wuchs und großem Appetit, der sein Resthaar linksscheitelnd kämmt. Hinter seinem massiven Schreibtisch aus seltenen Wäldern wirkt er immer ein wenig verloren, aber von der Belegschaft ist noch niemand auf die Idee gekommen, dies als Schwäche zu interpretieren. In seinen wässrig blauen Augen liegt Erwartung, die Brauen sind unnatürlich zueinander gezogen und wecken beim Betrachter, also Harold, Instinkte der Unterwerfung.

»Das Leben, Harold, das Leben hält viele Überraschungen parat. Oft sind es die kleinen und großen Veränderungen, die das Leben erst in die richtigen Bahnen lenkt. Manchmal versteht man nicht sogleich, welche Chancen sich daraus ergeben, dass sich Türen schließen, andere aber dafür öffnen.«

Harold versucht sich zu konzentrieren, den Worten und was sie bedeuten zu folgen. Eine Frau, vielleicht um die vierzig, und ein junges Mädchen blicken Harold von dem Sideboard hinter Mr. Hopkins' Schreibtisch aus an. Sie sind in Messing gerahmt, sie sind weder hübsch noch hässlich, sie haben sich zurechtgemacht für das Foto, sie versuchen zu lächeln, aber wahrscheinlich war es noch zu früh am Morgen oder die Milch war um.

»Gestern erst hat meine Frau zu mir gesagt, Harry Hopkins, hat sie gesagt, du musst dir endlich eine neue Frisur zulegen.«

Eine Taube nistet auf dem Fenstersims, ihr Gurren ist durch die doppeltverglasten Scheiben zu hören, sie putzt sich die Flügel, blickt für einen Moment neugierig in das Büro, doch ein dumpfes Donnergrollen lenkt ihre Konzentration wieder in die Ferne. Mr. Hopkins nestelt am Knoten seiner Krawatte, er blättert in seinen Unterlagen, er sucht etwas, er hat es gefunden, er blickt wieder auf, der Regen setzt ein und schwere Tropfen platschen gegen die Scheiben.

»Um mal auf den Punkt zu kommen, mein lieber Harold: Sie sind gestern von Kopf bis Fuß mit Rinderblut versehen wieder an Ihre Theke gegangen und wollten weiter bedienen. Ich gehe zwar davon aus, dass Sie sich nicht selbst mit einem Eimer Rinderblut überschüttet haben, doch Sie hätten in diesem Zustand unter keinen Umständen weiter bedienen dürfen. Sie hätten sich erst reinigen müssen!«

Dafür hatte Harold aber keine Zeit. Die Pause war schon vorbei. Und die Pausenzeiten dürfen nicht überzogen werden, da gibt es eindeutige Vorschriften, das ist überall nachzulesen, in der Kantine, am schwarzen Brett, im Personalbüro und in den Umkleideräumen.

»Ich habe heute den Anruf einer Mutter entgegennehmen müssen.«

Oh.

»Sie lässt eine Klageschrift vorbereiten.«

Oh.

»Ihre beiden Kinder, sieben und neun Jahre alt, haben alles mit ansehen müssen.«

Oh.

»Sie müssen in psychiatrische Behandlung.«

Oh.

»Sie war, um es höflich zu formulieren, sehr, sehr aufgebracht.«

Harold ist unsicher, ob es wohl die beiden ungefähr sieben und neun Jahre alten Kinder waren, die »Wow, Jason« schrien und ein Autogramm wollten. Da Harold nicht Jason ist und auch nicht weiß, *wer* Jason ist, hat er ihnen eine Scheibe Wurst gegeben, jedem eine. Das ist nicht nur erlaubt, das ist explizit erwünscht, das ist Firmenphilosophie.

»Harold, solche Vorfälle sind untragbar für unser Haus. Unsere Kunden zählen zur High Society und unsere Feinkostabteilung zählt zu den exquisitesten der ganzen Stadt. Wir haben einen Ruf zu verlieren, und Sie haben den Bogen zum wiederholten Male eindeutig überspannt.«

Mr. Hopkins lässt den Satz einfach so stehen. Harold weiß nicht recht, was er ihm damit sagen möchte, aber es klingt nicht unbedingt nach einer Gehaltserhöhung. Auch der Hinweis auf den Bogen, der überspannt sein soll, stellt Harold vor ein Rätsel. Zweimal war er in diesem Monat zu spät, das eine Mal ist der 23er ausgefallen, das andere Mal auch. Die vergorene Fischsuppe, die vor zwei Wochen über seine Theke ausgekippt wurde, war ein Fremdanschlag, die Täterin ist bis zum heutigen Tag unbekannt, auch wenn Harold eine ungenaue Ahnung verspürt. Auch der noch lebende Frosch, der zwischen den Hühnerschenkeln und dem argentinischen Rindergulasch umherhüpfte und dem eine unbekannte Person eine goldene Plastikkrone auf den Kopf getackert hatte, ist rein rechtlich gesehen als höhere Gewalt einzustufen.

Harold stößt leicht auf, weil ihm die anatolische Mittagsmahlzeit auf den Magen schlägt und versucht beiläufig den knoblauchhaltigen Atem hinwegzuwedeln, was ihm misslingt. Mr. Hopkins lehnt sich zurück, ohne augenscheinlich entspannt zu wirken. Das Gespräch nimmt einen Lauf, dem Harold nicht mehr folgen kann, er schielt aus dem Fenster, der Regen wird stärker und legt einen grauen Schleier über die Stadt.

»Harold? Wie lange sind Sie jetzt schon bei uns?« Mr. Hopkins blättert erneut in den Unterlagen, die auf seinem Schreibtisch für ein wenig Unordnung sorgen, seine Gesichtszüge verraten Überraschung, er blickt wieder auf: »Siebzehn Jahre.«

Siebzehn Jahre, elf Monate, drei Wochen, vier Tage und drei Stunden.

»Das ist eine lange Zeit. Haben Sie schon mal über eine Veränderung nachgedacht?«

Harold kann sich nicht erinnern.

»Harold«, Mr. Hopkins wirkt gereizt, »es *ist* Zeit für eine Veränderung.«

Oh.

Wäre Mr. Hopkins Ingrid Bergman, würde Harold jetzt wie Humphrey Bogart nach einer Zigarre fragen. Leider raucht Harold nicht. Und Mr. Hopkins zeigt keinerlei Ähnlichkeit mit Ingrid Bergman, im Moment jedenfalls. Der Regen nimmt zu, die Tropfen prasseln jetzt wütend gegen die Scheiben, als wollten sie diese einschlagen, als könnten sie nicht verstehen, dass sie ausgesperrt sind, dass man sie hier nicht haben will. Wahrscheinlich, weil sie nass machen. Mr. Hopkins interessiert sich nicht für den Regen, er tippt mit seinem rechten Zeigefinger auf den Tisch und versucht den Rhythmus zu halten, schließlich ist er in seiner Freizeit Schlagzeuger in eine Dixieland-Band, mit der er beinahe einmal in New Orleans gespielt hätte, wäre der Veranstalter nicht wegen unsittlichen Verhaltens inhaftiert worden.

»Praktisch sofort.«

Oh.

Das Telefon klingelt. Mr. Hopkins nimmt den Hörer ab.

»Ja?«

Pause.

»Nein.«

Pause.

»Ja.«

Pause.

»Nein.«

Pause.

»Nein.«

Pause.

»Nein!«

Pause.

»Ja.«

Er legt wieder auf. Er scheint nachzudenken, und es sieht nicht so aus, als gehöre das Nachdenken zu Mr. Hopkins' Lieblingsdisziplinen.

»Sie sind entlassen.«

Harold würde jetzt sehr gerne nach Hause gehen und eine Kopfschmerztablette nehmen.

»Sie sollten jetzt nach Hause gehen und eine Kopfschmerztablette nehmen.«

3

Der Bus ist wieder zu spät. Der Verkehr in London ist ein unberechenbares Monstrum, er kümmert sich nicht um persönliche Schicksale, auch dann nicht, wenn das persönliche Schicksal Harold heißt. Der Regen macht Überstunden, und im Schutz der Überdachung zwängen sich die Wartenden in intimer Fremdheit gegeneinander. Die Überdachung bietet Platz für zwanzig Personen. Harold ist die einundzwanzigste. Sein Regenschirm hat den letzten Böen nicht mehr standhalten können, mehrere Streben sind eingeknickt, hängen herab oder stehen senkrecht gen Himmel, splitternackt, ein Gerüst, mehr nicht. Bäche stürzen am Nacken hinab und bilden Pfützen in den Schuhen, die bei jedem Schritt schmatzende Geräusche von sich geben. Tage werden vergehen, bis sie wieder trocken sind. Die Sichtweite beträgt kaum mehr als zehn Meter, und obwohl es noch früher Nachmittag ist, haben die meisten Autos ihre Scheinwerfer schon in Betrieb, wie Raubtieraugen spähen sie nach Fluchtmöglichkeiten für ihre Insassen, die sich kleine Gassen erhupen, um wegzukommen, raus hier. Hinterrücks duftet ein Burger-Imbiss betörend Bratenfett auf die Gehwege, und Harold muss niesen. Noch bevor das Taschentuch aus der rechten Hosentasche seine Nase erreicht, ist es nass genug, um eine Badewanne zu füllen, würde man es auswringen. Arbeitslos. Das ist ja keine Sünde mehr, heutzutage, mehr ein Zeitproblem. Oder?

Der 31er stottert sich grummelnd in die Haltebucht, die Türen quietschen auf, und Harold wird von der wartenden Meute in den Bus gestolpert. Harold versucht, seine Oyster Card aus dem Portemonnaie zu ziehen, doch der Fahrer winkt nur müde ab, Schweißperlen tropfen ihm in Bächen von der Stirn und die einsteigende Meute schubst ihn weiter durch die Körperreihen. Jeder einzelne Schritt wird mit einem Murren und Zischen begleitet, niemand will seinen Platz aufgeben, erst recht nicht jene, die als Erste da waren, die ihren Platz hart erkämpft haben und den Emporkömmlingen nur Verachtung schenken. Tiefste.

An einen Sitzplatz ist nicht zu denken, es sei denn in

einer fiebrigen Wahnvorstellung, die Luft ist dick wie Butter und die Nässe stärkt den Dunst der Geschlechter. Als der Bus wieder Fahrt aufnimmt, werden die Körper umhergeschubst, und feuchter Schweiß mischt sich durch die Reihen der Haltlosen, die nunmehr auch die entfernteste Erinnerung an Freundlichkeit aus ihrem Leben löschen. »Jetzt wäre ich gerne Selbstmordattentäter«, murmelt eine junge Frau, die in einer flanellgrauen Trainingsjacke und mit einer roten Pudelmütze bekleidet neben Harold steht, aber eine Bombe hat sie gerade nicht dabei, nicht einmal ein Küchenmesser, dafür aber trägt sie einen Ring in der Nase.

Nächster Halt Pembridge Road.

Die Stimmung wird mit jeder Kurve angespannter, niemand unterhält sich, Wörter haben einfach keinen Platz in dem fahrenden Blech voller Menschen, deren Hautfarbe das Grau des Wetters angenommen hat. Das Aus- und Einsteigen wird zur Kriegserklärung, ein Minenfeld der Gefühle, ein falscher Schritt und es ist aus. Harold versucht, niemanden direkt anzublicken, die Gesichter nur kurz streifen, keine Aufmerksamkeit erregen, die kleinen Dinge wahrnehmen, sich festhalten. Vanessa liegt halbnackt auf dem Schoß eines älteren Herrn und preist ihre Vorzüge mit dem Untertitel: »Jetzt wird zurückgeschossen«. Als der ältere Herr bemerkt, dass die junge Selbstmordattentäterin ihn mit kalten Blicken durchbohrt, dreht er den *Daily Mirror* um: »16-Jähriger läuft Amok in überfüllter Schulkantine«.

Harold versucht, auf seine Schuhe zu starren, keine drei Jahre alt, braunes Wildleder, an den vorstehenden Nähten schon ein wenig mitgenommen, sonst aber sehr schön.

Nächster Halt Chepstow Road.

Im hinteren Teil schreit ein Säugling neue Zähne herbei und hat Glück, dass die Kindstötung gesetzlich verboten ist. »Warum eigentlich?«, fragt ein grüner Aufkleber neben dem Notschlaghammer. Häuserblöcke fliegen im dichten Regen vorbei, ein unscharfes Foto als Erinnerung, es bleibt nichts, nur alles in Bewegung, und immer diese Veränderungen.

Der Morgen hatte noch recht angenehm begonnen, kein Ausrutschen der Rasierklinge, der Kaffee in einem exzellenten Verhältnis zwischen Wasser und Bohnen, und der Rottweiler von Mr. Rooney lag mit einer Magenkolik danieder. Harold war ein Springbrunnen der guten Laune und beinahe hätte er sogar gelächelt.

»Haben Sie ein Problem mit Drogen?«, fragt ein gelber Aufkleber mit schwarzer Schrift und einer Telefonnummer am rechten unteren Rand. Eigentlich nicht.

Nächster Halt Westbourne Park.

Aussteigen. Aussteigen? Theoretisch ist es unmöglich, dass der Bus in den letzten zehn Minuten voller geworden ist, praktisch schon. Noch zweihundert Meter. Harold blickt nach links und rechts, er steht genau in der Mitte von zwei Türen, es gibt keinen langen oder kurzen Weg, es gibt gar keinen Weg. Noch hundert Meter. Jede weitere Station bedeutet einen zusätzlichen Fußmarsch von zehn Minuten, und was, wenn es erst an der Endstation einen Ausweg gibt? Noch fünfzig Meter. Es gibt kein Leben nach dem Tod, und wenn doch, hätte Harold gerne Flügel. Der Bus hält und die Türen gehen auf. In dem Moment setzt sich ein Mann mit dem Bauchumfang einer Waschmaschine keine zwei Meter von Harold entfernt in Bewegung und schlägt wie ein russisches Rollkommando eine Schneise in die Menge. Harold klemmt sich geistesgegenwärtig in seinen Schatten und ist überrascht, als er plötzlich auf der Straße steht und wieder atmen kann. Der Regen empfängt Harold wie einen alten Freund, voller Zuneigung und etwas unbeholfen im Überschwang der

Gefühle. Harold spannt die Reste seines Schirmes auf, in fünf Minuten ist er zuhause, und wenn er Glück hat, steht das Dach noch auf dem kleinen Gebäude an der Golborne Road. Aber sicher kann man da ja nie sein.

4

Ein Galgenknoten ist weit weniger schwer zu knüpfen, als er aussieht. Amateure begehen schon bei der Wahl des Strickes die ersten Fehler. Ein zu dünner Strick schneidet sich viel zu schnell in die Haut ein, ein zu dicker Strick sieht nicht schön aus. Harold ist Profi, und seine Strickware ist stets von bester Qualität, er kauft sie ausschließlich in McCormicks Kleinwarenladen, schottische Wertarbeit, die im Königreich ihresgleichen sucht, und das vergebens. Er hat sich nur flugs umgezogen, da Pfützen im Treppenhaus nicht gerne gesehen werden. Selbst das Thunfisch-Sandwich, das er nach Feierabend mit einem Glas Milch zu sich nimmt, hat er nur zur Hälfte gegessen, der Magen wollte nicht, der Geist noch sehr viel weniger, die Unruhe muss besänftigt werden, sie fordert ihren Lohn.

»Hallo Harold, wie geht's«, fragt Abraham Sinclair und klimmt mit seiner Gehhilfe die ersten beiden Stufen zu seinem Apartment im ersten Stock empor. Abraham Sinclair ist 84. Er ist so gut wie blind, er ist entschuldigt. Es hätte ja auch durchaus sein können, dass Harold hier oben nur eine Glühbirne austauscht, der Verbrauch im Treppenhaus ist ungewöhnlich hoch, irgendein Problem mit der Elektrik, über die Harold aber nicht sehr gut Bescheid weiß, die Elektrik ist ihm von Kindheit an ein

Mysterium. Doch plötzlich dreht sich Abraham Sinclair noch einmal um, ihm ist noch etwas eingefallen, etwas Ungewöhnliches, das er mitzuteilen gedenkt.

»Ich habe gestern zweimal masturbiert. Normalerweise masturbiere ich nur einmal im Monat, aber im Fernsehen lief eine Wiederholung von Dallas. Mit Pamela Ewing. Ich weiß nicht, wie Pamela Ewing in Wirklichkeit heißt, aber das ist auch nicht so wichtig. Wichtig ist, dass sie duscht.« Ohne eine Antwort abzuwarten, nimmt er die restlichen Stufen hinauf, und keine zehn Minuten später hört Harold, wie Abraham Sinclair seine Wohnungstür erreicht und schon mit dem zweiten Versuch den Schlüssel in das Schloss bekommt.

Harold sieht kaum noch eine Chance auf ein anspruchsvolleres Publikum, als die Haustür ein weiteres Mal aufgeht. Es ist Mrs. Cardigan aus der Zweiten. Sie war einkaufen und verzettelt sich mit ihren Besorgungen an der halb offenen Briefkastentür der Frymont-Familie. Sie blickt zu ihm hinauf und sagt: »Oh, Harold, können Sie sich nicht mal abhängen und einer alten Frau behilflich sein?«

Er würdigt sie keines Blickes. Bridge-Partnerin hin, Bridge-Partnerin her. Harold erhängt sich höchstens einmal im Monat, in der ersten Hälfte, nie dienstags, aber vor 21 Uhr. Da ist ein bisschen Feingefühl doch nicht zu viel verlangt. Oder? Ein letztes Röcheln, der Moment kurz vor der Besinnungslosigkeit, wenn der Sauerstoff keine Wege mehr findet, wenn die Sicht erst trübe wird und sich dann alles verdunkelt.

»Harold, wenn Sie mit dem Aufhängen fertig sind, sollten Sie sich schon mal frisch machen, in zwei Stunden treffen wir uns bei Emma Merrythought zum Bridge. Nicht, dass Sie wieder zu spät kommen.« Harold ist erst einmal zu spät gekommen, und das lag an den Homosexuellen, die auf der Abbey Road demonstrierten. Um was es genau ging, lässt sich ohne großen Aufwand kaum noch recherchieren. Der 21er aber musste einen Umweg durch die halbe Stadt machen, weil der Fahrer die Umleitungsschilder nicht lesen konnte. Ein Vorwurf war ihm nicht zu machen, er war ja noch ganz neu, aus Pakistan, und wahrscheinlich gibt es dort keine Umleitungsschilder. Mrs. Cardigan aber trägt Harold diese Verspätung heute noch nach, sie war es schließlich, die ihn in die Bridge-Runde eingeführt hat und es steht außer Frage, dass sie für ihn verantwortlich ist.

Die Haustürklingel schrillt.

Mrs. Cardigan, die immer noch am Eingang steht, öffnet die Tür. Es ist die Vertretung von Mr. Best, dem Postboten. Es ist eine junge Frau, Mitte zwanzig, mit einem blonden Pferdeschwanz und grünen Augen, die wie Murmeln glasig schimmern.

Sie schreit.

Sie schreit sehr laut. Und lässt die Briefe auf den Boden fallen, die eigentlich in die Kästen müssen. Dabei hat sie das letzte Röcheln gar nicht mitbekommen, Harold wiederholt es noch mal, das ist eine Selbstverständlichkeit, bei so viel Anteilnahme. Mrs. Cardigan schaut die junge Frau verwirrt an und fragt: »Was haben Sie denn?«

»Der ... Mann ... oben ... Strick ... oh Gott …«

»Das ist nur Harold.«

Was soll das heißen: Das ist nur Harold? Er wiederholt das letzte Röcheln, legt aber ein wenig Empörung in das Timbre mit hinein. Die junge Frau schreit erneut, sie hat eine wundervoll hohe Stimme, die eine Gänsehaut verursacht, weil sie ohne Umwege direkt das zentrale Nervensystem erreicht. Mrs. Cardigan ist ein wenig ungehalten, sie mag keinen Lärm, grundsätzlich nicht. Sie macht einen Schritt auf die Postbotin zu und wirft ihr den bösen

Blick entgegen. Die Postbotin macht den Fehler, die Ermahnung zu ignorieren und schreit erneut. Woraufhin Mrs. Cardigan die Nase der jungen Frau packt und zu sich hinunterzieht, sie ist höchstens 1 Meter 60.

»Mein liebes Kind, wenn in diesem Haus etwas verboten ist, dann sind es Briefträger, die, anstatt die Postsendungen in die dafür vorgesehenen Kästen zu werfen, schreien, als würde man ihnen die Fingernägel einzeln ausreißen. Ich sagte doch bereits, das ist Harold. Er übt nur! Und jetzt heben Sie die Briefe schön wieder auf und erledigen ihren Job. Ist Post für mich dabei? Cardigan, Mrs. Cardigan.«

5

Als Harold vor siebzehn Jahren in das mittelprächtige Haus auf der Golborne Road eingezogen ist, war der Fliederstrauch vor dem Küchenfenster nur ein kleiner Farbtupfer. Mittlerweile schluckt er im Frühling alle Sonnenstrahlen und streckt seine Zweige bis hoch in die erste Etage, wo Abraham Sinclair immer Dallas guckt. Es ist eine ruhige Gegend, nahezu Mittelschicht, mit einer Ausländerquote leicht über dem Durchschnitt, weshalb an heißen Tagen der süß-saure Duft von Hammelfleisch durch die Gassen und Vorgärten zieht und bei den Gebrechlichen für Atemnot sorgt. Im Sommer spielen die Nachbarskinder auf den asphaltierten Wegen Fußball oder Hooligans, und im Winter sind die Laternen manchmal den ganzen Tag an, weil sonst niemand mehr nach Hause finden würde. Lenny Ferguson gehört der schwarze Aston Martin, der Stolz des ganzen Viertels, mit einer eigenen Parkbucht vor Pauls Pharmacy, da sieht man ihn sofort, auch wegen des roten Hydranten. Was genau Lenny Ferguson macht, weiß man nicht, es muss aber etwas mit An- und Verkauf zu tun haben, da er Harold immer mit den gleichen drei Worten begrüßt: »Haschisch, Trips, Erdnussflips.«

Mrs. Cardigan hält nicht viel von Lenny Ferguson, sie sagt, er sei eine zwielichtige Gestalt, genauso wie Hicham Annani, dem das kleine Gemüse-Imperium drei Häuser weiter gehört und dessen Waage mindestens 100 Gramm falsch gehe, insbesondere bei Steinpilzen. Für Harold ist dieser Umstand jedoch wenig von Bedeutung, da er als Achtjähriger beinahe an einer Pilzvergiftung gestorben wäre und er den Vorgang des Magenauspumpens, bei aller Wertschätzung für die technische Umsetzung, mit keinerlei positiven Empfindungen verbinden kann.

Das Viertel aber gilt als relativ sicher, es sei denn, die Jugendgangs führen ihre Pitbulls aus oder der Premierminister kommt zu Besuch. So wie vor vier Jahren, als die heiße Phase des Wahlkampfs in ihren letzten Wehen lag und alles abgesperrt war, für die dunklen Limousinen und die ganzen Kamerateams, und ein Helikopter über den Dächern kreiste und Mrs. Cardigan ihr bestes Kostüm angezogen hatte und es Kebab mit Salat gab. Von überall her waren die Menschen gekommen, Stunden vorher hatten sie um die besten Plätze gekämpft, um ihre Fähnchen zu schwenken und vielleicht sogar den Premierminister berühren zu können, dieses eine Mal, die Macht zu spüren, dieses eine Mal, um in fünfzig Jahren den Enkelkindern davon erzählen zu können. Und groß war der Jubel, als der Ernstfall eintrat und der Premierminister aus seiner Limousine stieg und ein Stück des Weges zu Fuß erarbeitete, um Blumen zu empfangen, Hände zu schütteln, dem Volk ganz nahe zu sein.

Auch Mrs. Cardigan hätte ihm gerne die Hand geschüttelt, wenngleich sie ihn hinterrücks als Dorftrottel mit dem Charme einer Sardinenbüchse bezeichnete. Rouge hatte sie aufgetragen, mehr als sonst, und eine weiße Nelke in ihr graues, zu einem Dutt geschwungenes Haar gesteckt. Doch der Premierminister hielt ausgerechnet vor Bradleys Friseursalon an, wo Lenny Ferguson sich mit körperlich fragwürdigem Einsatz in die erste Reihe komplimentiert hatte und den Moment kommen sah, sein aufstrebendes Kleingewerbe der breiten Masse bekannt zu machen und neue Käuferschichten zu erschließen. Lenny Ferguson, der Anlageberater der Genussmittelindustrie, Grandmaster Flash feinster Waren aus Holland, Nepal und Afghanistan, multilingual, Gucci, Dolce und Gabbana. Eine kaufkräftige Klientel zog vor seinen kurzsichtigen Augen auf, klopfte an seine Tür, morgens, mittags, abends, ein Kommen und Gehen wie im Zoo und er, Lenny Ferguson, war die große Attraktion, der Bill Gates unter den Orang Utans. Im Nebel der rosigen Zukunft tat er seinen Werbeslogan kund, aber der Premierminister schien kein Interesse an Erdnussflips zu haben, ganz im Gegenteil, er wandte sich mit fragendem Blick an seine Berater, die wiederum die Sicherheitskräfte von der Leine ließen, die wiederum Lenny Ferguson unsanft zur Seite schubsten, woraufhin ein kleiner Tumult entstand und Lenny Ferguson, ein Kämpfer vor dem Herrn, mehrfach mit seiner Nase auf die Fingerknöchel der großen Männer in den dunklen Anzügen schlug. Die Fotografen waren schier aus dem Häuschen, und am nächsten Tag war nicht der Premierminister auf der Titelseite der *Sun* zu sehen, es war Lenny Ferguson, wie er in den Absperrgittern lag und das Blut aus seiner Nase tropfte, das linke Auge schon ein wenig angeschwollen, aber für das Foto noch das Lächeln eines Siegers zaubernd. Die Schlagzeile lautete: »Willkommen an der Heimatfront!«

Seither gibt es im Viertel keine Politikerbesuche mehr, und Harold nimmt diesen Umstand mit einer gewissen Erleichterung wahr, sind ihm doch von klein auf das Laute und die Masse stets suspekt gewesen, und daran hat sich bis zum heutigen Tag nichts geändert, ganz im Gegenteil. Der Mensch an sich ist ihm keine große Belastung, aber schon eine Gruppe von mehr als drei an der Zahl bereitet ihm ein Unbehagen, das er gar nicht näher zu definieren weiß, es ist nur so ein Gefühl, in der Magengegend, zwischen Leber und Milz vielleicht, und tränke er Alkohol, wäre er vor jeder Busfahrt und vor jedem Einkauf sturzbetrunken, aber er trinkt keinen Alkohol mehr, seit man ihn bei einer Betriebsfeier vor zwölf Jahren dazu nötigte und er infolgedessen auf dem Heimweg gegen jeden auffindbaren Laternenmast stieß, zweimal über einen Hydranten fiel und, als er dann endlich mit dreistündiger Verspätung zuhause ankam, sich so oft übergab, dass es ihm wie ein Wunder vorkam, überhaupt noch am Leben zu sein.

Dies mag vielleicht auch der Grund dafür sein, warum Harold im Großen und Ganzen nicht in der Stimmung für eine Partie Bridge ist, was aber wenig von Bedeutung ist, da Harold nie in der Stimmung für eine Partie Bridge ist. Harold wurde einberufen, als Walter Mayhew der Gesellschaft vor einem Jahr davonstarb und aus dem Bekanntenkreis der illustren Runde mit Mrs. Davenpot, Mrs. Merrythought und Mrs. Cardigan kein adäquater Ersatz rekrutiert werden konnte. Harold wird in guten Momenten als endgültige Zwischenlösung toleriert, in schlechten als Prüfung Gottes angesehen. Dabei ist Bridge ein Spiel, von dem Harold weiß, dass es mit Karten zu tun hat, derweil ihm Strategie, Farben und Zählweise stets ein ähnliches Mysterium sind wie das Alte Testament, in dem er in jungen Jahren einmal pflichtlektürend blätterte und aus dem einzig Ezechiel in mahnender Erinnerung sein Bewusstsein trübt, insbesondere sonntags.

Das Spiegelbild im Bad mahnt zur Erfrischung, die Haare müssen neu gescheitelt und ein frisches Hemd übergezogen werden. Weiß oder blau? Harold besitzt vier weiße und vier blaue Hemden, die er seit über zwanzig Jahren bei *Herb's Herrenbekleidung* kauft, einem kleinen Laden in der Warwick Street, in dem Harold noch nie einem anderen Kunden begegnet ist. Das grüne Hemd, das er einst von Mrs. Cardigan zum Geburtstag geschenkt bekam, trägt er nur auf Beerdigungen, warum, weiß er auch nicht, es hat sich so ergeben. Mode ist für Harold nur ein Wort aus den Zeitungen, deren Visualisierungen ihn weniger inspirieren, als vielmehr zutiefst verwirren und ihn jedes Mal ratlos zurücklassen, wenn sein brauner Cordanzug alle fünf Jahre für schick erklärt wird und die Bevölkerung ihn einige Monate für einen aufgeschlossenen Intellektuellen hält.

In zehn Minuten ist Spielbeginn, diesmal bei Mrs. Merrythought, zwei Häuserblöcke weiter, Parterre links und unschwer zu verfehlen, da in dem Küchenfenster zur Straße hin ein Engel leuchtet, Tag und Nacht, selbst wenn die Sicherungen rausfliegen, denn der Engel ist mit zwölf Volt batteriebetrieben.

6

Als Mrs. Merrythought die Tür öffnet, begrüßt sie Harold mit einem »Herrje«. Sie macht auf dem Absatz kehrt und geht wieder in den Raum, aus dem sie gekommen ist. Der zweite Fußabtreter *im* Haus ist eigentlich noch wichtiger als der erste *vor* dem Haus. Harold weiß das und putzt sich seine Schuhe am »Willkommen« sauber. Er hängt seinen Mantel auf den Kleiderbügel, der, aus Echtholz und mit Lack behandelt, weit mehr einem Relikt als einem Gebrauchsgegenstand ähnelt. Jetzt muss Harold nur noch die Füße bewegen, er muss gehen, vorwärts, und sei es auch in eine ungewisse Zukunft, die am Ende auf ihn wartet und in der alles passieren kann, wie zum Beispiel, dass eine Linienmaschine ins Haus stürzt, weil ein Pelikan sich verrechnet hat und es nie wieder Tag wird.

Der lang gezogene Flur ist mit gerahmten Fotos der letzten fünfzig Jahre überzogen, die alle Mrs. Merrythought zeigen, wie sie Kaffee trinkt. Auf dem größten Foto aus den Sechzigern, links über dem Telefontisch, trägt sie Lockenwickler und sieht ein wenig aus wie Grace Kelly, zumindest hat ihr ein längst verblichener Verehrer dies in einem romantischen Moment ins Ohr geflüstert, und seitdem ist das Foto auch mit einem dezenten Oberlicht Tag und Nacht beleuchtet.

Der letzte Schritt in die Schaltstelle des Vergnügens fällt Harold wie immer schwer, es ist, als hätten ihm italienische Männer mit dunklen Sonnenbrillen und groben Händen Beton um die Füße gegossen. In der Mitte des burgunderroten Wohnzimmers steht ein runder Tisch mit vier Stühlen, von denen einer noch frei ist. Auf den anderen sitzen die drei Damen im späten Alter, friedlich, wie es trügerisch den Anschein erweckt, als wäre es ein nettes Beisammensein. Ein elektrischer Kronleuchter bündelt ein gleißendes Licht über dem Spieltisch, der Heißgetränke und Selbstgebackenes auf feiner Häkelware darbietet. Die Karten sind schon ausgeteilt. Harold setzt sich auf den noch freien Stuhl, ein kaum erkennbares Nicken von Mrs. Cardigan, sie ist in einem Gespräch mit Mrs. Davenport verwickelt.

»Ich züchte jetzt meine eigenen Mini-Gurken.«

»Ich dachte, Mini-Paprika.«

»Das habe ich aufgegeben.«

»Warum?«

»Man kann nicht beides gleichzeitig tun, man muss sich entscheiden. Entweder Mini-Gurken oder Mini-Paprika. Als Züchterin hat man eine gewisse Verantwortung.«

»Gegenüber wem?«

»Der Zucht.«

»Gibt es da einen speziellen Paragrafen?«

»Den braucht es nicht. Ehrenkodex.«

»Da lastet ja eine ungeheure Verantwortung auf dir.«

»Man wird dafür entlohnt.«

»Schmecken bestimmt vorzüglich.«

»Ich würde von einer Delikatesse sprechen. Harold, Kreuz acht.«

»Ein Trauerspiel«, mischt sich Mrs. Merrythought kurzzeitig ein. Mrs. Merrythought ist die Älteste im Spielbetrieb, eine Frau der ersten Stunde, der man offen zutraut, als nächste davonzusterben. Die Wetten diesbezüglich stehen zwölf zu eins, bei Lenny Ferguson sogar vierzehn zu eins, aber da gibt es manchmal Probleme mit der Auszahlung.

»Harold, haben Sie schon die neuen Mieter kennengelernt?«, fragt Mrs. Cardigan und nestelt an der vergoldeten Brosche an ihrer Bluse, eine Brosche, die einen Schmetterling darstellen soll und die ein Erbstück ihrer deutschstämmigen Mutter ist, aus den 30er-Jahren im letzten Jahrtausend, echte Handarbeit und ohne Hakenkreuz.

»Ihr habt neue Mieter?«, fragt Mrs. Davenport.

»Ein Junge und eine Frau. Alleinerziehend, Vater unbekannt. Sie arbeitet in der Werbung, dunkles langes Haar, reine Haut, angenehme Blässe, insgesamt eine gepflegte Erscheinung.«

»Konfektion?«

»Sechsunddreißig.«

»Und der Junge?«

»Redet wirr. Harold, Pik neun.«

»Ein Trauerspiel«, mischt sich Mrs. Merrythought kurzzeitig ein. Mrs. Cardigan betrachtet die kleinen bernsteinfarbenen Klümpchen auf ihrem Löffel. Sie hält sie ins Licht, riecht vorsichtig daran und lehnt sich steif zurück.

»Meine Liebe, der Kandis ist aber nicht von Winterbottom.«

»Hat sie einen Freund?«

»Bisher ist mir dieser Umstand nicht bekannt. Gleichwohl sie eine erotische Ausstrahlung hat.«

»Netzstrümpfe?«

»Auch.«

»Lippenstift?«

»Bergamo Rot.«

»Wie alt ist der Junge?«

»Ich habe noch nie einen Elfjährigen gesehen, der so sehr aussieht wie acht.«

»Kann er sprechen?«

»Er behauptet, ein Genie zu sein.«

»Das hat mein Mann auch immer behauptet.«

»Der Klempner?«

»Der Geschäftsführer des landesweit größten Unternehmens für Heizungszubehör.«

»Ein Genie?«

»Hat er behauptet.«

»Warum?«

»Er hat gemalt.«

»Womit?«

»Wasserfarbe.«

»Bilder?«

»Es gab eine Ausstellung in der Kantine. Die Mitarbeiter waren begeistert.«

»Großartig. Hast du Denise Richardson letzte Woche gesehen?

»Mit ihrer neuen Frisur?«

»Friseure sind schlimmer als Terroristen.«

»Mein Enkel ist jetzt auch Terrorist.«

»Ach ja?«

»Ja, er spielt in einer Musikkapelle.«

»Und was spielen sie so?«

»Ich glaube, sie nennen es Punkrock.«

»Punkrock? Die mit den Sicherheitsnadeln in den Ohren?«

»Nein, das war früher.«

»Und heute?«

»Sind die Sicherheitsnadeln im Genitalbereich.«

»Na, wunderbar.«

»Nicht? Harold, Kreuz Bube.«

»Ein Trauerspiel«, mischt sich Mrs. Merrythought kurzzeitig ein.

»Harold, können Sie mir morgen vier Wachteln zurücklegen?«, fragt Mrs. Cardigan.

»Er ist entlassen«, antwortet Mrs. Davenport. »Ich habe es heute Nachmittag von Elise aus der Fischabteilung erfahren, als ich den Karpfen für das Wochenende holen wollte.«

»Oh, das ist ja furchtbar. In dem Alter eine neue Anstellung zu finden, ist nicht einfach.«

»Robert, die neue Begleitperson meiner Tochter ist erst achtunddreißig und findet keinen neuen Arbeitsplatz.«

»Schlimme Zeiten.«

»Die Globalisierung.«

»Machst du die Wachteln mit Rosinen?«

»Natürlich. Nein, nein, Harold, Karo sieben.«

»Ein Trauerspiel«, mischt sich Mrs. Merrythought kurzzeitig ein. Mrs. Cardigan dreht sich schräg zur Seite und bedenkt Mrs. Merrythought mit einem Blick, der in allen Sprachen dieser Welt mit dem Wort Vernichtung übersetzt werden kann.

»Was?!«

Wenn Mrs. Merrythought sich in die Ecke gedrängt fühlt, zündet sie sich einen Zigarillo an, das wird zwar nicht gerne gesehen, aber toleriert. Es ist die einzige Eigenschaft, die sie ihrem Vater abgeschaut hat, damals, 1941, als sie im Luftschutzbunker saß und die Nationalsozialisten die Stadt mit Bomben bewarfen. Vierzehn war sie, kalt war es und Hunger hatte sie und ihre ersten Tage hatten sich in sintflutartiger Weise bemerkbar gemacht, und da ihre Mutter schon tot war, fragte sie ihren Vater, der im Keller direkt neben ihr saß, ob er wisse, warum Gott den Frauen dieses schwere Los aufgebürdet habe, und ob er etwas dagegen unternehmen könne. Der Vater war ein kräftiger Mann mit dichtem Bartwuchs, der in einem Stahlwerk Brückenpfeiler fertigte und der, wenn er Hallo sagte, einen geschwätzigen Tag hatte. In einer kleinen Silberdose bewahrte er die hellbraunen Glimmstängel auf, von denen er jeden Tag einen nach dem Abendessen rauchte, die er immer bei sich trug, von denen er nie einen abgab, schon gar nicht seinen Kindern. Bis auf diesen einen Tag im April 1941, an dem er keine Antwort geben konnte und an ihrer statt seiner einzigen Tochter einen Zigarillo gab und sich zur Seite drehte. Seither hat Mrs. Merrythought bei jedem Zug an dem herb duftenden Tabak das untrügerische Gefühl, sie wäre unsterblich und könne es mit jedem aufnehmen, selbst mit Mrs. Cardigan.

»Es ist gegen die Regeln, Harold zu sagen, welche Karte er spielen soll.«

»Ist das so? Wärst du dann so gütig, mir die Stelle im Regelwerk zu zeigen, in der es heißt: Es ist verboten, Harold zu sagen, welche Karte er spielen soll.«

»Anderen Spielern.«

»Harold ist kein Spieler. Harold hält Karten.«

7

Harold durfte früher gehen. Das Spiel ist wieder einmal, wie es Mrs. Cardigan formulierte, an ihm vorbei gelaufen, mehrmals und ohne sich umzudrehen. Wer auch immer mit Harold in einem Team war, verlor, in der Regel hochhaushoch. Harold macht sich nichts aus Niederlagen, Eigenschaften wie Ambition und Ehrgeiz hat er nie entwickeln können, schon gar nicht für ein Kartenspiel, von dem er immer annahm, dass es dem Zeitvertrieb diene, wenngleich ihm die Zeit beim Spiel immer endlos lang vorkommt. Auf dem Heimweg hat er nur daran gedacht, dass er pünktlich zuhause sein würde, und das stimmte ihn frohgemut, denn auf BBC sollte nach Jahren der Entbehrung wieder *Frühstück bei Tiffany* laufen. Einer seiner drei Lieblingsfilme, für immer und ewig, zeitlos und unantastbar. Harold verehrt Audrey Hepburn, aber noch mehr liebt er Holly Golightly für die Unendlichkeit in ihren Augen und die Art und Weise, wie sie ein Cocktailglas in ihren zierlichen Händen zu halten versteht. Er hat den Fernseher eingeschaltet, einen Earl Grey aufgegossen und das Stück Erdbeertorte, das Mrs. Merrythought ihm für daheim mitgegeben hat, auf einem weißen Kuchenteller nebst Gabel drapiert. Er ist beinahe glücklich. Er hat gar nicht mitbekommen, dass Kempowski mit hineinhuschte, als er die Tür aufschloss.

Ein wenig lebt *es* noch. Das Geschenk. Es ist das dritte diese Woche. Die winzigen Gedärme hängen schon halb heraus, das linke Ohr ist als solches nicht mehr zu erkennen, ein zerfetztes Etwas, es wird damit nicht mehr hören können. *Haben Sie Schmerzen?* Die Augen sondern eine milchige Flüssigkeit ab, als wolle sich alles entleeren. Die seltenen Atemzüge lassen den Brustkorb vibrieren, der selbst als Schlachtabfall keine gute Figur mehr macht. Am Morgen hat es wahrscheinlich noch gespielt. *Sind Sie öfters müde?* Die Chance, noch einmal zu entkommen, ist geringer, als von einem Nylonfaden erschlagen zu werden. Es sind die letzten Augenblicke in dieser Welt, und es weiß Bescheid, es fiept nicht einmal mehr, Abschied nehmen. *Rufen Sie uns an.*

Die Tasse in Harolds Händen dampft den noch immer heißen Tee in den Raum, ein Ort nun der Folter, professionell und routiniert, jeder Griff ein Kunststück. Harold schaut Kempowski an. Er leckt sich die rechte Pfote, an der etwas hängt, von der etwas tropft. *Jetzt noch besser!* In seinen Augen schimmert Gleichmut, fast so etwas wie Mitleid, er macht nur seinen Job, das muss *es* verstehen. Es kann sich nicht mehr bewegen, es kann nur noch da sein. *Mehr Glanz für die Haare.* Harold nimmt seinen rechten Hausschuh, von Tesco, Kunstleder, harte Sohle. Es sind zwei Schritte, Kempowski macht einen kleinen Sprung zur Seite, zeigt sich aber interessiert. *Das ist der Sound der Siebziger.* Harold holt aus und blickt ein letztes Mal in seine Augen, er muss schlucken, ein Rest von Erdbeergelee schmeckt sich durch, es ist wohl besser so.

Laut ist es, und was übrig bleibt, kann sich nicht mehr sehen lassen und muss entsorgt werden. *Und jetzt unser*

Abendspielfilm. Kempowski folgt Harold auf dem Weg zum Mülleimer, er reibt sich an seinen Beinen und fängt an, wie eine Taube zu gurren. Dabei ist Kempowski alles andere als eine Taube, und mit dem, was er jedes Mal nach seinen Beutezügen anschleppt, könnte Harold erfolgreich einen Tierfriedhof bewirtschaften. Und eigentlich mag Harold auch keine Katzen, aber Kempowski ist der Kater von Mrs. Cardigan, der ihm vor vier Jahren auf dem Weg zum Supermarkt in die Speichen lief und seither eine animalische Zuneigung an den Tag legt, die Harold immer wieder aufs Neue ratlos zurücklässt.

Es klingelt.

Es ist die Türklingel.

Eigentlich unmöglich. Es kann sich nur um ein Versehen handeln. Vielleicht Kinder, deren Beschäftigung Spaß ist. Harold sitzt in seinem Sessel, Holly Golightly verstummt für einen kurzen Moment, er ist verwirrt, er lauscht und hört eine Stimme. Direkt hinter der Wohnungstür.

Es klingelt erneut. Harold steht auf, noch unsicher, ob er sich das alles nicht nur einbildet. Warum nur steht jemand zu dieser Uhrzeit vor seiner Tür und erwartet, dass er diese aufmacht? Er blinzelt durch den Spion und schreckt zurück, weil von der anderen Seite ebenfalls jemand durch den Spion blinzelt. Dieser jemand hat jetzt gesehen, dass Harold zuhause ist, es wäre unhöflich, wenn er nicht öffnen würde. Er drückt die Klinke vorsichtig runter und öffnet die Tür zur Hälfte.

»Hallo«, sagt eine junge Frau. Vielleicht dreißig, schwer zu sagen, sie sieht wahrscheinlich gut aus, modern gekleidet und mit langen dunklen Haaren, die in einem Pferdeschwanz gehalten werden. Neben ihr steht ein kleiner Junge, der sich die Brille auf der Nase zurechtrückt.

»Hallo«, wiederholt die junge Frau, »ich bin Denise Bentham und das ist Melvin.«

Harold blickt Denise Bentham und danach Melvin an. Ihm ist nicht wohl.

»Wir sind ihre neuen Nachbarn.«

Harold überlegt, ob er nun wieder die Tür schließen kann oder ob er noch weitere Informationen empfangen muss.

»Es ist mir ein bisschen unangenehm ...«, sagt Denise Bentham.

Harold ist nicht wohl.

»Ich bin da gerade in einer sehr kniffligen Lage und Mrs. Cardigan meinte, dass Sie momentan arbeitslos sind und, nun ja, ein wenig Zeit haben. Wissen Sie, Zeit ist momentan das kleine Problem, das ich habe.«

Harold ist nicht wohl.

»Nun, um es kurz zu machen, Melvins Vater ist unbekannt und seine Großeltern sind tot. Lungenkrebs. Beide. Sie haben bis zum Schluss vierzig Zigaretten täglich geraucht, aber sie haben nicht mehr viel gespürt, das Morphium hat ganze Arbeit geleistet.«

Harold ist nicht wohl.

»Wir leben erst seit zwei Wochen in der Stadt, wir kennen noch niemanden. Sehen Sie, ich habe hier einen Job angenommen, einen sehr guten, in der Werbebranche. Und jetzt gibt es da eine klitzekleine Unstimmigkeit mit einem Kunden und ich müsste für eine Woche nach Frankreich, Toulouse, um genau zu sein.«

Harold ist nicht wohl.

»Wissen Sie, ich habe bei der Einstellung ein bisschen geflunkert, also ich habe nicht explizit meinen Sohn erwähnt. Voraussetzungen für die Stelle waren nämlich Eigenschaften wie ungebunden, unabhängig und zeitlich äußerst flexibel. Melvin ist wirklich ein lieber Junge.«

Harold ist gar nicht wohl.

»Im Grunde würde es schon reichen, wenn man sich nach der Schule zwei bis drei Stunden mit ihm beschäftigt. Das heißt, sehr viel wahrscheinlicher wird Melvin Sie beschäftigen, er redet sehr gerne und sehr viel. Lassen Sie ihm nicht alles durchgehen, seien Sie ruhig auch mal streng.«

Harold ist mehr als gar nicht wohl.

»Melvin hat meistens bis halb vier Unterricht und ist so gegen sechzehn Uhr zuhause. Das heißt, er würde dann bei Ihnen klingeln. Mittagessen gibt es in der Schule, abends mag er nur ein Glas Sojamilch. Das macht er seit sechs Jahren so, er will nichts anderes, ich habe schon alles versucht, keine Chance. Im Grunde ist alles da, was Melvin braucht, aber falls Sie mal mit ihm ein Eis essen oder ins Kino gehen wollen, habe ich noch 100 Pfund dagelassen, Sie sind natürlich eingeladen. Ich wäre nächsten Freitag wieder da. Den Zweitschlüssel gebe ich Ihnen hier gleich mal, für alle Fälle. Ich danke Ihnen sehr, Sie helfen mir damit aus einer großen Verlegenheit. Melvin, sag tschüss, bis morgen.«

Melvin schaut zunächst seine Mutter an, dann Harold. Er rückt mit dem rechten Zeigefinger die Brille auf seiner Nase zurecht, dann hustet er in seine linke Faust und sagt: »Auf Wiedersehen.«

Harold ist absolut sicher, dass in den nächsten zehn Sekunden das Dach einstürzen wird.

Freitag

8

Die Tapete hat ein grün-braunes Rautenmuster, welches Harold seit zwei Stunden von seinem Sessel aus anstarrt. Sie ist noch von dem Vormieter. Einem hochdekorierten Leutnant a.D., der eingewiesen werden musste, da er an einem sonnigen Frühlingstag auf dem Trafalgar Square ein Taxi anhalten wollte.

Mit dem Maschinengewehr.

Auch den Sessel hat Harold übernommen, schlammbraun mit rotem Brokat verziert, der nur von zwei Männern gleichzeitig getragen werden kann. Die Wanduhr, auf die Harold ab und an schielt, ist noch von seiner Mutter, eines der wenigen Dinge, die Harold behalten konnte. Es ist drei Minuten vor vier. Es klingelt.

Der Weg bis zur Tür ist länger als sonst, der Dielenboden in Höhe des Sideboards quietscht gequälter als je zuvor und die Erdanziehungskraft muss in den letzten Stunden ihre ganze Aufmerksamkeit auf Harolds Wohnzimmer konzentriert haben. Als Harold die Tür öffnet, hat er das Gefühl, gegen einen Windsturm anzukämpfen.

»Hallo.«

Melvin blinzelt nach oben in Richtung Harold und reibt

sich die Nase. Er hat Shorts an, in denen seine dünnen Beine sehr zur Geltung kommen, und einen Schulranzen, der doppelt so groß wirkt, wie er ist. Harold vollführt etwas Ähnliches wie eine einladende Bewegung und bietet Melvin mit einem unsicheren Nicken den Stuhl gegenüber an. Zwischen ihnen weilt ein flacher Tisch aus furnierter Eiche, der stoisch ein Tablett beherbergt. Harold hat Kakao gemacht und eine Dose »Grandma's Biscuits« geöffnet.

Melvin schiebt den Schulranzen von seiner Schulter, rückt den Stuhl zurecht, seine Blicke flattern durch den Raum, er nimmt sich einen Keks, trinkt von dem kalten Kakao und sagt: »Ich bin ein Savant.«

Harold weiß nicht recht, warum der Ficus benjamini schon so früh braune Blätter bekommt.

»Sie wissen, was ein Savant ist?«

Harold überlegt kurz und entscheidet sich für französischen Käse, er runzelt wissend die Stirn, wie er es bei Humphrey Bogart in *Tote schlafen fest* gesehen hat.

»Ein Genie. Ich habe ein fotografisches Gedächtnis. Im Gegensatz zu den meisten Savants bin ich aber kein Autist. Ich kann alleine mit dem Bus fahren und bin der Kontemplation fähig, Dialektik, Sie verstehen? Gleichwohl habe auch ich leicht autistische Züge und würde es vorziehen, wenn wir jeglichen Körperkontakt meiden können. Es reicht vollkommen aus, wenn Sie mich in gebührender Distanz mit Respekt behandeln, dann denke ich, kommen wir beide auch gut miteinander aus. Es sind ja nur sieben Tage.«

Melvin nimmt sich einen zweiten Keks und wackelt mit übereinandergeschlagenen Beinen, die nicht bis zum Boden reichen, luftig hin und her. Nach nur drei Minuten hat Harold schon das Gefühl, dass der Sauerstoff im Raum knapp wird. Das Leben hat sich zu schnell verändert, er war heute Morgen sogar im Park, um Enten zu füttern.

Er war noch nie morgens im Park.

Er war noch *nie* im Park. Und Enten hatte er auch noch nie gefüttert. Schuld war die Reportage im *Independent*. Wissenschaftler haben herausgefunden, dass Arbeitslose im Schnitt zwei Stunden täglich im Park verbringen und Enten füttern. Und da Harold nicht recht wusste, was er sonst machen sollte, ging er in den Park und blieb gleich vier Stunden, um sich für den nächsten Tag frei zu nehmen.

»Zwölf Bücher sind sehr wenig. Sie lesen wohl nicht viel. Ich habe 1.238 Bücher. Die meisten sind noch von meinem Großvater mütterlicherseits. Er war Philologe. Ich habe sie alle gelesen. Vielleicht trifft das Wort *gespeichert* eher zu. Sie können irgendein Buch nehmen, es aufschlagen und mich fragen, was dort steht, und ich werde Ihnen wortgetreu jede Zeile und jedes Wort wiedergeben. Es ist alles in meinem Kopf.«

Harold ist beeindruckt und versucht seine Augenbrauen hochzuziehen, aber er benutzt den falschen Muskel und gähnt aus Versehen. Eine Fliege, die ihn schon seit zwei Tagen beschäftigt, ruht sich auf einem Keks mit Himbeermarmeladenüberzug aus und putzt sich die Flügel. Die Dose Insektenspray ist fast leer. Dabei heißt sie »Superfantastik«.

»Ich kenne auch alle Beethoven-Sonaten auswendig und ich habe dreimal hintereinander die Schul-Schach-Meisterschaft gewonnen. Ich habe 4,5 Dioptrien plus auf dem linken und 5,5 auf dem rechten Auge. Meine Hobbys sind mir nicht bekannt. Ich beschäftige mich mit Philosophie, Mathematik und experimenteller Physik. Ich habe zwei Klassen übersprungen. Mein Notendurchschnitt liegt bei 1,0. Ich bin vom Sportunterricht befreit.

Aufgrund einer Lungenentzündung, die ich mir als Vierjähriger bei einem Badeunfall im Frühsommer zugezogen habe und deren Spätfolgen mein Atmungssystem beeinträchtigen. Falls Sie noch Fragen haben, wäre dies der richtige Zeitpunkt, um sie zu stellen.«

Da Melvin diese Informationen in einem für normale Gehörgänge aberwitzigen Tempo in die Stille des Raumes drangsalierte, ist Harolds erste Reaktion Verwirrung. Der Versuch, die Dinge zu ordnen, scheitert am erneuten Haustürklingeln, einer Heimsuchung, der Harold nicht gewachsen ist.

Wenn nacheinander zwei Klaviere aus fünfzig Meter Höhe nach unten rasen und man zufälligerweise genau auf den Landekoordinaten steht und es sich zeitlich nicht einrichten lässt, nach links oder rechts zu springen, und wenn einen das erste Klavier emotionslos in den Bürgersteig fräst und das zweite Klavier den Torso bis ins Wurzelwerk pflügt, dann würde Harold seinen Gemütszustand adäquat beschrieben wissen. Zwei Besuche zur gleichen Zeit, am gleichen Tag, im selben Monat sind für Harold mit der Empfindung Freude nur schwer in Einklang zu bringen.

Es klingelt erneut.

Melvin schaut Harold an, Harold starrt auf die Tür. Er ist sich nicht sicher, ob seine Kräfte reichen, um die Tür zu erreichen, um sie zu öffnen. Er greift mit beiden Händen die Sessellehnen, er stützt sich ab, er weiß, dass er Muskeln besitzt, jeder Mensch besitzt Muskeln, das ist Biologie, und zwanzig Zentimeter sind schon geschafft, noch ein kleiner Ruck, die Ellbogen fangen an zu zittern, die Knie geben nach, der Wille, so heißt es immer, sei stärker als alles andere, stärker als alle Muskeln der Welt, stärker als ... Harold plumpst in den Sessel zurück. Melvin starrt Harold an, Harold blickt ins Nichts.

Stille.

Vielleicht war es nur eine akustische Halluzination im Raum-Zeit-Kontinuum.

Es klingelt erneut.

Das Übermenschliche zu erfahren, es zu spüren, wie es wächst, wie es den Körper durchströmt und einem Superhelden gleich ungeahnte Kräfte freisetzt, das Physikalische trotzig missachtet und sich jedwedem Anflug von Schwäche entledigt, ist für Harold ein ungewohntes Erlebnis. Und würde ihn jemand in zwanzig Jahren fragen, wie er es geschafft habe, sich zu befreien und die Tür zu erreichen, so würde er nur mit den Schultern zucken können und es mit einer lässigen Handbewegung abtun, wie er es bei Orson Wells in *Der dritte Mann* gesehen hat. Aber er erreicht die Tür, er öffnet sie ein zweites Mal, um einer weiteren Person Einlass zu gewähren oder aber, da die Hoffnung nun einmal zuletzt stirbt, nur ein Einschreiben entgegenzunehmen. Es ist Mrs. Cardigan, die ohne großes Zögern den kleinen Flur überquert und im Raum die Anwesenheit erhöht.

»Hallo Harold, ich wollte nur mal vorbeischauen und sehen, ob Sie mit dem jungen Mann klarkommen. Hallo Melvin, wie geht es dir?«

»Ich bin schon so lange glücklich, dass es mich depressiv macht. Wie geht es Ihnen?« Mrs. Cardigan ist für Ironie am frühen Nachmittag nicht in Stimmung und entscheidet sich spontan für: »Gut.« Harold schiebt ihr den Stuhl vom Fenster heran, den Mrs. Cardigan gerne beansprucht. Auch eine Tasse Kakao schlägt sie nicht ab, das Gemütliche ist eine Verpflichtung, der sie in den letzten Jahrzehnten den Großteil ihrer Freizeit opfert.

»Und, was werdet ihr beide heute machen? Einen Ausflug? Möchtest du vielleicht in den Zoo, Melvin?«

Melvin schaut Mrs. Cardigan mit großen Augen an und

legt den Kopf ein wenig schräg. Mrs. Cardigan blickt leicht verunsichert erst zu Harold, dann wieder zu Melvin. »Melvin? Hast du mich verstanden? Waren die Wörter zu kompliziert, die ich benutzt habe?«

»Mit Verlaub, Mrs. Cardigan, ich spreche fließend Italienisch, Deutsch, Französisch, Spanisch, Portugiesisch und Finnisch. Und mit fließend meine ich nicht, wie der gemeine Engländer Englisch spricht. Ich meine fließend. Ich hätte Sie auch verstanden, wenn Sie mich auf Jiddisch gefragt hätten, obwohl ich diese Sprache nur zu 94 Prozent beherrsche.«

Mrs. Cardigan lehnt sich langsam zurück und nimmt eine etwas steifere Haltung an. Sie nippt an dem Kakao, verzieht das Gesicht und fragt: »Dann kann ich also immer noch auf eine Antwort hoffen?«

»Nun, da ich mich nonverbal anscheinend nicht präzise genug habe ausdrücken können, möchte ich vielleicht mit ein paar Gegenfragen antworten. Sie meinen, ob ich einen rosa Paviananus auf einem grauen Steinhügel hin und her wackeln sehen möchte? Sie wollen, dass ich mit dem braunen Bär am Stiel vor dem Löwenkäfig stehe und winke, winke mache, derweil ich den letzten Rest von Würde in diesen anmutigen Augen schimmern sehe? Glauben Sie an die Propaganda von *artgerechter Tierhaltung*? Wann wurden Sie geboren?«

Mrs. Cardigan weiß nicht genau, was Melvin meint, glaubt aber herausgehört zu haben, dass der Zoo als Ausflugsziel nicht in die engere Wahl fällt. Mrs. Cardigan ist im Umgang mit elfjährigen Jungen noch unerfahren und weiß nicht, was ihnen gefällt. Sie ist Zeit ihres Lebens kinderlos geblieben, ein Gebärmutterdefekt, nach der siebten Fehlgeburt.

»Vielleicht zu einem Fußballspiel?«

»Gerne. Es ist bestimmt ein aufregender Zeitvertreib,

erwachsenen Menschen zuzuschauen, wie sie auf einem mit Kreide bemalten Rasen einem Ball aus Kunstleder hinterherlaufen, um ihn in ein Netz zu schießen. Wenn es gelingt, werde ich mit Freude in den Armen der anderen 50.000 Zuschauer liegen, laolawellen und mir nach dem Spiel von den Herren Hooligans die Nase einschlagen lassen. Ich werde noch ein bisschen *Olé, olé, olé, olé* üben müssen.«

Melvin rümpft die Nase, weil das schwarze Gestell seiner Brille nach unten rutscht, und schaut Mrs. Cardigan an, als erwarte er den nächsten Vorschlag. Die aber hat ihr Interesse nun endgültig auf den Kakao gelenkt, weshalb Melvin es andernorts versucht:

»Harold, waren Sie schon mal auf der Rennbahn?«

9

Eigentlich mag Harold keine Pferde. Sie sind groß. Sie hinterlassen im Gehen ständig Geschäfte und wenn sie einen anschauen, hat Harold das Gefühl, als würden sie bis in die dunkelsten Gassen und Winkel blicken, die er selbst noch nie gesehen hat und vielleicht auch nicht sehen möchte. Die Jockeys sind für Harold das größte Rätsel. Von weitem sehen sie aus wie kleine Spielzeugpuppen, die zu einem Kindergeburtstag aufbrechen. Kaum 1 Meter 60 groß tragen sie weite rosa Blousons mit grünen oder gelben Rauten, die sie in enge weiße Hosen stecken, die wiederum in schwarzen, gelackten Lederstiefeln verschwinden. Harold ist in Stilfragen alles andere als ein Experte, aber die Mützen, die diese jungen Männer tragen, hält er für bedenklich.

Es ist das fünfte Rennen, das fünfte Mal, dass sie hier am Führring stehen und die Kontrahenten vorab mustern. Melvin hat Harold in den letzten zwei Stunden in die Geheimnisse des Pferdesports eingeweiht. Zumindest konnte er in der kurzen Zeit Grundkenntnisse über Sieg, Platz, Dreier, Doppelzwilling, Bodentiefe, Scheuklappen, Araber, Vollblüter, Trainer, Stall, Jockeys, Spritzen und Hufbeschlag vermitteln. Worauf es besonders ankommt, hat Melvin gesagt, ist die Intuition, das Auge und die Gewissheit. Die Schule des logischen Fühlens, wie Melvin es nannte, übermetaphysisch sozusagen, Einswerdung auch. Und dies gehe nur durch jahrelange Erfahrung.

»Die Acht, Orpheus«, flüstert Melvin, als wäre es ein Geheimnis, als wäre von nun an das Seiendste des Seienden von jeglichem Zweifel befreit. Es ist die dritte Runde im Führring. Die Pferde haben noch ihre Decken übergelegt, sie schnauben schwere Luft durch ihre Nüstern und manche schlagen nach hinten aus, und die Zuschauer weichen zurück und machen *oh*. Zwei Damen mit Hüten wie Geschenkkörbe fürchten um ihr Leben und verschütten kostbare Tropfen aus ihren Champagnergläsern, die sie mit ihren welken Fingern kaum zu halten wissen. Melvin aber kann den Blick von Orpheus nicht abwenden, seine Augen flattern leicht und ein kaum merkbares Zittern befällt seinen ganzen Körper.

»Schauen Sie nur, Harold, der Schweif und das Fell, wie es glänzt, ein perfekter Körper aus Muskeln, Sehnen und Knochen, sehen Sie nur, wie er den Kopf nach oben hält, unbeirrt, aber nicht nervös, und der Gang ein einziges Fordern. Er ist es. Die Nummer acht, Orpheus.«

»Ich will die Drei.« Ein Mädchen, höchstens fünf, kaut an einer Wurst, die in einem Brötchen steckt, und schaut Melvin mit großen blauen Augen an. Melvin schaut auf das junge Ding hinunter und legt den Kopf schräg.

»Wenn du die Drei nimmst, verlierst du.«

»Warum?«

»Weil *Karmen la Rock* kein Name für ein Pferd ist, das gewinnen kann.«

»Möchtest du mal von meiner Wurst probieren?«

»Frag mich, ob ich Vegetarier bin.«

»Bist du Vegetarier?«

»Nein. Frag mich, ob ich Veganer bin.«

»Bist du Veganer?«

»Nein. Frag mich, was ich denn sonst bin.«

»Was bist du denn sonst?«

»Frutarier. Frag mich, was das heißt.«

»Was heißt das?«

»Wir ernähren uns nur von Obst und Nüssen.«

»Bist du krank?«

»Hinfort, du kleines Ungeheuer. Harold, setzen Sie alles, was Sie haben, auf die Acht, Orpheus.«

Harold ist zum ersten Mal nicht sicher. Melvins Eingebungen bezüglich des Spitzenreiters waren bisher ähnlich stark und eindringlich, doch irgendetwas lief am Ende immer schief. Unglückliche Vorkommnisse, höhere Mächte oder korrupte Jockeys waren Schuld daran, dass keines der vier bisherigen Rennen den vorhergesagten Sieger hervorbrachte. Platz vier, fünf, drei und neun. Melvin hat bereits im ersten Rennen die 50 Pfund verloren, die er letzte Woche im Portemonnaie seiner Mutter gefunden hatte. Harold ist vorsichtiger gewesen, jeweils nur zwei Pfund pro Rennen, und auch nur nach mehrmaligem Zureden. Und jetzt ist da noch ein 20-Pfund-Schein, der für die ganze Woche reichen sollte, denn als Arbeitsloser, so scheint es ihm, sollte er die Sparsamkeit zur Berufung machen.

»Harold, ich habe Ihnen doch erzählt, dass ich ein Savant bin. Sie wissen noch, was das ist? Ich verstehe Pferde. Ich kann mit ihnen kommunizieren. Wir gehen jetzt zum Wettschalter und es wird der schönste Tag in Ihrem Leben. Sie werden sich von dem Gewinn Ferraris und Frauen kaufen können, in allen Farben.«

Willkommen meine Damen und Herren, zum fünften Rennen, dem Hauptrennen des heutigen Tages, dem großen Preis der Howard Franklin Speiseöl GmbH. Dotiert mit 50.000 Pfund. Favoriten sind mit 28 zu eins die Nummer vier, Flamineo, gefolgt von der Nummer neun, Windmaker, mit 35 zu eins und der Nummer zwei, Capulet, mit 42 zu eins. Zum engeren Favoritenkreis zählen auch die Nummer zehn, Penny Lane, mit 57 zu eins und die Nummer acht, Orpheus, mit 64 zu eins. Die Pferde sind jetzt im Geläuf und werden an die Boxen herangeführt. Es sind noch ungefähr fünf Minuten bis zum Rennen.

Melvin und Harold haben auf der Tribüne Platz genommen, die Ränge sind voll, es herrscht ein unstetes Durcheinander, ein Kommen, Suchen und Gehen, Geräusche und Stimmen vermischen sich, es riecht nach Bratkartoffeln mit Knoblauchsoße, Backfisch, Bier und weißen Weinen. Ein Mann mit krempigem Hut setzt sich in die Reihe vor Melvin. Er hustet den Geruch von Zigarren und Hochprozentigem in seine nächste Umwelt und nimmt das um seinen Hals baumelnde Fernglas in beide Hände. Melvin tippt ihm auf die Schulter, legt seinen Kopf schräg und schaut ihn an, woraufhin der Mann seinen Hut abnimmt.

Zwei Pferde müssen noch in die Boxen. Orpheus und Penny Lane. Jetzt ist Penny Lane drin und die Helfer schieben auch Orpheus rein. Es geht los. Der große Preis der Howard Franklin Speiseöl GmbH über anderthalb Meilen. Direkt an die Spitze setzt sich Flamineo mit Dwight Hanson im Sattel, gefolgt von Windmaker und

Penny Lane, dicht dahinter Orpheus und Capulet, der dieses Mal von Terry Pratchett geritten wird. Das Feld ist noch dicht beieinander.

Melvin kaut an einem Strohhalm, den er noch von der ersten Cola behalten hat, und versucht den Nervenreflex in seinem rechten Knie zu unterdrücken. Links und rechts stehen die ersten Zuschauer auf, eine junge Frau in einem blumigen Sommerkleid hüpft auf viel zu hohen Absätzen auf der Stelle, andere schreien die Namen ihrer jeweiligen Favoriten. Harold versucht sich von dieser Aufregung anstecken zu lassen, aber er weiß nicht wie.

In der zweiten Kurve haben sich Flamineo und Penny Lane um gut zwei Längen vom Feld abgesetzt. Im Hauptfeld gibt es einen kleinen Positionskampf zwischen Capulet und Windmaker. Windmaker hat in dieser Saison schon hervorragende Platzierungen in Paris und Baden-Baden abgeliefert und in Mailand wurde er Zweiter, vor Flamineo. Am Ende des Feldes haben Orpheus und Karmen la Rock Schwierigkeiten Anschluss zu halten.

Mit 20 Pfund hätte Harold Toilettenpapier für drei Monate kaufen können, er hätte ein Solarium anzahlen oder ein Jahr lang ein dünnes Kind aus der dritten Welt ernähren können. Auf die Idee, einen Renn- und Wettverein zu unterstützen, ist Harold bisher noch nicht gekommen.

Flamineo biegt als erster in die Zielgerade ein, gefolgt von Penny Lane. Vier Längen dahinter eine große Gruppe mit Windmaker und Capulet, die aber wohl schon geschlagen sind. Flamineo zieht noch mal an. Flamineo mit Dwight Hanson, Flamineo setzt sich ab, Penny Lane kann nicht mehr folgen, Flamineo jetzt mit zwei Längen Abstand, das sollte reichen.

Harold versucht enttäuscht zu sein, aber die Busfahrkarten für die Rückfahrt sind schon gekauft. Sie müssen nicht laufen.

Flamineo gewinnt mit drei Längen Vorsprung vor Penny Lane und jetzt kommt das Hauptfeld mit Windmaker an der Spitze rein. Aber viel spannender ist der Kampf gegen den letzten Platz. Unglaublich. Kopf an Kopf liegen Orpheus und Karmen la Rock. Anscheinend will keiner von beiden hier als letzter durchs Ziel gehen. Noch 300 Meter.

Melvin legt den Kopf schräg,

Orpheus jetzt mit einem Kopf vor Karmen la Rock. Noch 200 Meter.

Melvin legt den Kopf noch schräger.

Karmen la Rock gibt sich nicht geschlagen, aber Orpheus liegt noch immer vorne. Noch 100 Meter.

In Melvins Kopf ist kein Blut mehr vorhanden. Er erinnert sich, dass er atmen muss.

Karmen la Rock kommt noch mal, Karmen la Rock, noch 20 Meter, Karmen la Rock jetzt eine Nasenlänge vorn, es ist Karmen la Rock.

Melvin stirbt.

Orpheus wird Letzter.

Melvin schiebt seine Brille die Nase hoch und kratzt sich mit dem rechten Zeigefinger am Kinn. Er öffnet den Klettverschluss seiner Umhängetasche auf der ein Rehkitz auf grüner Wiese mit blauem Himmel gestickt ist, durchwühlt kleine Seitentaschen, aus denen er diverse aufgerissene Bonbon- und Schokoladenverpackungen hervorholt und wieder umschichtet, derweil er Geräusche von sich gibt, wie sie in Comic-Heften beschrieben werden, wenn die Helden in ein großes Tohuwabohu verwickelt sind, und hält schließlich, nachdem die Suche sich als ein großer Erfolg erweist, stolz einen Fünf-Pfund-Schein in der Hand.

»Wir werden uns jetzt mit Limonade betrinken gehen. In einem richtigen Pub. Dort, wo die Männer nach übermäßigem Bierkonsum körperliche Gewalt ausüben und die leichten Mädchen auf den Tischen tanzen. Ich möchte wissen, wie der Pöbel feiert. Meine Ma sagt zwar immer, das wäre noch nichts für mich, aber mit Ihnen an meiner Seite wird sie bestimmt nichts dagegen haben. Ach ja, und wenn Sie möchten, erschießen Sie den Trainer.«

10

Es ist der Tisch in der Ecke neben dem Eingang, es ist nichts anderes frei, auch die Plätze an der Bar sind alle belegt. Auf dem Tisch steht eine graue Tulpe, deren hängender Kopf nur noch zwei Blütenblätter halten kann. Die drumherumliegenden Blätter sind entweder als Dekoration gedacht oder aber ein Zeichen dafür, dass in den letzten Wochen noch niemand die Zeit gefunden hat, den Tisch zu wischen. Der Aschenbecher sieht aus wie ein Flüchtlingsboot. Eine Pyramide aus Zigaretten, ein Kunstwerk aus einer längst vergessenen Zeit. Noch an den Rändern klammern sich im rechten Winkel gekrümmte Exemplare, um nicht hinabzufallen. Jede weitere Zigarette würde dieses Denkmal zum Einsturz bringen.

Über eine Stunde waren Harold und Melvin unterwegs. Acht verschiedene Pubs haben sie betreten, aber keiner konnte sich mit Melvins Erwartungen messen. Weder *Bills Kitchen* oder *Capotes Club* noch das *Waterloo* oder das *Solsbury Hill*. Erst als Melvin in die unbeleuchtete Gasse abbog, die keinen Straßennamen hat und von der Müllabfuhr als neutrale Zone angesehen wird und die Harold auch tagsüber nur mit einer in Häuserkämpfen erprobten und mehrfach ausgezeichneten Spezialeinheit betreten würde, erst als sie diese Frau sahen, mit ihren hohen Absätzen und den dunklen Netzstrümpfen, mit dem roten Oberteil und den blinkenden Pailletten, mit der gefärbten Blondheit und der fliehenden Schminke, wie sie sich gekrümmt an den Stromkasten klammerte und die Hälfte ihres Gewichts in ekstatischen Schüben auf die Bordsteinkante erbrach, und erst als der Mann mit schwingenden Armen aus dieser Tür wankte und der Frau sein Bedauern über ihren Zustand mit den Worten »Verpiss dich, du blöde Fotze« aussprach, erst da wusste Melvin, dass sie gefunden hatten, wonach er suchte.

Eine Dame mit zwei sehr großen Brüsten kommt zu Melvin und Harold an den Tisch.

»Was kann ich euch bringen, Jungs?«

»Wir nehmen zweimal die Limonade«, sagt Melvin »und bringen Sie uns bitte die Speisekarte.«

»Gibt's nicht.«

»Was gibt es nicht? Die Limonade oder die Speisekarte?«

»Speisekarte.«

»Aber draußen steht doch Essen & Trinken, richtig?«

»Ja.«

»Also gibt es hier auch etwas zu essen.«

»Ja.«

»Und das wäre?«

»Erdnüsse.«

»Gut, dann nehmen wir einmal die Erdnüsse noch dazu. Können Sie sich das merken, oder möchten Sie, dass ich Ihnen das aufschreibe?«

»Scherzkeks«, sagt die Dame mit den zwei sehr großen Brüsten und ist schon am Nebentisch, um die nächste Bestellung aufzunehmen, die der Lärm verschluckt. Ein Lärm, der explodieren würde, käme jemand auf die verrückte Idee, eine Nadel auf den Boden fallen zu lassen.

Melvin schaut sich um und er sieht glücklich aus, mit dem, was er sieht. Harold nicht. Der Raum ist zu klein für all die Menschen. Und an das Rauchverbot hält sich hier niemand. Die Männer sehen aus wie Männer, die Frauen auch. In ihrer Freizeit üben sie mindestens Waschmaschinenweitwurf. Einige Köpfe sind kahl geschoren und entblößen Nacken mit wurstigen Wellen, auf denen kleine Schweißperlen durch den rauchigen Nebel schimmern. Die Stühle knirschen bei jeder Bewegung der massigen Körper, feuchtrot sind ihre Wangen und von ihren Lippen läuft in kleinen Rinnsalen das Bier auf ihre Hosen. Wenn sie lachen, verstummt jedes andere Geräusch der Welt. Sie lachen nicht nur mit ihren Augen und ihren Mündern, auch mit ihren Armen und ihren Beinen, mit allem, was sie sind, und das ist insbesondere viel.

»Schön ist es hier«, sagt Melvin, seine Wangen glühen, »wunderbar«, sagt er, »ein Ort bar der Zivilisation, das ist prähistorisch, das ist sehr interessant.« Die Dame mit den zwei sehr großen Brüsten bringt die Limonade und verschwindet ohne ein weiteres Wort wieder. Sie hat die Erdnüsse vergessen. Die Gläser sind zur Hälfte mit etwas gefüllt, das nach Chlor riecht und an den Rändern schlieren unzählige Fingerabdrücke, die wie Krankheiten aussehen. Eine unmittelbare Kontaktaufnahme mit diesem Objekt, findet keinen Platz in Harolds Vorstellungsvermögen. Melvin aber trinkt ohne hinzuschauen in kurzen Zügen die Hälfte der Flüssigkeit, ihm fehlt für solche Nichtigkeiten der Blick, er wirkt nervös, beinahe so, als warte er noch auf etwas, als wäre es noch nicht genug, als sei der Vorhang für die Sensation noch geschlossen.

Die Tür geht erneut auf. Zwei Männer stehen im Rahmen und werden von der Dame mit den zwei sehr großen Brüsten im Vorbeigehen mit »Hi Frank, hi Henry« begrüßt. Frank und Henry schauen sich kurz im Raum um, nehmen links und rechts jeweils einen frei gewordenen Stuhl und setzen sich ohne zu fragen an Harolds und Melvins Tisch, der eigentlich zu klein dafür ist.

Wenn Harold aus seinen ganzen Vorurteilen mit Wasserfarbe die Bilder eines Psychopathen und eines Massenmörders malen würde, dann hätten diese Bilder gerade eben Platz genommen. Melvin wühlt in seiner Umhängetasche und holt einen Stapel Papier und einen Kugelschreiber hervor. Harold möchte nicht wissen, warum er das tut.

»Darf ich mich vorstellen, ich heiße Melvin und der nette ältere Herr hier neben mir ist Harold, meine temporäre Aufsichtsperson.« Frank und Henry schauen Melvin an. Dann Harold. Harold schaut auf den Fernseher, der an der gegenüberliegenden Wand bewegte Bilder überträgt. Der Premierminister formt mit seinen Lippen Wörter, die nicht zu verstehen sind, es scheint auch niemanden sonst zu interessieren. Harold findet es sehr interessant. Die Dame mit den zwei sehr großen Brüsten kommt wieder an den Tisch und nimmt die Bestellung von Frank und Henry entgegen. Sie beachten Melvin nicht mehr. Sie bestellen zwei Guinness.

Es ist schwer auszumachen, wer von beiden das grobschlächtigere Aussehen hat, und doch scheint Frank einen Hauch im Vorteil zu sein. Vielleicht liegt es an der Schnittwunde, die vom rechten oberen Haaransatz bis zur linken Kinnhälfte reicht, oder an das in Runenschrift eintätowierte *Hate* auf den Fingerknöcheln. Gleichwohl Henry mit knapp 200 Pfund Übergewicht und der breitflächig eingedellten Nase eine durchaus ernsthafte Konkurrenz darstellt. Harold überlegt kurz und entscheidet sich spontan für Frank. Ein Bauchgefühl.

Frank und Henry stecken sich synchron eine Zigarette an und pusten den Rauch in Harolds und Melvins Richtung. Harold findet es sehr angenehm. Melvin hustet, als habe er soeben Lungenkrebs bekommen, im Endstadium. Er versucht seine von Geburt an hängenden Schultern in eine aufrechte Position zu lenken, um größer zu wirken, um in der maskulinen Umgebung einen Platz zu finden.

»Entschuldigung, ich möchte Sie nur ungern bei ihren proletarischen Ritualen stören, aber da ich nach ästhetischen Gemeinsamkeiten zwischen dem gemeinen Borkenkäfer und dem, was man euphemistisch Homo sapiens nennt, forsche, ist meine wissenschaftliche Neugier Ihnen gegenüber auf ein kaum zu ertragendes Maß angestiegen. Bitte verstehen Sie das nicht als Beleidigung, Borkenkäfer sind mein Spezialgebiet.«

In Australien, hat Harold gehört, soll das Leben auch sehr schön sein. Fische soll man da fangen können und Häuser gibt es dort und Bäume und Kängurus, und wenn es dunkel wird, sollen die Sterne ganz besonders schön leuchten.

»Frank, ich darf Sie doch Frank nennen, oder?«

Island muss auch toll sein.

»Wie kam es zu Ihren Sozialisationsstörungen und wie genau würden Sie die genetischen Defekte in Ihrer Familie beschreiben? Waren Ihre Eltern vielleicht Bruder und Schwester?«

Marokko erst.

»Können Sie das Wort Plebiszit buchstabieren?«

Frank krempelt die Ärmel seines Dolce & Gabbana-Sweatshirts auf und entblößt zwei komplett tätowierte Unterarme. Viel mit Schlangen, hier und da ein Totenkopf, insgesamt recht farbenfroh, wie Harold findet. Frank knackt zwei seiner Finger zurecht und antwortet mit einer ruhigen, aber für die Statur etwas zu hohen Stimme: »Leck mich am Arsch. Hast du sonst noch Fragen, Junge?«

»Sicher.« Melvin drückt das Einrasthäkchen seines Kugelschreibers. »Sind Sie verheiratet? Wenn ja, schlagen Sie Ihre Frau? Haben Sie noch geschlechtlichen Umgang miteinander, und wenn ja, wie oft? Welche sexuellen Praktiken bevorzugen Sie? Anal, vaginal, Cunnilingus? Wie oft versagen Sie bei der Kopulation? Wann hatten Sie Ihr erstes homosexuelles Erlebnis? Haben Sie Kinder, und wenn ja, verspüren Sie Ihren Kindern gegenüber eine liebevolle Zuneigung, die bisweilen zu weit geht?«

Frank zeigt seine restlichen Zähne, was unter günstigen Lichtverhältnissen pimaldaumen als Lächeln durchgehen kann, wie Harold findet. Frank nimmt einen mächtigen Schluck von seinem Bier, das die Dame mit den zwei sehr großen Brüsten kaum abgestellt hat, und blickt Melvin direkt in die Augen. Harold versucht, sich seine Sorge über Franks Toleranzgrenze nicht anmerken zu lassen, und zählt die Glühbirnen in der Lichterkette, die über der Theke hängt. Die Lichterkette besteht aus Fußbällen in der Größe von Tischtennisbällen. Von den achtundzwanzig Bällen sind noch zwei intakt, die ein warmes Licht über die halbleere Wodkaflasche in dem holzvertäfelten und mit staubigen Spiegeln hinterlegten Regal verströmen.

»Jetzt pass mal gut auf, Junge ...«

Frank packt Melvins Hemdkragen, zieht ihn über den halben Tisch und lässt zwischen beiden Nasen kaum mehr als eine Handbreit. Seine Augen strahlen die Vernichtungskraft einer russischen Panzerdivision aus. Ohne Option auf Überlebende. Es hat den Anschein, als habe Melvin Franks Toleranzgrenze schneller als erwartet überschritten, als fehle jetzt nur noch ein Streichholz, um wie jede vernünftige Tragödie zu beginnen.

»Würden Sie mich bitte loslassen?«

»Ach, und wenn nicht?«

Es könnten aber auch 29 Glühbirnen sein. Harold zählt sicherheitshalber noch mal nach.

»Dann wäre meine Aufsichtsperson gezwungen, nähere Bekanntschaft mit Ihnen zu machen, um es etwas blumig zu formulieren.«

Welche Aufsichtsperson?

»Nur zu.«

»Kann es sein, dass Sie mich nicht richtig verstanden haben? Mit Kontaktaufnahme meine ich nicht den Austausch freundlicher Floskeln, sondern physische Aggressivität, die nachfolgend eine mehrjährige medizinische Behandlung und Nachsorge erfordert.«

»Nur zu.«

Welche Aufsichtsperson?

»Sie sind sich also der Konsequenzen bewusst?«

»Ja.«

Welche Aufsichtsperson?

»Harold, könnten Sie bitte diesem Individuum in meinem Namen körperlichen Schaden zufügen. Ich bin noch zu klein dazu. Das Nasenbein zertrümmern halte ich für angemessen. Alternativ können Sie dem Kombattanten auch zwei Zähne ausschlagen, links unten, die sehen noch halbwegs brauchbar aus.«

Harold ist absolut sicher, dass dies ein guter Zeitpunkt wäre, den ersten Herzinfarkt seines Lebens zu bekommen.

11

Die beiden Welpen haben sich im Spiel ineinander geschlungen. Sie bilden eine Einheit auf der ausgeblichenen grünen Wiese, die von Löwenzahn und Maiglöckchen, Weißklee und Vergissmeinnicht bevölkert wird. Die Sonnenstrahlen sind kaum noch zu erkennen, das Himmelblau ein müdes Grau mit schummrigen Schäfchenwolken, die sich in den feinen Nähten auflösen und bald gänzlich verschwinden werden. Nur das kleine Jagdhorn am oberen rechten Rand wehrt sich tapfer gegen Weichspüler und Kochwäsche. Im Spiegel gegenüber betrachtet Harold seinen Pyjama, den er von Mrs. Cardigans verstorbenen Bruder geerbt hat, ein passionierter Jäger, der vor fünf Jahren ein prächtiges Wildschwein in der linken Flanke erwischte und leider eine Ladehemmung hatte, just in dem Moment, als das Wildschwein ziemlich erbost auf ihn zu rannte und seine Hauer in eine äußerst schmerzempfindliche Stelle stieß. Der Blutverlust konnte nicht mehr kompensiert werden, da man Mrs. Cardigans Bruder erst vier Stunden später fand, in einem Zustand, der selbst dem Notarzt noch jahrelange Albträume bescherte.

Harold sitzt auf dem Bett, das bei jeder Bewegung in höchsten Tönen quietscht, er hat noch seine Hausschuhe an, die seine schmerzenden Füße mit wohligem Filz umgarnen. Die physische Belastung des Davonlaufens fordert ihren Tribut mit Wucherzinsen ein und Harold weiß nicht, ob er jemals wieder gehen kann. Sicher, es hätte alles auch noch sehr viel schlimmer kommen können. Wenn die Dame mit den zwei sehr großen Brüsten ihnen nicht einen zwanzigsekündigen Vorsprung verschafft hätte und wenn Frank und Henry zu Fuß nicht eine so klägliche Figur abgegeben hätten, dann wäre die Angelegenheit mit großer Wahrscheinlichkeit zu einem anderen Ende gelangt. So waren es nur die Füße, die Schaden davontrugen, da sie selbst dann noch rannten, als Frank und Henry drei Straßenblöcke entfernt schwer gebeugt die

Hände in die Hüften legten und in keuchenden Atemzügen alle Schimpfwörter und Drohungen, die ihnen auf die Schnelle einfielen, hinterherschickten. Harold versteht nicht, warum Melvin von einem gelungenen Tag sprach, nachdem er seinen Keuchanfall überwunden hatte, warum er bei der Verabschiedung sagte, er freue sich auf morgen, warum das Leben ihm eine derartige Prüfung abverlangt und warum die Zeugen Jehovas auf der Paxton Road immer so krank aussehen. Vielleicht ist aber auch alles nur ein unbehaglicher Traum, und wenn er sich jetzt ins Bett legt und morgen wieder aufwacht, dann ist vielleicht alles wieder gut, dann ist er, Harold, wieder der Fleischereifachverkäufer und Carol aus der Käseabteilung seine liebenswerte Kollegin. Doch wenn Harold in der Vergangenheit ähnliche Hoffnungen gehegt hatte, entpuppten sie sich am nächsten Morgen als trügerische Wunschvorstellungen, die noch nicht einmal im Traum Einlass fanden. Als Jerry O'Connor, ein berühmt berüchtigter Rüpel vor dem irischen Herrn, ihm im Sportunterricht die Hose herunterzog und alle, auch Sophie mit der Zahnklammer, sehen konnten, dass er mit fünfzehn Jahren immer noch keine Schambehaarung aufweisen konnte, da war die Tat am nächsten Morgen keineswegs ungeschehen und der ganze Kummer sehr wohl noch lebendig. Auch die hochnotpeinlichen Verkupplungsversuche seiner Mutter hatten sich nie wegschlafen lassen, nur die Erinnerungen daran verblassen mit der Zeit und verlaufen sich in den dunklen Gassen und Winkeln des Unterbewusstseins. Die Chance, Melvin nur als Eskapade seiner Phantasie zu vergessen, ist demnach kaum größer, als von einer Fruchtfliege erschlagen zu werden.

Die Frage aber ist vielmehr, wie konnte es so weit kommen, wie ist es möglich, dass er, Harold, ein erwachsener Mann von 49 Jahren, sich von einem Schuljungen in solch verwegene Abenteuer hat geleiten lassen. Er hat nie ein besonderes Faible für Menschen gehabt und soweit er sich erinnern kann, auch nicht für Kinder. Und es sieht bisher keineswegs danach aus, als würde Melvin etwas daran ändern können, ganz im Gegenteil. Auch der Wunsch, eines Tages Erziehungsberechtigter zu werden, ist selbst in seinen kühnsten Phantasien kaum mehr als eine schreckhafte Randnotiz, und wenn er die Wahl hätte, würde er einem atomaren Erstschlag irgendeines beliebigen Schurkenstaates den Vorzug geben. Morgen, da wird alles anders laufen, das Haus wird gar nicht erst verlassen, die eigenen vier Wände sind Unterhaltung genug, und wenn sich Melvin langweilen sollte, dann wird die Brettspielsammlung aus dem Keller geholt und abgestaubt. Dame und Mühle müssten noch komplett sein, sie wurden ja nur einmal benutzt, damals, als Mrs. Cardigan drei Wochen lang an einem Bandscheibenvorfall laborierte und rund um die Uhr nachbarschaftliche Zerstreuung wünschte. Er wird Melvin seine Aufmerksamkeit schenken, er wird ihm zuhören, egal wie unwegsam das Gesprochene auch sein mag, er wird vielleicht sogar einen Kuchen backen, einen Schokoladen-Streusel-Kuchen mit einer Himbeer-Glasur und kleinen Mandelstücken, aber mehr, mehr wird er nicht tun. Außerdem muss der Rhododendron gegossen werden und in der Wäscheschublade finden sich nur noch vier Paar Socken und die Farbe Beige ist ganz aus. Vielleicht aber gibt es noch eine andere Möglichkeit, um Melvin darauf hinzuweisen, dass er, Harold, nicht die Probleme des Universums lösen kann und auch nicht dafür geschaffen wurde, einem Heranwachsenden das Leben zu vertreiben, das ihm selbst jeden Tag ein unerklärbares Mysterium ist, in das er hineingeworfen wurde, ungefragt und ohne Rückfahrkarte, die es doch sonst für alles gibt, selbst am Wochenende.

Samstag

12

Die Tür ist nur angelehnt. Melvin drückt sie vorsichtig auf. Er hört zum ersten Mal, dass sie nicht geölt ist. Er geht ins Wohnzimmer. Kein Kakao. Kein Harold. Das Radio läuft. Nick Cave mit *The Mercy Seat*. Die Musik kommt aus der Küche. Melvin versucht leise zu sein, warum, lässt sich nicht genau erklären. Die Küche sieht ordentlich und sauber aus, alles scheint an seinem Platz zu stehen oder zu liegen, der Eierkocher neben der Kaffeemaschine, der Brotkasten neben dem Messerbesteck. Ein Messer fehlt, sonst ist nichts Ungewöhnliches zu erkennen. Melvin geht zurück ins Wohnzimmer. Ein Wasserhahn tropft. Das Geräusch kommt aus dem Bad. Melvin hat *Psycho* viermal gesehen, es ist einer seiner Lieblingsfilme.

Die Badezimmertür steht zur Hälfte auf, ein grelles Neonlicht blendet die hellgelben Kacheln. Auf dem Boden breitet sich eine Blutlache kreisförmig aus. Es ist nicht der Wasserhahn, der tropft, es ist das Handgelenk, das über dem Wannenrand baumelt. Hinter der Tür liegt der dazugehörige Körper kinntief in der Wanne, die blutrotes Wasser führt. Auf der Oberfläche äugen restschäumend kleine Bläschen hervor und auf der Ablage liegt das fehlende Brotmesser.

»Ach, hier sind Sie.« Melvin versucht, nicht in die Blutlache reinzutreten und setzt sich auf den Klodeckel. Er nimmt seinen Schulranzen ab, öffnet ihn und holt zwei Blätter hervor.

»Mrs. Cardigan hat mir schon von Ihrem Hobby erzählt. Ich bin froh, dass Sie keine anfeuchtbaren Postwertzeichen in dunkelblauen Kunstleder-Mappen horten. Individualität ist die Muse der Verlorenen. Gleichwohl es ja einen Harold gibt, der das gleiche Hobby hat. Aber der ist Amerikaner und eine Filmfigur. Sie sind ja echt.«

Harold kennt keinen Amerikaner mit dem Namen Harold. Auch nicht als Filmfigur. Harold kennt nur Filme von vor 1970. Und wenn er schon Ähnlichkeit mit einem Schauspieler haben sollte, dann doch wohl mit Rock Hudson in *Der Mann, der zweimal lebte*.

»Ich muss in zwei Wochen ein Referat halten, in Politik. Mrs. Bradford, meine Klassenlehrerin, möchte, dass ich über die Demokratie abhandle. Ich sollte mir darüber Gedanken machen. Das habe ich gemacht. Und Sie sind der Erste, dem die kleine Eloge ich vorzusprechen gedenke. Vorpremiere sozusagen.«

Melvin räuspert sich.

»Liebe Mitschülerinnen, liebe Mitschüler, sehr verehrte Mrs. Bradford! Zunächst einmal möchte ich mich bedanken, dass ich heute hier vor euch und Ihnen stehen darf und mir die ehrenvolle Aufgabe übertragen wurde, das Monument der europäischen Verfassung darzulegen, es näherzubringen und überdies hier und da, in aller Bescheidenheit, ein paar kritische Kommentare anzufügen. Das haben zwar schon weit bedeutendere Persönlichkeiten als meine Wenigkeit zu Protokoll gegeben, ich denke da an Dewey, Chomsky, Baudrillard oder Laclau, um nur einige der abendländlichen Protagonisten zu nennen, doch will mich dieser Reichtum nicht scheuen, nur motivieren. Ich spreche natürlich, und ihr werdet es schon vermutet haben, von der Demokratie. Wie wohl allseits bekannt sein dürfte, bedeutet das griechische Wort *demos* das Volk, ergo sprechen wir folgerichtig von Volksherrschaft, die in den zivilisierten kapitalistischen Gesellschaften heutzutage eine Selbstverständlichkeit ist. Unterschieden werden muss zwischen der direkten Demokratie, also dem ursprünglichen Gedanken dieser äußerst beliebten Staatsform, und der indirekten, deren Prägung wir im Hier und Heute erfahren dürfen. Wir wählen also so genannte Volksvertreter, die für uns die Demokratie in architektonischen Verzweiflungen verwalten und dafür sehr viele Sekretärinnen brauchen, die ihnen Kaffee kochen und das Faxgerät bedienen. Diese Volksvertreter fahren in gepanzerten Limousinen durch unser Land und verteilen auf Marktplätzen Luftballons und Kugelschreiber, damit wir sie gerne haben. Abends gehen sie dann nach Hause und essen Schweinebraten. Meistens sind es Männer, manchmal aber auch Frauen, wenn sie unerfreulich genug aussehen. Um diese sehr schwere Arbeit überhaupt bewältigen zu können, darf der Intelligenzquotient der Volksvertreter nicht über 120 liegen. Viele Volksvertreter sind deshalb Lehrer. Oder Juristen. Wichtige Entscheidungen müssen Volksvertreter im Allgemeinen nicht fällen, das übernimmt für sie der Lobbyist. Lobbyismus ist ein Fremdwort und heißt übersetzt Korruption. Wenn die Lobbyisten es für wünschenswert erachten, Krieg zu führen, weil die Rohstoffe knapp werden oder andernorts billiger sind, dann muss der Volksvertreter vor eine Fernsehkamera treten und ein bisschen was erzählen. Einige Personen nun, die mit Wörtern sehr gut umgehen können, sagen, dass solcherlei Gebaren degoutant sei.

Degoutant ist ein Fremdwort und bedeutet abstoßend. Das aber, liebe Mitschülerinnen und Mitschüler, ist es nicht, denn es ist die Demokratie, und die ist, wie sie ist. In der Demokratie obsiegt die Masse, die bei Ortega y Gasset keinen guten Ruf genießt. Die Masse hat die Diktatur der Bourgeoisie überwunden und feiert überschwänglich die Diktatur des Proletariats, von der Karl Marx sehr gerne sprach. Karl Marx ist ein Fremdwort und bedeutet Denker. Je mehr Kretins nun ein Medium oder eine Meinung konsumieren, desto mehr Geld wird in das Ewiggleiche hineingepulvert, um den debilen Massengeschmack zu befriedigen. Hauptsache, das Benzin wird nicht allzu teuer. Das aber, was jede Gesellschaft in ihrer intellektuellen Entwicklung hemmt, ist die Fokussierung auf das Durchschnittliche. Der Pöbel rennt immer dorthin, wo es am lautesten ist. Dabei ist laut leise am schönsten. Das heißt, schuld ist nicht der Volksvertreter, sondern der Mensch, dass die Dinge so sind, wie sie sind. Die Erde, das ist das runde Ding, auf das ihr, liebe Mitschülerinnen und Mitschüler, in der großen Pause eure Kaugummis spuckt, hält sich bisher noch relativ wacker, trotz der Menschen. Wäre der Mensch in der Tat ein vernunftbegabtes Wesen, hätte er sich im Laufe der Jahrtausende fortentwickelt, und ich spreche hier nicht von technologischen Errungenschaften wie der Wasserstoffbombe, sondern von der Fähigkeit zur Abstraktion, Kontemplation und Reflexion, dann wären wir, liebe Mitschülerinnen und Mitschüler, heute nicht hier, in einer Bildungsanstalt, die mit Bildung so viel gemein hat wie Käsekuchen mit Spaghetti. Wir wären glücklich. Der Mensch aber, und dies ist keine Hypothese sondern ein Faktum, ist das dümmste und eindeutig schwachsinnigste Geschöpf, welches jemals diese wunderschöne und faszinierende Erde heimgesucht hat. Aufrecht an ihm ist nur der Gang und selbst den verstolpert er. Es reicht vollkommen aus, eine Woche lang mit öffentlichen Verkehrsmitteln zu fahren und die Menschen zu beobachten, wie sie reden, wie sie sich verhalten, bewegen oder Latte macchiato trinken, um zu verstehen, wovon ich spreche. Die Politik ist ein Witz, das Fernsehen eine Farce und ansonsten geht es nach wie vor nur ums Fressen und Gefressen werden. Die Menschen haben sich nicht verändert. Sie sind nur dicker geworden. In der Diktatur gibt es einen Vollidioten, der bestimmt, in der Demokratie fünfzig Millionen. In der Demokratie obsiegt das Gewöhnlichste des Menschen, seine Gemütlichkeit und seine Beschränktheit. Die Glorifizierung des Proletariats ist gleichzeitig dessen Untergang, denn nichts ist mehr sicher, vor dem was wir *normal* nennen. Die Demokratie hat uns den großen Dienst erwiesen, uns allen zu zeigen, was der Mensch war, ist und immer sein wird: ein Trottel. Die Demokratie ist eine Schande, so lange es Menschen gibt. Denn dass wir die Krönung der Schöpfung sein sollen, ist ja nur unsere eigene Wunsch- beziehungsweise Wahnvorstellung, die wir dem lieben Gott anheimstellen, damit wir abends wenigstens einschlafen können, um unsere bedauerliche Existenz für einige Stunden vergessen zu können. Die Hybris unserer geistigen und geistlichen Vordenker wird in der kleinbürgerlichen Endstation des Kapitalismus gleich einem Urknall im absoluten Nichts verglühen. Wir Menschen werden eines glücklichen Tages die Neandertaler sein, auf die eine Spezies zurückblicken wird, die der unseren unendlich überlegen sein wird. Man wird uns als Fauxpas der Evolution bezeichnen, als die erste Gattung, der in Ansätzen so etwas wie Intelligenz mitgegeben wurde, auf der untersten nur denkbaren Stufe. Man wird uns mit Belustigung, Verwunderung und Nachsicht betrachten und unser tragisches Dasein in der Geschichte unter dem Begriff Kollateralschaden verbuchen. Vielen Dank für eure und Ihre Aufmerksamkeit. Und, Harold, was meinen Sie?«

Harold ist grundsätzlich noch tot.

»Ich sollte noch mal am Mittelteil arbeiten. Manchmal wird mir vorgeworfen, ich sei nicht emotional genug und lasse Gefühle vermissen. Vielleicht sollte ich noch so etwas wie *Den Weihnachtsmann aber gibt es wirklich* schreiben. So als romantische Komponente.« Melvin schreibt etwas auf die Rückseite seines Papiers. »Ich gehe mal in die Küche und mache uns einen Kakao. Wir haben heute noch viel vor.« Harold überhört die Drohung, er kann sie gar nicht hören, er ist ja tot. »Seien Sie so lieb und ziehen bitte etwas Legeres an.« Melvin stopft seine Unterlagen in den Schulranzen und geht hinaus, wobei er gegen das Waschbecken sowie links und rechts gegen den Türrahmen stößt und mittelschwere Flüche von sich gibt. Ein Scheppern und Klirren tönt aus der Küche, und als schließlich das Radio in orchestraler Lautstärke erklingt, hält Harold es für angebracht, das Leben neu zu erkunden, gleichwohl ihm schon die Vorstellung daran Übermenschliches abverlangt. Etwas Legeres?

Melvin mustert Harold eindringlich. Er nippt an dem Kakao, der dampfend seine Brille beschlägt, und überlegt, wie er sich so missverständlich habe ausdrücken können. Sicher, *léger* ist ein Fremdwort, es kommt aus dem Französischen und ist mit dem lateinischen *vulgaris* lose verwandt. Aber wie konnte es passieren, dass der geneigte Betrachter derart brachial in seinem ästhetischen Empfinden geschmäht wird? Warum gibt es Orte, in denen Zeit und Raum keine Rolle spielen und wieso ist das Sein letzten Endes aller Erkenntnis enthoben? Harold hat einen hellblau-grau-violetten Anzug gewählt, der ihm vor fünfzehn Jahren sehr gut gepasst haben muss, dazu ein cremefarbenes Hemd und einen gelben Pullunder, auf den einst kleine mintgrüne Elche gestickt wurden, deren handwerkliche Ausarbeitung auf Kinderarbeit schließen lässt. Waren die Winke mit dem Zaunpfahl dermaßen dehnbar? Hatte er vielleicht gesagt: Ziehen Sie bitte etwas aus den Siebzigern an, in dem Sie aussehen wie ein homosexueller Gebrauchtwagenhändler aus Bristol, der nach einer schweren Salmonellenvergiftung nur noch Rüben isst und sonntags die Kirchenorgel bedient, bevor er die jungen Messdiener in der Kapelle vergewaltigt? Nein, hatte er nicht. Aber je länger Melvin die modische Retrospektive betrachtet, desto mehr reift in ihm die Überzeugung, dass Harold im Grunde die perfekte Wahl getroffen hat, dass er instinktiv wusste, welche wunderbaren Erfahrungen sie heute sammeln würden und warum die Überzeichnung ein bewährtes Mittel für die Zurschaustellung der endlichen Lächerlichkeit allen Daseins ist. Melvin schlägt die Füße gegeneinander und über Kreuz, wie er es immer macht, wenn er zufrieden ist, wenn sich der Welten Gang als der Seine erweist. Harold indes ertrinkt die Sahne im Kakao durch unablässiges Rühren mit dem Löffel, er nimmt zwei kräftige Schlucke und spürt die Wärme, wie gut sie tut, wie sehr sie die Erinnerung an das Behütete wachruft, an ein Damals mit grünen Wiesen und Onkeln und Tanten, die ihm Bonbons mitbrachten und immer sagten, wie groß er schon wieder geworden sei. Der süßliche Geschmack verweilt in seinem Gaumen, in dem noch etwas anderes, etwas Ungewöhnliches klebt, in Höhe des linken Backenzahns, etwas, das dort eigentlich nicht hingehört. Es fühlt sich wie ein kleines Stück Papier an, er schiebt es mit der Zunge hin und her, es scheint sich aufzulösen und bald schon wird es vergessen sein.

»Wissen Sie, Harold, da ich immer denken muss, vergesse ich das Fühlen«, sagt Melvin in die Stille hinein, und Harold erschrickt. »Manchmal glaube ich, ich habe es schon komplett verlernt, und das macht mir Angst. Ich kann immer seltener beschreiben, was ich empfinde, es erscheint mir so profan, so unwichtig, so menschlich. Und dann sind da dic ganzen Wörter in meinem Kopf und die Zahlen und Werke und Gleichungen und Sinfonien und Abstraktionen und alle schreien immer *hier bin ich* und es ist nie ruhig, nicht einmal, wenn ich schlafe. Um es für Sie zu übersetzen: Stellen Sie sich vor, eine Eisenbahn würde jeden Tag 24 Stunden Ihren Kopf umkreisen und aus jedem Abteil lugen Menschen heraus und schreien Ihnen etwas zu. Verstehen Sie, Harold, ich weiß nicht um das Schöne des sinnlosen Nichtstuns, um das einfache Dasein, die Leere und die Stille. Wenn ich aus dem Fenster schaue, fragmentiere ich, ich starre nicht, wenn ich ein Buch lese, nehme ich auf, ich verbrauche nicht, wenn ich einen Film sehe, dekonstruiere, analysiere, manifestiere ich und so weiter. Ich möchte aber einmal nur sehen, riechen, hören, fühlen, schmecken und nicht verstehen. Keine Kontrolle mehr, nur noch empfinden. Und aus diesem Grund habe ich heute Morgen käuflich etwas erworben. Von einem Individuum, das mir auf der Straße ein klägliches Hallo entgegenkrächzte, das auf den Namen Lenny Ferguson getauft wurde und unter anderem mit Erdnüssen einen regen Handel betreibt. Ich habe aber keine Erdnüsse, sondern zwei kleine Stückchen Löschpapier von ihm gekauft. Sie glauben nicht, wie teuer dieses Lysergsäurediäthylamid ist. Ich kann von Glück reden, dass meine Ma, die ich über alles liebe, soweit ich weiß, noch recht altmodisch Geldscheine in Keksdosen sammelt. Ich habe übrigens Ihnen und mir jeweils ein Stück Löschpapier in den Kakao getan. Wir werden also in den nächsten Stunden, so Gott will, der Irrationalität Tür und Tor öffnen. Vielleicht werden wir sogar glauben, dass wir fliegen können. Ist das nicht großartig?«

Harold versucht zu hyperventilieren und dann in Ohnmacht zu fallen. Es gelingt ihm vorerst nur, die linke Augenbraue zu heben. Immerhin, denkt Harold. Er starrt auf den Kakao und wartet auf das Gefühl, sehr, sehr wütend zu sein. Das Scheppern eines schwer beladenen Lastwagens dringt durch die mächtigen Altbaufenster und das Service zittert sich ungehalten seitwärts.

»Das Individuum hat gesagt, dass sich die Wirkung je nach körperlicher Verfassung nach ein bis zwei Stunden einstellt.«

Harold hält die Luft an.

»Atmen. Es hat auch gesagt, dass wir uns nicht aktiv am Straßenverkehr beteiligen sollten. Es hat die Natur vorgeschlagen oder einen geschlossenen Raum mit vielen Menschen.«

Harold hält die Luft an.

»Atmen. Es gibt eine Ausstellung in der Kunstgalerie in Mayfair, moderne Fotografie, Corbijn, Goldin, La Chapelle und so. Ich denke, dort werden wir gut aufgehoben sein.«

Harolds Kopf schlägt auf die Tischplatte.

13

Harold ist sich nicht sicher, was er von dem Foto halten soll. Die Anatomie ist die einer Frau und noch viel mehr die einer Barbie-Puppe. Harold war seit über zehn Jahren in keiner Kunstausstellung mehr und ist überrascht, welche Fortschritte die Fotografie in dieser Zeit gemacht hat. Die Frau auf dem Foto, die wie eine Barbie-Puppe aussieht, verändert sich, je länger man sie anschaut. Mal werden ihre Augen größer, mal ihre Nase, mal bewegen sich ihre Brüste, mal scheint der Boden sich zu bewegen und dann wieder ist es, als ob die Zeit stehenbliebe. Die Farben sind von solcher Intensität, dass Harold befürchtet, blind zu werden. Eine neue Orientierung, jetzt, ein Ausweg, nach oben schauen. Auf der weißen Wand steht mit roter Farbe gepinselt: Sind Sie auch schon tot? Harold findet die Frage zu kompliziert, er blickt auf das Sektglas mit Orangensaft in seiner Hand, ohne zu wissen, wie es dort hingekommen ist. Er versinkt in die sonniggelbe Flüssigkeit, die in chaotischen Wellen gegen das Glasinnere brandet, in dem feine Bläschen in wirren Mustern schäumend gegeneinander schlagen und dann in Strudeln von der Oberfläche in das tiefe Nichts gesogen werden. Eine neue Orientierung, jetzt. Als Harold wieder aufblickt, schrillt das Neonlicht durch seine Pupillen, ein gleißend weißer Teppich aus ruhelosen Strichen, Flächen und Reflektionen, der nur mit äußerster Anstrengung weggeräumt werden kann, die Wahrnehmung der Realität als Negativ, erst schemenhaft, dann in Farbe sich wieder zusammenfügend, Moleküle zu bewegten Bildern werdend.

Die Geräusche schwellen an, als ob jemand den Lautstärkeregler dreht, ein dumpfes Rauschen, wie in einer Plastiktüte gehalten, lauter und lauter und schließlich die Implosion, die Höhen kommen durch, einzelne Wortfetzen sind zu verstehen, klirrende Gläser, Lachen, Husten und vereinzelt auch aus der Ferne das Geschrei eines Babys. Der Raum, in dem Harold vor einer Sekunde noch hätte schwören können alleine zu sein, ist plötzlich voller Menschen. In kleinen Gruppen stehen sie dicht beieinander, sie winken, unterhalten sich, küssen beidseitig Wangen oder blicken ins Leere. Harold versucht sich zu erinnern, dass auch seine biologische Bezeichnung Mensch ist. Dazu zählen der eigene Wille und die Dinge so zu sehen, wie sie sind.

Melvin steht seit zehn Minuten unter dem Wasserspender und trinkt. Nachdem er eine halbe Stunde vor dem grün-weißen Schild mit dem Wort Notausgang gestanden und in unregelmäßigen Abständen *Bravo* gerufen hatte. Er wischt sich den Mund mit dem Rücken der rechten Hand ab, schaut auf die Tropfen, die an seinen Fingern perlen und bewegt sich in Zeitlupe auf Harold zu. Er stellt sich ohne ein Wort zu sagen neben Harold und nimmt ihn an die Hand.

Chaostheorie eins: Realität ist grundsätzlich eine Lüge. Eine junge Frau mit blonden Locken, weißer Strumpfhose und zwei Flügeln auf ihrem Rücken kommt auf sie zu, bleibt kurz stehen und fragt: »Können Sie Karate?«

Chaostheorie zwei: Menschen sprechen. Melvin legt den Kopf schräg, derweil Harold nicht in der Lage ist, die Frage zu verstehen. Die junge Frau mit den Flügeln auf dem Rücken gefriert ein Lächeln auf ihr rosiges Antlitz und rehkitzt ihre Augen zu einem Schokoladenpudding voller Unschuld.

Chaostheorie drei: Auf eine Frage folgt eine Antwort. »Notausgangsschilder sind grün am schönsten.«

Harold ist erstaunt, dass Melvin einen nahezu verständlichen Satz zustande bringt, dass er überhaupt sprechen kann. Die junge Frau mit den blonden Locken fliegt davon. Melvin versucht ihr zu folgen, mit Harold an der Hand, aber sie kommen nicht weit. Melvins Aufmerksamkeit erstarrt vor einem pfirsichfarbenen Vorhang mit tanzenden gelben Punkten, die von grauen Schmetterlingen gejagt werden. Ein Aufsteller preist in Extra Bold:

LIVE PERFORMANCE HORATIO UND DAS ROSAROTE BADESCHAF

Melvin überlegt keine Sekunde und stolpert samt Harold durch den Vorhang. Ein Raum in der Größe mehrerer Turnhallen – oder, je nach Sehvermögen, einer Puppenstube – beherbergt in der Mitte eine schneeweiße Badewanne, in der ein nahezu kahlköpfiger und auch ansonsten gänzlich nackter Mann etwas in seinen Händen hält, das wie eine Badeente aussehen könnte, wäre es gelb und ohne Wolle. Eine Gebirgskette aus Badeschaum formt mit jeder Bewegung eine neue Landschaft, mehrere Alpen sind übergeschwappt und verschmelzen zu kleinen Skulpturen, die mal Pinguinen, mal Indianern oder Atommeilern ähneln, je nach Sehvermögen. Vereinzelt stehen Menschen herum, starren auf die Szenerie und nippen an ihren Sektgläsern.

HORATIO Plitsch, platsch, Badespaß, hineingehüpft und wohlgefühlt.

DAS ROSAROTE BADESCHAF Ich glaube, ich verzichte heute mal auf Planscherei.

HORATIO Ich glaube nicht.

DAS ROSAROTE BADESCHAF Aber es ist so nass!

HORATIO Ich fürchte, daran werde ich nichts ändern können. Und jetzt rein.

DAS ROSAROTE BADESCHAF Scheiß Job.

HORATIO Existenz, Funktion, Bedingung.

DAS ROSAROTE BADESCHAF Wurde je vernommen, dass auf Butterfahrten der analen Penetration gefrönt wird?

HORATIO Nicht wirklich.

DAS ROSAROTE BADESCHAF Hört! Hört! Und genau aus diesem Grund ist das Systemtheoretische unbrauchbar. Der logisch-deduktiven Geschlossenheit fehlt der empirische Beleg.

HORATIO Gebadet wird trotzdem.

DAS ROSAROTE BADESCHAF Ein Vorhaben, welches von vornherein zum Scheitern verurteilt ist, wird dem Vergnügen kaum zuträglich sein.

HORATIO Es wird dem Vergnügen sogar in aller Ausführlichkeit zuträglich sein.

Horatio stupst Das rosarote Badeschaf ins Wasser.

DAS ROSAROTE BADESCHAF Ich ertrinke.

HORATIO Auch so eine Sache

DAS ROSAROTE BADESCHAF Was?

HORATIO Wieso kann es nicht schwimmen?

DAS ROSAROTE BADESCHAF Weil es ein Schaf ist?

HORATIO Ich dachte immer, Schafe können schwimmen.

DAS ROSAROTE BADESCHAF Schafe schon, nichtschwimmende Schafe nicht.

HORATIO Übung macht den Bademeister!

DAS ROSAROTE BADESCHAF Nein, weiße Shorts, und die stehen mir nicht.

HORATIO Es wird schon nichts passieren.

DAS ROSAROTE BADESCHAF Ich sehe nicht den geringsten Beleg für diese Vermutung.

HORATIO Warum sollte etwas passieren?

DAS ROSAROTE BADESCHAF Nein, die Frage ist, warum sollte etwas nicht passieren?

HORATIO Weil man nur glaubt, dass es passieren könnte.

DAS ROSAROTE BADESCHAF Das Passierenkönnte ist im Passiertsein des Passierens als Seiendes nicht passiert. Wenn etwas nicht passiert, von dem man angenommen hat, dass es hätte passieren können, ist es dann ein Nicht-passiert-Sein oder ein Sein des Nicht-Passierens? Gibt es ein Sein des Nicht-Passierens und wenn nicht, wozu dann noch Metaphysik, wozu Glaube, wozu leben?

HORATIO Hätte es das Seepferdchen gemacht, würde uns die Welt vielleicht verständlicher erscheinen.

DAS ROSAROTE BADESCHAF Es ist ja auch nicht so, dass nichts passiert ist, wenn nichts passiert ist, sogleich aber das nicht Nicht-Passierte ja nicht das Passierte als Seiendes des Passierens definiert, sondern nur das Nicht-Passierte, was nicht passiert ist, erklärt.

HORATIO Ich werde ungehalten.

DAS ROSAROTE BADESCHAF Wenn sich aber etwas erklären lässt, was nicht passiert ist, dann lässt sich zumindest schon mal das Nicht-passiert-Sein beweisen. Das Nicht-passiert-Sein als Seiendes des Nicht-Passierens allerdings nur metaphysisch.

HORATIO Ich werde sehr ungehalten.

DAS ROSAROTE BADESCHAF Es ließe sich folglich ableiten, dass das Nicht-Passierte an sich ...

Horatio taucht Das rosarote Badeschaf unter.

HORATIO Jetzt ist etwas passiert, von dem ich angenommen habe, dass es hätte passieren können. Und was soll ich sagen? Es ist passiert.

DAS ROSAROTE BADESCHAF *taucht prustend wieder auf* Ich bin in der Groteske das Verzweifelte. Richtiges Denken, Folgerungen, Prämissen, Konklusion, Gesetzmäßigkeiten, Extension, Logik. Wenn die Wurzel aus neun sieben wäre, dann ist 18 gleich 47. Oder fünf. Der Monotheismus der Gedanken ist nicht das Spiegelbild der Vernunft. Sind die Euler-Diagramme ein Begriff? Doch letzte Zweifel sind angebracht. Wenn alles Seiende auf eine kausalbestimmte Natur zurückzuführen ist, so kann aus dem Sein noch lange kein Sollen abgeleitet werden. Warum also sollte das Verzweifelte ertrinken?

HORATIO Weil das Betroffene gerne für einen da ist.

Melvin erträgt kein weiteres Wort, keinen weiteren Satz mehr, er stürmt mit Harold an der Hand wieder hinaus, doch der Raum, in dem sie noch vor wenigen Minuten nur der Kunst versprochen waren, hat sich verändert. Gleißender als zuvor steht plötzlich ein junger Mann unter der kleinen Glaskuppel, die schmerzend helles Licht über ihn schüttet. Das halblange blonde Haar verhängt in Strähnen sein Gesicht, das auf den Fußboden gerichtet ist. Eine Gitarre hängt um seine Schulter und zu seiner Linken ist ein Verstärker aufgebaut, der mit dem Wort *Marshall* versehen ist und an dem alle Regler nach rechts gedreht wurden. Auch jene, die mit den Bezeichnungen *Volume*, *Gain* und *Overdrive* ein Versprechen auf eine lautlose Zukunft brechen werden. Auf einem abgerissenen Stück Pappe zu Füßen des Musikanten steht mit schwarzem Edding geschrieben: EIN JUNGER POPULÄRMUSIKANT AUS UPPSALA. Er schaltet den Verstärker ein, schlägt kurz und hart mit einem Plektron auf die Gitarre und es ertönen Schallwellen zu Klangeskapaden, die mühelos in der Lage wären, eine komplette Kleinstadt aus dem Schlaf zu reißen, selbst die Schwerhörigen, da die schreihalsige Kunst mit einem Erdbeben der Stärke 24 auf der Richterskala untermalt wird. Harold ist unbedingt überzeugt, dass sein Trommelfell mehrfach geplatzt und absolut irreparabel ist, auch für Experten auf dem Gebiet der Tinnitus-Forschung, die der Wissenschaft um Jahrzehnte voraus sind. Er starrt in die Gesichter des verstreuten Publikums, sieht aber nur lachende Grimassen, vereinzelt anerkennendes Klatschen und mehrere Variationen der Gebärdensprache, die ihm größtenteils unverständlich sind. Melvin versucht derweil seine Ohren mit den Papierservietten, die er von den Stehtischen klaubt, zu verstopfen und zerrt Harold in Richtung der Schilder »Büffet«. Entspannter wird die ganze Angelegenheit dadurch nicht, wie Harold mit taufrischem Schrecken feststellt. Der mit glitzernden Perlenvorhängen abgetrennte Bereich gegenüber dem Notdurftbezirk ist rege bevölkert von schlemmenden und schlürfenden Gästen, die sich an den feilgebotenen Köstlichkeiten vergreifen. Und wie allerorten, wenn es etwas umsonst gibt, scheint der Futterneid die kleinen Grenzen des Anstands mühelos zu überwinden, denn die Garnelen und Langusten sind schon rar, und jeder Neuankömmling wird argwöhnisch von jenen beäugt, deren Teller überquellen und auch beim besten Willen keinen weiteren Platz für einen Vorrat bieten.

Das Problem sind aber in diesem Fall nicht die Menschen, es ist das Büffet selbst, welches Harold und sogar Melvin zurückschrecken lässt. Denn das Büffet lebt. Der Camembert und Tilsiter, die Weintrauben und die Ananas, die Brotlaibe und Salzbrezeln, die Hähnchenschenkel und Dinkelfrikadellen, der Lachsschinken und der Wildreis, die Stangenbohnen und die Frühlingskartoffeln und auch die Nusstorte mit den Schokoraspeln und den kleinen Marzipanmöhren, deren grelles Orange jede Netzhaut zum Schmelzen bringt. Sobald Harold versucht, sich auf eine der Köstlichkeiten zu konzentrieren, spielt sein visuelles Vermögen Karamba und Krawumm. Die in zwei Hälften geteilte Grapefruit verändert mit jedem Augenzwinkern ihre Konsistenz, ihre Größe, ihr Sein, ihr Selbst. Sie wölbt sich, dehnt sich aus, zieht sich wieder zusammen, zerfließt wie zähflüssiges Magma in kleinen Strudeln, aus denen sämige Strähnen hilflos ineinander schwemmen. Die Weintrauben wachsen auf die Größe von Honigmelonen an, bis sie kurz vor dem Zerplatzen wieder auf Tischtennisballgröße schrumpfen. Am schlimmsten aber ist das Sushi, das sich wie eine Krabbelgruppe in einer Hippie-Kommune aufführt. Harold verliert seine Orientierung, sein Selbstverständnis von der Ordnung der Dinge, er bemerkt die kleinen Schweißtropfen, die von seiner Stirn tropfen und zu seinen Füßen den Indischen Ozean nachbilden. Das in kurzen Schüben auftretende Erzittern seines ganzen Körpers trägt auch zu keinerlei Entspannung bei, er muss fort von hier, blickt nach links und rechts, doch der einzige Fluchtweg ist von einer Gruppe junger Menschen in Trainingsjacken abgeschnitten, leichtes Aufkeimen von Panik, bis das Schild mit der Aufschrift *Toilette* seine Blicke streift, keine zehn Meter entfernt, die Füße setzen sich automatisch in Gang, keine Kontrolle mehr, Melvin alleine, wer ist Melvin, Junge, egal, weg, sofort.

Harold reißt die Tür auf und kann sein Glück kaum fassen, die Toilette ist unbewohnt, niemand da, auch keine Grapefruit. Doch plötzlich erklingt eine Stimme aus dem Nichts: »Wir mästen alle anderen Kreaturen, um uns selbst zu mästen; und uns selbst mästen wir für Maden.« William? William Shakespeare? Lebt William Shakespeare? Ist William Shakespeare hier auf der Toilette? Ein Hörspiel, es ist nur ein Hörspiel, keine Panik, es wird alles gut, der Wasserhahn ist nur einen Meter entfernt, er sieht normal aus, nicht länger anschauen, aufdrehen, links herum. Harold trinkt, sekunden-, minuten-, stunden-, tagelang. Als der Durst gelöscht ist, blickt er auf, in den Spiegel, ein Fehler, und noch bevor Harold den Entschluss fassen kann, sich in der Kloschüssel zu ertränken, fällt er in Ohnmacht.

14

Na, das nenne ich mal glasige Augen ... Hast du die Neue gesehen? ... Manchester hat ... auf den Sack bekommen ... Hallo, können Sie mich verstehen? ... Nächste Woche schon wieder Doppelschicht ... in dem Alter ... ts, ts, ts ... Es könnte sein ... auf gar keinen Fall ... Auspumpen! ... Ich dachte, Mary ... drittes Baby bekommen ... auch schon da? ... mmh, sicher ... den Schlauch etwas höher ... Paisley hat sich gestern ... Blinddarm ... übergeben ... Niete ... und bitte! ... der Tusch fehlt ... Töröőö ... was für eine Suppe ... Scheibe Toast mit Käse ... junger Gouda ... definitiv ... Joghurt ... Erdbeere ... Kirsch ... Erdbeere ... Kirsch ... Erdbeere!! ... die kleinen Bröckchen ... sind kleiner ... Schlaumeier ... nur noch im Netz ... 200 Pfund verloren ... der Zivi soll sauber machen ... aufs Zimmer schieben ... morgen wieder auf den Beinen ...

Die grellen Deckenlichter flackern durch das hohe Tempo unruhig hinfort und die müden Rollen können die Unebenheiten des Bodens nur durch schepperndes Durchrütteln kompensieren, derweil sie in den Kurven quietschen, als würde man ihnen das Hartgummi bei lebendigem Leibe abziehen. Harold versucht, sein aufkeimendes Bewusstsein zu ordnen, sich zu orientieren und der Umgebung einen Namen zu geben. Hades? Eine Tür wird geöffnet, er wird reingeschoben. Die linke Seite ist durch ein anderes Bett samt Insassen bereits belegt und auf der gegenüberliegenden Seite sitzt jemand an einem kleinen grünen Plastiktisch und trinkt durch einen Strohhalm aus einer Dose Cola. Dieser Jemand ist sehr klein. Es ist ... ein Junge. Harold versucht spontan wieder in Ohnmacht zu fallen, doch sein Immunsystem hat keine Lust.

»Hallo Schwester Beatrice. Und, was sagt der Arzt?«

»Keine Sorge, Melvin, dein Onkel kann uns morgen schon wieder verlassen. Deine Vermutung war übrigens unbegründet. Es war keine Fischvergiftung.«

Onkel? Fischvergiftung? Für Harold war in den letzten Stunden die Welt nicht mehr sicher, Erkenntnisse nur noch Badeschaum, den man von den Fingern pustet und der sich in neue Zustände flüchtet, in Formen, Bilder und Gesichter, die für einen kurzen Moment ewig sind, bis sie wieder in sich zusammenfallen. Und eigentlich wartet er auf den Tag, an dem er um die Ecke biegt, hinter der auf einmal alle Menschen stehen, denen er jemals begegnet ist und die sagen: Törö, war alles nur ein Spiel. Das richtige Leben ist natürlich wunderbar und nicht die Hölle. Schwester Beatrice aber scheint dies nicht zu kümmern, sie zurbelt Harold in eine halb aufrechte Position und stopft ihm ein weiches Daunenkissen hinter den Rücken. Dann macht sie zwei Schritte auf Melvin zu, bückt sich hinunter und flüstert so leise, dass alle es hören können: »Dr. Pintgram glaubt, dass dein Onkel ein Drogenproblem hat.«

»Oha.«

Schwester Beatrice zupft an den Faltenwürfen ihres zu engen Kittels, sie hat zugenommen in den letzten Monaten, über zwölf Pfund, seit sie mit dem Modern Jazz aufgehört hat. Jamal, ihr Tanzlehrer, hat sich umorientiert, auf unter 30. Sie streift mit ihrer Hand gedankenverloren um das kleine Barthaar, das links neben ihrer Unterlippe wächst. Sie könnte es einfach abschneiden, aber sie hat sich schon daran gewöhnt und außerdem möchte sie wissen, wie lang es werden kann. Melvin ist ein guter Junge, der seinen Onkel bis ins Krankenhaus begleitet hat und keine Sekunde von ihm gewichen ist. Der Doktor musste ihm mehrmals erklären, dass er beim Magenauspumpen nicht dabei sein könne. Unter keinen Umständen. Auch nicht zu wissenschaftlichen Zwecken. Ein guter Junge. Dabei hat er es gar nicht verdient. Sein Onkel. Im Grunde wusste jeder, um was es geht, als er in diesem Aufzug hier reingefahren wurde. Man erkennt die Rauschgiftsüchtigen schon am äußeren Erscheinungsbild. Die fettigen Haare, die glasigen Augen und dann dieser hellblau-grau-violette Anzug mit dem cremefarbenen Hemd und den mintgrünen Elchen auf dem gelben Pullunder, das spricht doch für sich selbst. In den Siebzigern hängengeblieben und nie wieder von diesem Trip losgekommen. Es ist schlimm, wenn Kinder darunter leiden müssen, an der obsessiven Genusssucht der Erwachsenen, an dieser Schwäche, dieser Krankheit, dieser verantwortungslosen Egomanie.

»Hab' ein Auge auf ihn«, sagt Schwester Beatrice während sie Harold einen Blick zuwirft, der mindestens 200 Kilogramm Vorwürfe schwer ist. Als sie das Zimmer wieder verlässt, um ihr Talent an kleineren Injektionen und größeren Bettpfannen zu erproben, mustert Melvin Harold mit einem kritischen Blick.

Was?

»Während man Ihr Mageninneres in die Freiheit pumpte, habe ich mich mit Ihrem Zimmernachbarn, Mr. Koschinski, bekannt gemacht. Mr. Koschinski hat die Goldene Palme als Lichtdouble in einem Dokumentarfilm über südanatolische Bergbauern gewonnen. Leider hat Mr. Koschinski nur noch drei Wochen zu leben, Bauchspeicheldrüsenkrebs im Endstadium. Die malignen Tumore haben sein Pankreas in ein Minenfeld der Metastasen verwandelt. Wenn Sie also Freunde fürs Leben werden möchten, sollten Sie sich beeilen.«

Harold versucht sein nebulöses Sehvermögen auf die Person gegenüber zu fokussieren und erkennt so etwas wie ein Lächeln in dem knochigen Gesicht, das in faltigen Furchen ganze Gebirgsketten nachzeichnet. Die Haut ist ein einziger Lappen, von der Erde angezogen, weshalb die unteren Augenlider fast bis zur Nasenspitze reichen. Zwei Infusionsbeutel und ein Gerät mit vielen bunten Lämpchen haben ihn umstellt. Auf einem rollbaren Beischrank weilt eine Vase, in der eine Rose den Begriff der Müdigkeit kunstvoll in Szene setzt und mit den beiden letzten Blättern tapfer den Naturgesetzen trotzt. Daneben liegt eine halboffene Schachtel Pralinen, an der ein kleines Pappschild lehnt, mit der Aufschrift: *Gestern wird es auch nicht besser, aber morgen war es schöner.*

»Glauben Sie eigentlich an Gott, Mr. Koschinski?«

»Aber ... natürlich.« Mr. Koschinski hat eine brüchige Stimme mit einem leichten osteuropäischen Akzent, der den Vokalen unnötig viel Spielraum gewährt. Da Kehlkopf, Kiefer und Zunge keine harmonische Einheit mehr bilden, benötigen die Wörter ungefähr die Zeit eines Transatlantikfluges bis sie in hörbaren Lauten die Umwelt erreichen.

»Sie glauben an das Ding im Himmel?«

»Ich glaube an Gott.«

»An Sünde, Zorn, Vergeltung, Vergebung, Nächstenliebe, Schlange, Apfel, Adam, Eva, Meeresteilung, Auferstehung und *Dein Reich wird kommen*?«

»Ich glaube an Gott.«

»Wussten Sie, dass der Penis eines Blauwals bis zu 18 Meter lang werden kann?«

»Nein.«

»Aber Sie glauben an Gott?«

»Ja.«

»Und also auch an das niedliche Märchenbuch, umgangssprachlich Bibel genannt?«

Melvin wartet darauf, dass Mr. Koschinski sein Bekenntnis wiederholt. Harold wartet auf das Abendbrot und betet, dass es mit ungarischer Salami belegt ist, auf die er aus heiterem Himmel einen kolossalen Appetit hat. Mr. Koschinski aber schließt die Augen für einen kurzen Moment und als er sie wieder öffnet, ist in den vormals trüben grauen Punkten ein etwas helleres Grau zu erkennen.

»Junger Freund, du glaubst, wie ein Atheist glaubt zu wissen, wie ein Gläubiger zu glauben hat. Die Bibel ist nicht Gott. Die Bibel wurde von Menschen verfasst, bisweilen auch sehr dummen Menschen. Sie ist eine Überlieferung und wie in jeder Überlieferung ist sie voll von Zweifeln, Fehlern, Übertreibungen und ungenügender Syntax. Sie ist eine Inspiration, eine metaphysische Brücke zur Spiritualität, eine Quelle der Einkehr und ein Wegweiser zur individuellen Erkenntnis. Die Bibel ist nur für einfältige Fundamentalisten ein Gesetz. Aber die Frage ist, welche Erlösung wartet auf den Atheisten?«

»Für einen Atheisten ist die Erlösung nicht Gott, sondern das Ende der Menschheit. Aber er ist damit nicht unglücklich. Er glaubt nur schlicht an die Evolution und weiß, es kann nur besser werden.«

»Sicher, der Mensch ist Gottes größte Tragödie.«

»Leider ist er auch in Tragödien kein großer Meister.«

»Aber ein Gott.«

Melvin ist amüsiert, nachdenklich, amüsiert und wieder nachdenklich. Harold ist nur nachdenklich, da der Tee in Krankenhäusern nach Pferdeurin schmeckt, wie Mrs. Cardigan zu sagen pflegt.

»Sie glauben an ein *Danach*?«

»Der Glaube ist der Sieg über die Materie, das Ende und nicht der Anfang der Illusion, die Befreiung des Geistes von der unerträglichen Bürde, die wir Leben nennen. Finde den Weg, finde deinen Weg und du wirst glauben.« Die letzten Worte werden mit nahezu unmenschlicher Anstrengung entlassen und mit einem tiefen Seufzer verabschiedet. Mr. Koschinski schließt die Augen und sein Kopf fällt seitlich auf das Kissen. Melvin starrt auf das friedfertige Antlitz gegenüber und ist nicht sicher, ob dies die letzten Worte des Mr. Koschinski waren, und wenn sie es wären, so findet er, hätten sie weit mehr Eleganz als: *Es ist vollbracht!* Was wiederum auch keine große Kunst ist. Ob er die Krankenschwester rufen soll oder gleich ein Bestattungsunternehmen? Und was soll auf dem Grabstein stehen? Vielleicht: *Das Leben ist auch nach dem Tod nicht lebenswert.* Oder etwas prosaischer: *Wer von Religion und ähnlichen Lotterien keine Ahnung hat, sollte wenigstens gut frühstücken.* Etwas zu lang und vielleicht auch nicht im Sinne Mr. Koschinkis, aber spielt das letzten Endes eine Rolle? Wohl kaum. Doch noch bevor Melvin eine Entscheidung ob seiner Handlungsalternativen treffen kann, vernimmt er ein leises, aber immer lauter werdendes Schnarchen aus Mr. Koschinskis Ecke. Pech für die Krankenkasse.

Melvin starrt aus dem Fenster, auf den Vollmond, der sich vorgeschlichen hat, er ist unsicher, aber vielleicht ist das jetzt der richtige Zeitpunkt, vielleicht hat er nur noch diesen kleinen Schubs gebraucht, die Pläne liegen in der Schublade, zwei Jahre lang hat er recherchiert, Berufliches und Persönliches herausgefunden, Routen berechnet und jeden Dialog schon zweitausend Mal im Kopf durchgespielt. Jede Frage kennt er auswendig und auf jede mögliche Antwort ist er vorbereitet. Und seit er von dem Brief erfuhr, hat er jeden Monat aus dem Portemonnaie seiner Mutter einen kleineren bis größeren Betrag angespart, und jetzt sind es 800 Pfund, die im *Ulysses* zwischen den Seiten kleben.

»Wo wir gerade von Wegen sprachen, Harold ...« Melvin macht eine kurze Pause, um Luft zu holen. Harold fühlt sich, als hätte ihm ein Rottweiler das linke Bein abgebissen, als erste Warnung.

»Wie Sie vielleicht wissen, habe ich keinen Vater. Vielmehr habe ich einen Vater, nur ist er mir persönlich nicht bekannt.«

Das findet Harold sehr traurig, aber jetzt wird er doch langsam müde. Er versucht zu gähnen, zweimal. Es war ja doch ein anstrengender Tag.

»Meine Ma spricht nicht über ihn, sie blockt bei dem Thema entschieden ab, sie sagt, dass sie nicht mal seinen Namen kenne. Sie lügt.«

Wenn Harold nicht wüsste, dass die sanitären Einrichtungen in Krankenhäusern das Las Vegas der Keime, Viren und Bakterien sind, könnte er sich sehr gut vorstellen, diese jetzt aufzusuchen.

»Ich habe einen Brief gefunden. Von meinem Vater. Datiert auf den 16.12.1998. Er liegt in der Geheimschatulle, in der meine Ma ihre wichtigen Andenken und Devotionalien aufbewahrt. Das Sicherheitsschloss hat eine Zahlenkombination, die für jeden halbwegs begabten Tüftler und Entdecker eine Beleidigung darstellt. Ich habe eine Kopie des Briefes angefertigt, die ich seit zwei Jahren bei mir trage.« Melvin nestelt eine Kette um seinen Hals hervor, an der ein kleiner Anhänger in Form einer Urne befestigt ist, er öffnet den kleinen Schraubverschluss, stülpt ein pergamentdünnes Papier heraus, entrollt es, rückt die Brille mit dem rechten Zeigefinger die Nase hinauf und räuspert sich zweimal.

»Liebe Denise! Ich weiß, dass du mich immer nur als einen Unfall betrachtet hast, und du weißt, wie sehr ich es bedaure. Aber dass du dich zu einer Abtreibung entschieden und diese ohne mein Wissen vollzogen hast, kann ich dir nicht verzeihen. In meinen Träumen wird unser Kind leben, es wird ein Sohn sein, er wird groß und stark werden, vielleicht wird er Fußballer oder Musiker, meine Sehschwäche wird er erben und deine wundervollen Lippen. An Sonntagen werden wir Drachen steigen lassen, und wenn er das erste Mal verliebt ist, werde ich seine Freude und seine Trauer mit ihm teilen. Untröstlich, dein Jeremiah.«

Melvin atmet kurz auf, derweil Harold versucht, wie James Cagney in *Yankee Doodle Dandy* zu blicken, als dieser von Präsident Roosevelt empfangen wird.

»Auf dem Briefumschlag ist auch der Nachname meines Vaters zu erkennen. Newsom. Jeremiah Newsom. Meinen Recherchen zufolge gibt es in ganz Großbritannien und Irland genau fünf Jeremiah Newsoms. Wissen Sie, Harold, ich würde meinen Vater wirklich gerne kennen lernen, bevor es vielleicht zu spät ist. Meine Ma ist glücklicherweise nicht mit dem Auto nach Toulouse gefahren. Ich weiß, wo die Autoschlüssel liegen. Wir könnten uns morgen schon auf den Weg machen. Und wenn wir meinen Zeitplan einhalten, wären wir rechtzeitig wieder zuhause. Sie werden mir doch bei der Suche behilflich sein, oder?« Melvin benutzt den Seehundblick, den er seiner Mutter immer schenkt, wenn er eine neue Enzyklopädie der Gartengehölze oder ein Eis möchte.

Ganz bestimmt nicht.

Sonntag

15

Vor 27 Jahren fuhr Harold das letzte Mal ein Automobil. Es gehört zu den Dingen, die man nie verlernt. Hat Harold gelesen. Und wie so oft, sieht er sich getäuscht, von dem, was in den Zeitungen steht, von den Nachrichten, Untersuchungen, Statistiken, Meinungen und Wahrheiten, von dem, wie die Welt ist und wie sie zu sein hat. Der Saab 900 sei ein Liebhaberauto, wie Melvin erklärte, ein Auto für Individualisten und Freigeister, fernab der genormten deutschen, japanischen und amerikanischen Einheitskarossen, welche nur das in Stahl und Plastik gegossene Antlitz der menschlichen Natur in ihrer uniformierten Seichtigkeit darstelle. Und deshalb habe es der Saab auch verdient, mit Respekt behandelt zu werden, so als sei er ein Wesen, das man loben und schelten solle, je nach Benimm, was natürlich albern sei, aber so habe es Melvins Ma auch all die Jahre gehalten und sie sei immer gut damit gefahren, und abgesehen von einem verlorenen Auspuff und der ein oder anderen ermüdeten Zündkerze sei es nie zu größeren Komplikationen gekommen.

Seit einer knappen Stunde sind sie jetzt unterwegs. Die wildwütigen Reaktionen, die das Gasgeben hervorruft, die unkontrollierten Sprünge vorwärts, gefolgt von einem abrupten Absterben der Motorengeräusche, wie auch die schmerzhafte Erfahrung, wenn der Kopf gegen ein Lenkrad knallt, haben das erste Kennenlernen verkompliziert und sind nur vage mit dem aufregenden Kribbeln eines romantischen Kerzendinners in Einklang zu bringen. Und so sind die ersten dreißig Meilen auch kein Vergnügen, weder für Harold noch für den Saab und schon gar nicht für Melvin, dessen dezidierter Zeitplan aus den Fugen gerät und der durch Harolds waghalsige Bremsmanöver das ein oder andere Karamellbonbon verschluckt. Die Begegnungen mit anderen Verkehrsteilnehmern enden in der Regel mit dem international bekannten Zeichen für Plemplem und selbst der erste Tankstopp verläuft nicht völlig reibungslos, da Harold das Einrasthäkchen des Zapfschlauchs zwar meisterhaft aktiviert, zuvor jedoch vergisst, den Tankdeckel zu öffnen. Unglücklicherweise stellt sich heraus, dass der Tankwart zwar die Statur eines Bären, aber nicht dessen Entspanntheit besitzt. Und so lässt die Belehrung im Tonfall jegliche Leichtigkeit vermissen, woraufhin Melvin es schafft, in einer kurzen Replik siebzehn Fremdwörter unterzubringen, von denen auch die Schaulustigen, die sich im Laufe des kleinen Disputs versammelt haben, nicht ein einziges zu übersetzen wissen, woraufhin der Tankwart seine Fäuste zu hulkgroßen Kürbissen ballt und auch ähnlich grün anläuft, woraufhin Melvin und Harold die Idee kommt, dass auch andere Tankstellen Benzin verkaufen. Vielleicht sogar günstiger.

Auch die Natur ist für Harold nicht zu genießen, da seine gänzliche Existenz mit Gas, Kupplung, Bremse, Blinker, Scheibenwischer, Licht und Melvin beschäftigt ist, der über Linköping, die AB Svenska Järnvägsverkstäderna und die Svenska Flygmotor AB, über den Sturzkampfbomber Saab 17 und den ersten PKW, den, wie man ihn nennt, Ur-Saab 92001, aus dem Jahr 1947 doziert. Harold hat nicht den Eindruck, dass diese Informationen positiven Einfluss auf sein fahrerisches Talent nehmen, geschweige denn seine Konzentration pfleglich behandeln. Und weitaus lieber würde er seiner noch recht jungen Leidenschaft frönen, der Betula pendula. Im Hyde Park ist sie ihm vor einigen Monaten begegnet, doch es ist nicht das Äußere, das ihn anzieht, nicht die weiße Rinde mit den tief gefurchten schwarzen Längsrissen, die Zweige mit den zahlreichen Korkwarzen oder die wechselständigen gestielten Laubblätter. Das Aussehen ist ihm im Grunde vollkommen egal, es ist die Verästelung, die seine Aufmerksamkeit erheischt, dieses auf den ersten Blick undurchschaubare Geflecht der mannigfaltigen Schöpfung, welche die festgewurzelte Erhabenheit in all ihrer Pracht für den Erblickenden visualisiert. Stundenlang kann er vor einer Hängebirke stehen und ihre einzelnen Äste zählen, wobei er sich von unten nach oben vorarbeitet und den Ostwind fürchtet, der ein völlig neues Bild zustande bringen kann und Harolds Unterfangen auf eine harte Probe stellt. Doch selbst wenn kein Lüftchen weht und die Birke wie in Öl gemalt verweilt, hat Harold bei 2.500 Ästen meistens seinen schwachen Punkt, die Konzentration lässt nach, er verzettelt sich, und das ein oder andere Mal kommt er nicht umhin, wieder ganz von vorne anzufangen. Sein hochgestecktes Ziel ist, sich eines Tages an die Trauerweide heranzuwagen, die ja ob des dicht hängenden Blattwerks eine weit größere Herausforderung darstellt. In zwei bis drei Monaten möchte er so weit sein.

Nun aber, da Harold sein Training hintenanstellen muss, da er sich zum wiederholten Male in einer Situation befindet, die seiner Vorstellung von einem vorzeitigen Ruhestand keinen Nährwert liefert, empfängt ihn eine innere Unruhe, die er zwar nicht näher zu beschreiben weiß, von der er jedoch ahnt, dass sie nicht unbegründet ist, dass sie nicht unbegründet sein kann, zumal es nur noch vier Meilen bis zu ihrem ersten Ziel sind und Melvin kaum noch spricht, geschweige denn doziert, worüber Harold wiederum nicht näher nachdenken mag, da sich das bisschen Leben schon genug verkompliziert hat und sein Magen rebelliert, als seien ihm tausend Jahre Hunger widerfahren.

16

»Nein ... einen Ausflug ... ins Museum ... Kandinsky ... Ma, mach dir keine Sorgen, alles ist gut ... nein ... ich dich auch.« Melvin legt auf, verstaut das Handtelefon wieder in die Innentasche seiner Jacke und starrt auf die Ausdrucke seines Routenplaners. Er wickelt ein Karamellbonbon aus der Plastikfolie und stopft es in den Mund, er hat vergessen, dass dort kein Platz mehr ist, dass dort bereits der Jahresbedarf an Karamell für eine vierköpfige Familie als zähe Masse klumpt. »Die nächste links, die zweite rechts und die erste wieder links.« Nur noch wenige Minuten bis zum ersten Kontakt, vielleicht bis zum Ende der Reise, vielleicht aber auch nicht. Denn irgendwie hat Harold das Gefühl, dass sie nun schon zum wiederholten Male die gleiche Gegend befahren, in die gleichen Straßen abbiegen und die beiden immergleichen Rentner auf der Parkbank sehen, die ihnen, aus welchen Gründen auch immer, zuwinken.

»Verheiratet, zwei Kinder, Julie und David, sieben und

zehn Jahre alt. Seine Frau, Carolyn, ist 35, er selbst 44. Er ist ein angesehener Anwalt, hat in Harvard Jura studiert und arbeitet für die Kanzlei Gleeson und Sandstein. Sein Jahreseinkommen dürfte bei 160.000 Pfund liegen. Er fährt einen Jaguar XJ6 Sovereign und trägt überwiegend maßgeschneiderte Anzüge von Ermenegildo Zegna.« Melvin blickt von seinen Unterlagen auf, starrt aus dem Fenster, auf die Straße, die Häuser, die Vorgärten, die Gegend, die vielleicht die Seine gewesen wäre, in der er seine Kindheit verbracht hätte, und bei dem Gedanken zuckt er kurz zusammen, denn die blitzblanken sauberen Fassaden der Straßen irritieren ihn, diese klinische, fast leblose Umgebung, in der selbst die Mülltonnen im matten Sonnenlicht das Abendrot reflektieren, als seien sie ein episches Meisterwerk der Symmetrie. Hätte er sich hier wohl gefühlt? Warum nicht.

92, 90, 88, 86, 84, 82, 80, 78, 76, die Hausnummern fliegen vorbei und dann, zwischen all den ordnungsgemäß schlummernden Automobilien für Familien, alternde Männer, einsame Frauen, rebellierende Söhne und verlobte Töchter: eine Parklücke.

»Halt ...« Harold bremst, als hätte er soeben ein Rehkitz überfahren, woraufhin Melvin ihn vorwurfsvoll anstarrt, da sein vorsichtig eingelutschtes Karamellbonbon nun an der Windschutzscheibe klebt und einen sehr unvorteilhaften Eindruck hinterlässt.

»Es muss hier irgendwo sein, eine der nächsten beiden Einbahnstraßen, wir gehen den Rest zu Fuß. Wir parken hier.«

Rückwärts? Auf dem Rastplatz hatte es schon vorwärts keinen Grund zur Euphorie gegeben und wäre der Besitzer des Fiat Unos nicht sturztrunken gewesen, hätte er durchaus auf Totalschaden plädieren können. Harold legt den Rückwärtsgang ein, dreht seinen Kopf über die

Schulter und misst den Abstand zwischen der Heckstange und dem grauen Bentley, wobei er auf pimaldaumen vier Meter 50 kommt.

Der durch fehlerhafte Schätzung hervorgerufene Knall durch etwas im Wege Stehenden hat den Vorteil, dass der Motor abwürgt und nach vornehin die Sorgen unbegründet sind. Melvin und Harold steigen aus, schauen sich den Kotflügel des Bentleys an und entscheiden stillschweigend und einvernehmlich auf Bagatellschaden.

Melvin übernimmt die Führung und entschließt sich für die erste Querstraße links, die keinen Namen trägt, in der aber gerade ein Polizist entlangflaniert, der nicht den Eindruck hinterlässt, als sei er auf Verbrecherjagd, was ihm zugute kommt, da er als außergewöhnlich korpulentes Exemplar seiner Gattung zu Fuß absolut chancenlos wäre, wenn der potenzielle Delinquent auf der Flucht nicht mindestens infolge einer Querschnittslähmung an einen Rollstuhl gefesselt wäre.

»Sir, entschuldigen Sie, könnten Sie uns sagen, wie wir zur Lord Wotton Street Nummer 21 gelangen?«

Der Polizist starrt Melvin an. »In England?«

Melvin legt die Arme überkreuz. »Hallo, ist das irgendein Fernfahrer-Code? Und müssen Eingeweihte mindestens 150 Kilo wiegen? Natürlich in England.«

»Nimmst du Drogen, Junge?«

»Nun machen Sie aber mal einen Punkt, mein lieber Bobby.«

»Wie bitte?«

Der Polizist beugt sich sanft hinunter und variiert seine ausdrucksstarke Mimik in beeindruckender Weise. Je nach Betrachtungswinkel signalisiert sie a) Freundlichkeit, b) die Ungewissheit, ob nicht in jeder Uniform auch ein manisch-depressiver Metzger stecken könnte, c) den gut gemeinten Rat, dies nicht herausfinden zu wollen.

Harold tendiert schweren Herzens zur Sichtweise zwei und drei, da der Polizist seinen neuen Gesichtsausdruck atemlos einfriert und keinerlei Regung zeigt. So, als sei er gerade versteinert worden, was aber, selbst nach Harolds Dafürhalten, relativ unwahrscheinlich ist. Immerhin aber lässt sich nicht mehr gänzlich ausschließen, einem absolut professionellen Psychopathen gegenüberzustehen. Und wann hat man das schon mal?

»Officer?«

Keine Regung.

»Chief-Inspector?«

Keine Regung.

»General?«

Keine Regung.

»Premierminister?«

Keine Regung.

»Gott?«

Ein fragiles Lächeln. »Geht doch. Das hier ist die Lord Wotton Street Nummer 17, folglich findet sich die Hausnummer 21 zwei Häuser weiter vorne.«

Gott scheint kein weiteres Interesse an einer Konversation zu haben und setzt seinen Weg, wohin immer er ihn auch führen mag, fort. Harold ist erleichtert und blickt fragend Melvin an, der jedoch nur noch Augen für das keine zehn Meter mehr entfernte Haus hat. Es hat dunkle, rote Backsteinmauern, wie fast jedes Haus in der Straße, am Kamin schlängelt sich Efeu empor, bis zu dem kleinen runden Erker mit den großzügigen Butzenscheiben, die in ihrer Überschwänglichkeit so wundersam mit dem Licht spielen. Und je näher er kommt, desto mehr hat er das Gefühl, als habe dieses Haus auf ihn gewartet, als sei er für eine Weile fort gewesen und nun wieder daheim. Für einen wohligen ersten Eindruck sorgt auch das mit Messing geschmiedete Tor mit den ineinander beinelnden

Pferden, die als Türknauf den Hauch von schummriger Dekadenz versprühen und doch, da sie nicht aus reinem Titan oder so sind, die Note der Bescheidenheit nicht missen lassen. Über einer cremefarbenen Klingel ist ein mit Blattgold verziertes Schild angebracht. *Familie Newsom* ist mit geschwungener Handschrift eingraviert.

Melvin ist nicht aufgeregt.

Ist nicht aufgeregt.

Nicht aufgeregt.

Aufgeregt.

Harold schaut Melvin an und ist irritiert, etwas fehlt, eine Eigenschaft, welche dem Bild die Unvollständigkeit nimmt, es in sich wieder stimmig macht. Die Bewegung.

Melvin bewegt sich nicht, er scheint nicht einmal zu atmen, was nach Harolds Erfahrungen keine gute Idee ist. Harold denkt über die sich bietenden Handlungsalternativen nach und entscheidet sich für die müheloseste. Er drückt auf die Klingel, die wie eine weit entfernte Kirchenglocke fünf wohlfeine Töne dem Gezwitscher der Blaumeisen hinzugesellt.

Melvin zählt die Sekunden. In Hundertsteln. Bei 7,4 zuckt er zusammen. Wie ein Schneebesen, der die Luft schlägt, erklingt ein leises Surren, das sich beruhigend in die Gehörgänge einschmeichelt und den Gast willkommen heißt. Kurz bevor der Ton wieder verstummt, öffnet Harold geistesgegenwärtig das Tor und erschrickt vor seiner eigenen Spontaneität.

Der Weg bis zur holzvertäfelten Haustür ist kürzer als angenommen, sieben Schritte, bei großzügiger Abmessung, links und rechts schicklich gemähtes Grün und zwischen zwei Büschen spuckt eine Fischskulptur unablässig Wasser in einen kleinen Brunnen. Kurz bevor sie die letzte der vier Stufen hinauf zur Haustür erreichen, öffnet sich diese mit einem sanften Knurren. Eine Frau im vorwelken Alter mit lockigem Haar steht im Rahmen, fixiert die Gäste mit ihren rehbraunen Augen und lächelt wie Milchschokolade.

»Hallo«, sagt eine engelsgleiche Stimme und Melvin sieht grüne Wiesen mit Maiglöckchen und Schmetterlingen und die Sonne strahlt ihr schönstes Abendrot in die friedvollste aller möglichen Welten. Nie hatte er sich vorstellen können, sich jemals einem ihm fremden Ort so hingebungsvoll auszuliefern, wie er es in diesem Moment verspürt.

»Hallo«, sagt dieselbe engelsgleiche Stimme, wenngleich der Tonfall etwas fragender ausfällt.

»Guten Tag«, antwortet Melvin, der Mühe hat, die Bilder aus seinem Kopf zu verdrängen, »entschuldigen Sie die Störung, wir sind ...«

»Rupert und Nicolas Livingston. Es freut mich sehr, dass Sie es doch noch haben einrichten können. Carolyn Newsom, aber nennen Sie mich doch einfach Carolyn«, sagt die engelsgleiche Stimme in Richtung Harold, der die ihm entgegengestreckte Hand schüttelt und unsicher ist, ob er Rupert oder Nicolas heißt. Melvin überlegt den Bruchteil einer Sekunde und entscheidet sich spontan für den Irrtum und gegen die Wahrheit, die ihm von Kindheit an kein allzu großer Vertrauter ist. Außerdem hinterlässt seine potenzielle Stiefmutter einen exquisiten ersten Eindruck, in ihrem hellrosa Chanel-Kostüm, mit der hochpreisigen Steckfrisur und dem gewagten Kajalstrich, der ihr den charismatischen Hauch der privatimen Verruchtheit verleiht. Melvin kann sich gut vorstellen, dass Carolyn früher einmal als Unterwäschemodel in Spezialkatalogen Aufsehen erregte.

»Unvorhersehbare Ereignisse haben uns aufgehalten, entschuldigen Sie bitte unsere Verspätung.«

»Ich verstehe. Folgen Sie mir bitte.«

Carolyn führt die Gäste durch einen großzügigen Flur in ein Atrium, das im letzten Abendlicht getaucht an koloniale Zeiten erinnert, mit schweren Korbsesseln und ausschweifenden Pflanzen, mit plüschigen Gemälden und antiken Kleinoden, die von fernen Reisen zeugen und farblich abgestimmt bis in die kleinste Nuance mit der Einrichtung harmonieren. Ein purpurrotes Sofa präsentiert zwei Damen, die dezent im Earl Grey rühren und ohne jede Scheu neugierig die Gäste betrachten.

»Joanne, Liz, darf ich euch Rupert und Nicolas Livingston vorstellen. Unsere neuen Nachbarn, die das Bolteri-Haus erworben haben.«

Hände werden nicht geschüttelt, nur ein flüchtiges Nicken im Vorbeigehen, da Carolyn zielstrebig voranschreitet in Richtung einer Flügeltür, hinter der merkwürdige Geräusche zu vernehmen sind.

»Wie Sie der Einladung ja schon entnehmen konnten, ist der monatliche Vater-Sohn-Tag unserer Straße seit vielen Jahren Tradition. Und wie ich just höre, kommen Sie gerade noch rechtzeitig zum gemeinsamen Singen. Volkslieder, Operetten, Opern, für jeden ist etwas dabei. Sie sind mit den Modi des Dorischen und des Mixolydischen wohl vertraut?«

17

Vier Väter. Vier Söhne. Der Gastgeber, Jeremiah Newsom, mit Sohn David, Fred Gillespie, Geschäftsführer eines multinationalen Hedge-Fonds, mit Sohn Bernhard, Martin Dahoney, Professor für Wirtschaft in Cambridge, mit Sohn Robert und Brian Krieger, hochrangiger

Diplomat a. D. und ungemein erfolgreicher Rosenzüchter, mit Sohn Kenny. Da es anscheinend üblich ist, dass die Söhne ihre Väter vorstellen und Melvin beim besten Willen weit und breit kein Paradies der Bescheidenheit erkennen kann, stellt er Harold als Experimentalphysiker, Schwerpunkt hybride Nano-Bio-Systeme, vor. Und um die Blicke ein wenig von Harolds senfgelbem Fischgräten-Sakko abzulenken, fügt er noch hinzu, dass Harold dem Ruf zur Professur am deutschen Max-Planck-Institut nicht zu folgen gedenke, jeden ersten Dienstag im Monat mit Thomas Pynchon Schach spiele, sein Onkel Walter Doktorvater von Elias Canetti sei und Harold als Rabbi die Shoa selbstverständlich frei rezitieren könne, ohne gleich Fundamentalist zu sein, weshalb er auch Hakim El Bounadi, buddhistisch-orthodoxer Kabbalist eines islamischen Freimaurer-Ordens, zu seinen besten Freunden zähle. Außerdem hat Melvin noch einen verwandtschaftlichen Grad mit Laurence Olivier über eine uneheliche Cousine aus Newcastle ausfindig machen können und eine eigens in Auftrag gegebene Untersuchung ins Spiel gebracht, die Harolds direkte Nachfahrenschaft von Jesus Christus nicht gänzlich auszuschließen vermag.

Harold hat das Gefühl, sein Leben aus einem ganz neuen Blickwinkel zu sehen. Doch wo andernorts eine solche Biografie spontanen Applaus nach sich ziehen würde, beschränken sich die Reaktionen dieserorts auf ein mildes Kopfnicken. Der Sohn des Hauses scheint gar einen Anflug von Misstrauen an den Tag zu legen, wie Melvin meint spüren zu können, was ihn aber nicht weiter kümmert. Denn die ganze Zeit über hat Melvin nur Augen für Jeremiah Newsom. Er versucht, Ähnlichkeiten in der Physiognomie ausfindig zu machen, die Art der Bewegungen und Gesten zu analysieren, irgendeinen Punkt zu finden, der auf ihre gemeinsamen Ahnen schließen lässt.

Aber je mehr er ihn beobachtet, desto unsicherer wird er. Dieser Jeremiah Newsom ist ungeheuer groß, kräftig, mit der Neigung zur Fettleibigkeit, hat rotblondes Haar, grüne Augen, eine cäsarengeschwungene Nase und eine Stimme, die einem Bassbariton zur Ehre gereicht. Genauso gut könnte Melvin annehmen, Margaret Thatcher sei sein Vater. Oder Mork vom Ork. Auch sein potenzieller Halbbruder, der zehnjährige David Newsom, scheint aus einer anderen Galaxie zu stammen, da er, obwohl jünger als Melvin, mindestens zwei Köpfe größer und gut dreißig Pfund schwerer ist und auch die Kurzsichtigkeit augenscheinlich nicht zu den familiären Erbschäden zählt. Aber gibt es nicht in jeder Familie ein schwarzes Schaf? Ist nicht die Ausnahme die Regel?

Melvin hat bisher kaum eine Möglichkeit gesehen, mit Jeremiah Newsom zu reden, ständig wird gesungen oder, schlimmer noch, gespielt oder, am schlimmsten, gesungen und gespielt. Da Kenny Kriegers Vater Brian als ausgebildeter Konzertpianist schwebend über die Tasten zu gleiten vermag und nicht nur das gemeine Volksliedgut und nicht nur Cole Porter und Petula Clark und nicht nur Debussy und Brahms, sondern zu Melvins Leidwesen auch die Iphigenie, Tristan und Isolde und die Zauberflöte blindlings zu interpretieren weiß, gerät im Überschwang der Gefühle das Musizieren zum Ratespiel. Wer zuerst ein Lied erkennt und mindestens eine Strophe fehlerfrei zu singen vermag, wird mit aufmunterndem Applaus und spontanen Lobpreisungen bedacht. Da es nichts zu gewinnen gibt, sieht Melvin keinerlei Veranlassung, sich an dem Spiel zu beteiligen, gleichwohl er selbstverständlich jede Note und jede Zeile eines jeden Stückes vom ersten Ton an kennt und auswendig zu paraphrasieren weiß. Und nachdem die illustre Gesellschaft sich auch am Wirtschaftsquartett verlustiert und die

Weinanbaugebiete Osteuropas alphabetisch nach ihren Winzerfamilien sortiert hat, sind nun endlich alle ein wenig zur Besinnung gekommen und der Vater-Sohn-Tag floriert zu einem gemütlichen Beisammensein, indem sich die Gesellschaft auf die ausladenden Sofas und Sessel verteilt.

Die Väter genießen kubanisches Rauchwerk vom sozialistischen Erbfeind Fidel, die Söhne stöbern in dem auf kleinen Silbertellern feilgebotenen Naschzeug und im Hintergrund plingplingt in angenehmer Lautstärke moderner Jazz. Harold und Melvin teilen sich ein Sofa in direkter Nachbarschaft zu Jeremiah und David Newsom und lauschen beiläufig der wohlfeinen Konversation.

»Ich habe gestern den neuen Beichtvater von Tony Blair getroffen«, sagt Fred Gillespie und fügt nach einer kleinen Künstlerpause hinzu: »Er hat jetzt eine 80-Stunden-Woche.« Allseits Gelächter, nur Melvin rümpft abwesend seine Nase, und auch Harold kann nicht ganz folgen, da es Komplikationen mit seiner Zigarre gibt, die seine erste überhaupt ist und die in nebligen Schwaden sein Gesicht umwölkt und die Sauerstoffzufuhr lebensgefährlich einschränkt.

»Habe ich eigentlich schon erzählt, dass meine Großcousine 1956 in Las Vegas zur Miss Atombombe gekürt wurde«, witzelt Brian Krieger und erntet schwer verdientes Geschmunzel von allen Seiten, nur Melvins Miene wird immer düsterer, er hat nicht das Gefühl, als habe seine Gutmütigkeit in all den Jahren je größere Last zu tragen gehabt.

»Wie wäre es mit einem kleinen Cognac?«, fragt Jeremiah Newsom und deutet mit seiner Hand auf einen kleinen Nebentisch, auf dem eine leicht angestaubte Flasche und fünf schwenkbare Gläser thronen. »Ein Hennessy No. 1.«

»Wunderbar«, sagt Fred Gillespie.

»Großartig«, sagt Martin Dahoney, und auch Brian Krieger nickt einvernehmlich.

»Rupert?«, fragt Jeremiah Newsom.

Keine Reaktion. Melvin stupst Harold unauffällig auffällig in die Magengegend.

»Entschuldigen Sie, mein Vater ist mit seinen Gedanken wohl wieder bei den Quarks und Leptonen. Er nimmt sehr gerne auch ein Glas. Mr. Newsom, darf ich ...«

»Jeremiah. Wir haben heute unseren Vater-Sohn-Tag.«

»Jeremiah, darf ich Ihnen eine persönliche Frage stellen?«

»Nur zu.«

»Seit wann sind sie verheiratet.«

»Nun, nächsten Monat, am 23., um genau zu sein, sind es auf den Tag genau 14 Jahre. Und ich kann guten Gewissens behaupten, nicht eine Sekunde davon jemals bereut zu haben. Abgesehen vielleicht von dem einen oder anderen Besuch der verehrten Schwiegereltern.« Allgemeines Gelächter, Jeremiah Newsom zählt in der Gemeinde als unübertroffener Charmeur und gewiefter Humorist.

»Haben Sie Ihre Frau in dieser Zeit jemals betrogen, sagen wir vor ungefähr elf Jahren, zehn Monaten und drei Tagen?«

Stille. Urplötzlich. Wie aus dem Nichts. Harold überlegt, ob Melvin bisweilen die Feinheiten der Diplomatie missachtet, und nippt vorsichtig an dem Cognac, der seine Geschmacksnerven wie ein Fön in einer voll gelaufenen Badewanne trifft.

»Ich verstehe nicht ganz.«

»Für intelligente Menschen ist das Zeitalter, in dem wir leben, ein sehr, sehr schweres. Waren Sie jemals schwach in all den Jahren, war Ihr Dionysos stärker als Ihr Apollon, haben Ihre Hormone in einem unbedachten Moment den Sieg über die Metaphysik der Sitten errungen, haben Sie auswärtig der Kopulation gefrönt, ohne sich der möglichen Konsequenzen bewusst gewesen zu sein?«

Wieder Stille. Neugierige Blicke.

»Ich verstehe nach wie vor nicht ganz.«

»Sagt Ihnen der Name Denise Bentham etwas?«

»Nein.«

»Denken Sie ruhig noch einmal nach.«

»Nicht nötig.«

Jeremiah Newsom nimmt eine aufrechte Haltung ein, die vortrefflich das Ungemütliche zu porträtieren vermag. In einem Kriminalroman wäre die Stimmung jetzt als eisig zu bezeichnen, und hätte Harold einen Schal und eine Wollmütze zur Hand, hätte er sie ohne Frage angezogen.

»Absolut sicher?«

»Absolut.«

Melvin starrt Jeremiah Newsom fest in die Augen und findet nicht das geringste Anzeichen für eine Lüge. Kein Schweiß auf der Stirn, keine zittrigen Hände, nicht einmal ein unbedachtes Augenzwinkern.

»Könnte es sein, dass wir es hier nicht mit Rupert und Nicolas Livingston zu tun haben?«

»Wäre das eine Tragödie für Ihren Vater-und-Sohn-Tag?«

»Ich denke, wir sind uns einig, dass Sie uns nun leider wieder verlassen müssen.«

»Unglaublich, wie die Zeit vergeht. Sie haben sehr schön gesungen.«

18

Melvin ist nicht in Stimmung. Er ist ganz und gar nicht in der Stimmung für diese offensichtliche Unverfrorenheit. Er hat in seinem Leben schon so manches gesehen, aber dieser Ort spottet jeder Beschreibung.

»Ihr Etablissement sah im Internet ansprechender aus.«

»Tja, das Internet.«

Melvin kneift die Augenbrauen zueinander und starrt den Concierge so feindselig wie möglich an. Durchaus wirkungsvoll, wie Harold findet, da sich der Ausdruck in dem über die Jahrzehnte zerfurchten Gesicht des Concierges verändert. Von Gleichgültigkeit zu absolutem Desinteresse. Er senkt den Kopf wieder über das Buch, das vor ihm aufgeschlagen wichtigste Informationen beinhalten muss, und blättert mit den altersfleckigen Händen sorgsam hin und her.

Melvin kann nicht glauben, dass dies *Molly Blooms Pension für den anspruchsvollen Geschmack mit heimischer Atmosphäre* sein soll. Die Empfangshalle ist kaum von einer großzügig geschnittenen Besenkammer zu unterscheiden, das Mobiliar kann als Churchills Kriegsbeute durchgehen, die sonst keiner wollte, und der stumpfe, fleckige Parkettboden dürfte seit Jahrzehnten keine Reinigung mehr ertragen haben.

»Was würden Sie von einem Preisnachlass von sagen wir zwanzig Pfund halten?«, fragt Melvin in einem Tonfall, der sich nicht mit Freundlichkeit messen lässt. Der Concierge braucht einige Sekunden, um seine Konzentration wieder auf die Gäste zu lenken und verweilt für einen endlosen Moment in absoluter Leblosigkeit.

»Nichts.«

Harold kann auf Anhieb keinen großen Spielraum für

Verhandlungen erkennen und freut sich auf ein Zimmer, auf ein Bett, auf Ruhe. Melvin sieht das etwas anders.

»Guter Mann«, versucht Melvin die Verhandlungen neu anzustoßen, wird aber sogleich von einem Fingerzeig des Concierges unterbrochen, der auf etwas in der Höhe seines Herzens deutet. *Mr. Perkins* steht auf einem schwarzen Schild, das lose angenäht auf einer ins Rosé verwaschenen Jacke weilt, die in besseren Tagen aus einem einfachen Mann einen wahrhaftigen Concierge machte, als zwei fehlende Knöpfe den Blick auf das Wesentliche noch nicht versperrten. Auf die wichtigste Person eines Hotels, auf die Instanz des Einlasses und der Verwehrung, auf die hoheitliche Gewalt der Information und Kommunikation, auf die Weisheit und vielleicht sogar auf die Allwissenheit.

»Lieber Mr. Perkins«, greift Melvin den Faden erneut auf, »anhand der 22 von 24 Schlüsseln, die ich an Ihrer Wand hängen sehe, gehe ich davon aus, dass Sie momentan nicht mit einer Überbelegung zu kämpfen haben. Ich gehe sogar ganz im Gegenteil davon aus, dass Sie in der jetzigen Lage für jeden Gast dankbar sind.«

»Oh ja, das sind wir«, sagt Mr. Perkins.

»Schön. Und sicher hätten Sie lieber 80 Pfund mehr in der Kasse.«

»In der Tat.«

»Auch der Inhaber des Hotels würde sich freuen.«

»Ganz gewiss.«

»Betriebswirtschaftlich gesehen ergeben sich also keine Bedenken?«

»Absolut keine.«

»Wäre es nicht sogar volkswirtschaftlich sinnvoll?«

»In jedem Fall.«

»Nicht zu vergessen, dass Ihr Arbeitsplatz natürlich auch von den Buchungen abhängig ist.«

»Natürlich.«
»Sie mögen Ihren Job?«
»Ich kann mir keinen schöneren vorstellen.«
»Es wäre auch sicher nicht einfach, in Ihrem Alter eine neue Anstellung zu finden.«
»Sicher nicht.«
»Das Leben sähe dann anders aus.«
»Das täte es.«
»Sie sind verheiratet?«
»Ja.«
»Immer zuhause.«
»Furchtbar.«
»Wäre also nicht allen geholfen? Uns, Ihnen, Ihrem Chef, Ihrer Frau, dem Hotel, der Gewerkschaft, der Regierung, dem Königreich?«
»Das ließe sich behaupten.«
»Ein Glück also, welches allen Beteiligten zuteil würde, ein Sieg der praktischen Vernunft, ein Tag, als Gedenken an eine bessere Welt.«
»Gewaltig.«
»Sehen Sie, und deshalb frage ich Sie jetzt noch einmal: Was würden Sie von einem Preisnachlass von sagen wir 20 Pfund halten?«
»Nichts.«
Melvin starrt den Concierge an, als sei er etwas in einem Strampler. Bei Sokrates war es doch ganz einfach. Mit dem Sklaven, der Mathematik und der Mäeutik im Allgemeinen. Sind die Menschen seither noch dümmer geworden? Was in der Argumentationskette hat der Thekenwart nicht verstanden? Ist Logik nur noch eine aufblasbare Hüpfburg? Und wie schlägt man eigentlich Nägel ins Gehirn, um es zu fixieren?
»Wo muss mein Onkel dritten Grades mütterlicherseits unterschreiben?«

»Unten links.«

Harold hört sein Stichwort fallen und schwingt den an einer Kette hängenden Kugelschreiber über das Blatt Papier, derweil Mr. Perkins zweimal kurz auf die Tischklingel schlägt. Eine Seitentür geht auf und ein Junge, kaum größer als Melvin, stürmt heraus und stellt sich schweigend an die Theke. Die abgewetzten Ärmel seiner Uniform hängen tief an den Schultern hinab und reichen über den Händen bis fast an die Knie. Seine Pagenmütze sitzt wie übergossen.

»Zimmer 21«, sagt Mr. Perkins und überreicht dem Pagen einen Schlüssel, der geschwind das Gepäck in die Hände nimmt, mit einem prüfenden Blick die Gäste mustert und zweimal tief durchatmet.

»Folgen Sie mir, die Treppe rauf, den Gang links runter. Sie haben die Präsidentensuite. Glückwunsch.«

Wenn eine Niederlage plötzlich doch noch zu einem Sieg wird, dann ist ein Anflug von Begeisterung eine nur allzu menschliche Regung. Das war bei Napoleon auch nicht anders. Melvin zollt dem Pagen Anerkennung für seine Dienste und seine Berufung, so viel es sich eben ziemt, dem Prekariat gegenüber Wohlwollen zu zeigen, und weist ihn mit einer noblen Geste an voranzugehen. Jede einzelne Stufe der geschwungenen Treppe ächzt und quietscht mit jeder Belastung, die ihr zu nahe tritt, das Geländer mit den massiven Holzstreben hält sich so gut es eben kann und ein Geruch aus Zitrone und Verdorbenem schnürt die Sauerstoffzufuhr für Sekunden ab. Die jagdgrünen Wände verlieren an exponierten Stellen ihren Putz, und als Bonbon für das Erreichen der ersten Etage wartet in Augenhöhe ein Zwölfender, dessen Geweih wohl von spielenden Kindern, Termiten und einer Feuersbrunst biblischen Ausmaßes heimgesucht wurde. Der Page bleibt vor einer Tür stehen, die nicht den Anschein erweckt, als wäre sie in den letzten dreißig Jahren jemals geöffnet worden. Zahlen sind an ihr befestigt. Sie heißen Endstation.

Zimmer 21.

Die Präsidentensuite.

Der Page knirscht einen goldenen Schlüssel in das Schloss, drückt die Tür vorsichtig auf, als sei er nicht sicher, was sich dahinter verbergen könnte. Mit geübter Hand findet er den Lichtschalter und erhellt, was Melvin vorzugsweise im Verborgenen belassen hätte.

»Da wären wir. Frische Handtücher gibt es dienstags, die Toilette funktioniert, Pornokanal kostet extra. Ich wünsche eine geruhsame Nacht.«

19

Die Blätter rauschen, als habe ihnen jemand erschreckend wichtige Neuigkeiten zugeflüstert, die nun in Windeseile von Ort zu Ort getragen werden müssen, damit ein jeder Bescheid wisse und von dem Wunder erfahre, das sich zu ereignen gedenke. Der Weg ist uneben, an machen Stellen kaum noch als solcher zu erkennen, und die Distelbüsche erklimmen Höhen wider ihre natürliche Begabung. Garstig schlagen sie bei jeder Berührung zurück und hinterlassen Wunden wie Lava, doch ein Zurück ist nicht möglich, ein Zurück ist nie möglich, wie auch. Wäre der Nebel nur weniger schwer und würde der Tau nicht jedes Opfer in ein kleines Feuchtbiotop verwandeln, ließe sich vielleicht auch über den plötzlichen Kälteeinbruch hinwegsehen. So aber gehört ein jeder Wetterfrosch völlig zu Recht enthauptet und gevierteilt. Wer nur hatte diese

Wanderung ersonnen und zu welchem Zweck wurden heißer Tee und kleine mit Zuckerguss bepinselte Backwaren vergessen?

Plätschern. Nicht weit entfernt und lauter mit jedem Schritt der schmerzenden Füße, die nicht mehr tragen wollen und die, wären sie des Wortes mächtig, der Klage freies Geleit versprächen. Plätschern. Eine Schneise, keine drei Meter entfernt, am Ende eine Gabelung. Ein schwaches Licht von links, mehr ein Schimmer, kaum der Hoffnung wert. Sieh nur, Harold, sieh nur, wispert eine Stimme, der kleine Fluss dort drüben, wie er sich schlängelt und wohin er wohl führen mag und wer dies wohl herausfinden wird. Bäume türmen sich auf, als hätten Götter sie gepflanzt, dicht sind ihre Reihen, und wäre ein Schatz zu bewachen, er fände keinen sichereren Ort auf Erden. Ihre knorrigen Stämme machen erst vor der Böschung halt, die einen schmalen Pfad entlang des fließenden Gewässers für Helden aus einer längst vergessenen Zeit eröffnet. Ein Zauberstab aber ist nicht zur Hand, auch kein Schwert, nicht einmal eine Steinschleuder. Schade eigentlich. Schnee setzt ein, Flocken, groß wie Wattebäusche, schweben vom Himmel und pudern die Landschaft in ein fabelhaftes Gemälde voller Unschuld. Nicht unpassend nun wäre der Klingklang einer Harfe, im molligen A oder C, doch an dessen statt nur eisige Stille. Selbst der Fluss mag nicht mehr plätschern, als fröstele ihm vor Ungemach, das sich bald zu erkennen gibt. Sicher nur ein Zufall. Eine Schneedecke bildet sich, mehrere Zentimeter dick, sie hinterlässt Spuren, die genaue Auskünfte über Größe und Gewicht des Wanderers geben können, falls es jemanden interessieren sollte. Äste knacken, schweres Atmen, jemand, etwas, auf der Verfolgung. Umdrehen. Nicht umdrehen. Nicht. Zu dieser Jahreszeit sind sehr viele Schneehasen unterwegs, kein

Grund zur Beunruhigung. Sie werden nur von Füchsen gejagt. Und die Füchse von Wölfen. Und die Wölfe von Eisbären. Und die Eisbären vom Schneemonster. Rein theoretisch ist die Nahrungskette damit geschlossen. Gleichwohl wäre es sicher nicht verkehrt, die Schritte etwas zu beschleunigen. Auch wenn es schwer fällt und jeder Schritt tiefer in das knirschende Weiß versinkt. Motivation. Singen motiviert. Wie wäre es mit *Spooky Jack-o'Lantern Man*? Hm, stimmt, vielleicht etwas unpassend. Dann eben *Twinkle, twinkle, little star!* Und alle!

Twinkle, twinkle, little star,
How I wonder what you are.
Up above the world so high,
Like a diamond in the sky.
Twinkle, twinkle, little star,
How I wonder what you are!

When the blazing sun is gone,
When he nothing shines upon,
Then you show your little light,
Twinkle, twinkle, all the night.
Twinkle, twinkle, little star,
How I wonder what you are!

Then the traveler in the dark
Thanks you for your tiny spark;
He could not see which way to go,
If you did not twinkle so.
Twinkle, twinkle, little star,
How I wonder what you are!

Die Dämmerung setzt ein. Viel zu schnell. Aber es ist nicht unheimlich. Es ist nicht unheimlich. Nicht unheimlich. Unheimlich. Würde nur das Knacken der Äste nicht lauter werden. Von wo immer es herkommen mag, wem immer es geschuldet ist. Aber siehe dort, ein Haus, in der Lichtung, nicht mehr weit entfernt, vielleicht ist es dort freundlich, vielleicht gibt es gar heißen Tee und selbst gebackene Zimtsterne. Aus mächtigen Holzstämmen wurde es gebaut, das Haus, ein Kamin, aus dem Rauch entsteigt, der Schäfchenwolken kopiert, und ein Fenster, aus dem flackernd warmes Licht jedem Wanderer in der Kälte einen wohligen Schauer entlockt. Ist dies der Ort, der all dem Suchen ein Ende setzt, der die letzte Ruhe gewährt und fortan den Namen Heimat tragen wird? Nur Mut, Harold, einen Schritt noch, nur einen Schritt.

Die Tür knarrt wie ein Gebrechen. Ein Mann sitzt in einer Wohnküche vor einem kleinen Ofen, in dem knisternde Holzscheite biestige kleine Funken gegen das Sichtfenster schleudern. Der Mann ist bekannt. Irgendwie bekannt. Irgendwie.

Es ist Humphrey Bogart.

Humphrey Bogart.

Unglaublich.

Toll.

Humphrey Bogart legt sein Toupet ab, als fühle er sich unbeobachtet, er trinkt, wahrscheinlich Whiskey, doch dem Gast bietet er nichts an, er scheint ihn gar nicht zu bemerken, als sei er unsichtbar. Er hält ein Kaninchen in den Händen. Er redet mit dem Kaninchen. Aber das Kaninchen ist schon längst tot. Genickbruch. Humphrey Bogart spricht mit sich selbst. Wahnsinn.

Humphrey Bogart küsst das Kaninchen auf die Wange und legt es behutsam in den Ofen, der den Neuankömmling mit feuriger Inbrunst empfängt. Er wühlt in seiner Hosentasche. Eine Schachtel. Eine Zigarette. Er entflammt sie mit einem Streichholz, das er an der Stuhllehne entzündet. Mit jedem Zug verschwindet sein Gesicht mehr im rauchigen Nebel.

Knacken.

Es kommt näher. Es ist den Spuren gefolgt.

Harold?

Es hat eine Stimme.

Die Tür knarrt auf.

Ein gleißend helles Licht lässt nur Umrisse erkennen.

Es ist zu klein für einen Menschen.

Es hat mehr die Größe eines Kin...

Aufwachen, Harold, es geht weiter.

Montag

20

Der Fisch stinkt. Sein Name ist John Dory und er sieht aus, als sei er dem Meer schon vor Monaten entrissen worden. Sein beklagenswerter Zustand ist in Öl ertrunken, um den Hungrigen die mimosende Scheu zu nehmen, sie zu täuschen und in trügerischer Sicherheit zu wiegen. Harold ist kein Zweifelnder, er tupft die matschigen Brocken auf den Papierservietten ab, die schon längst kapituliert haben und das Fett nicht mehr aufzusaugen vermögen. Auch die traurigen Kartoffelstücke, die Chips heißen, sind nur mit barmherziger Milde zu genießen. Natriumchlorid ist ihr Gewand, Durst ihr Gefolge. Harold möchte vor Glück weinen, aber der Ketchup geht nicht aus der Tüte. Möwen kreischen. Nicht so sehr freundlich, als vielmehr fordernd. Sie suchen das schnelle Vergnügen in den Abfallresten. Auch sie vergöttern das Frittierte ohne Augen, und wenn sie eines Tages in den Möwenhimmel kommen, erwarten sie, dass solche Köstlichkeiten von den Bäumen wachsen.

Melvin strohhalmt Cola aus roter Dose, er kümmert sich nicht um fliegende Schnorrer. Er ist überrascht, dass sie es ohne besondere Vorkommnisse bis Brighton geschafft haben, trotz Harolds offensichtlicher Inkompetenz in punkto Fahrtüchtigkeit. Melvin hat sich mittlerweile daran gewöhnt, dass selbst Verkehrsteilnehmer jenseits der 80 und einwandfrei sehbehindert sie gar in engsten Kurven wutschnaubend überholen und nur dank ihrer vollendeten Höflichkeit auf obszöne Gesten und gellendes Gehupe verzichten. Melvin hätte vollstes Verständnis dafür, aber so ist der Engländer nun einmal, ein Gentlemen durch und durch. Nun aber ist es an der Zeit, sich wieder zu fokussieren, auf das nächste Ziel. Er ist zum ersten Mal in seinem Leben auf einem Pier, er wollte hierhin, und alles sieht genauso aus, wie es beschrieben steht.

Das Palace Pier ist Brightons große Attraktion. Insbesondere, nachdem das West Pier Opfer knisternder Flammen wurde. Brandstiftung. Munkelt man. Einzig ein rostiges Gerippe zeugt von vergangenem Glanz. Im Palace Pier hingegen ist auch heute noch das Vergnügen zuhause. Ein Tempel zügellosen Zeitvertreibs, mit Achter-, Geister- und Wasserbahn, die aber gerade alle defekt sind. Dafür kann der Tourist seinen Kopf durch ein Bild stecken, wahlweise die blonde Rettungsschwimmerin oder der in ihren Armen liegende Trottel mit Schwimmflügeln sein und sich fotografieren lassen. Für noch mehr Nervenkitzel sorgen die mannigfaltigen Spielautomaten in der überdachten Adrenalinarena, die für jeden Geschmack etwas bereithalten.

Ob auf dem Motorrad oder im Helikopter, entdecken Sie das Abenteuer, seien Sie ein Held. Sie dürfen auch Menschen umbringen. Mit der Pistole oder dem Gewehr. Müssen Sie aber nicht. Wenn Sie möchten, können Sie auf Pyramiden aus Blechbüchsen werfen und Zahnpasta gewinnen oder zangend ein Plüschtier aus einem Käfig voller Plüschtiere befreien. Der Fantasie sind keine

Grenzen gesetzt. Zwei Lose zum Preis von einem. Kaufen Sie jetzt.

Harold und Melvin haben es sich außerhalb der Spielhölle gemütlich gemacht. Auf einer überdachten Holzbank mit Blick auf den Kanal. Die Wellen schlagen sanft gegen die Streben, von Ferne bimmelt ein Kinderkarussell, und der Wind weht kräftig aus Nordnordwest. Es riecht nach Meer und Popcorn, nach einer Welt, die nur sonntags geöffnet hat. Da es ausnahmsweise regnet, sind die Besucherzahlen übersichtlich. Hier und da streunen versprengte Rentner über die Planken, die Gesichter festgezurrt, als habe die Leichenstarre ein Trainingslager eingerichtet. Farbenfroh sind sie bekleidet, von mattgrau bis buttergelb, und noch bevor ihr Antlitz in Sichtweite das Auge betört, ist es der Geruch, welcher ihr Kommen unmissverständlich ankündigt. Echter Lavendel, von faulig bis modrig, guter Stoff, um Motten in den Wahnsinn zu treiben. Euphemistisch betrachtet ist damit der Siedepunkt des Amüsements erreicht, wie Melvin findet.

Harold ist dankbar. Er zerkaut den letzten Bissen seines John Dory und spült den unangenehmen Geschmack mit kaltem Tee hinunter. Er ist dankbar, dass der Pier einen recht stabilen Eindruck hinterlässt, dass die Bretter unter seinen Füßen Schutz vor dem tiefen Nass gewähren. Ganz sicher aber fühlt er sich nicht, er ist auf der Hut, man kann ja nie wissen. Es wäre ihm nicht recht, wenn eine Monsterwelle daherkäme und sie alle mit ins Meer risse. Harold hat bis heute nicht gelernt, wie man sich über Wasser hält. Schuld daran ist seine Phobie. Seine einzige. Und schuld daran ist Ethan Fowley.

Ethan Fowley war zu Schulzeiten Harolds bester Freund. Er kannte zwar dessen Namen nicht, wusste aber, dass er in die Parallelklasse ging. Sein Vater besaß ein kleines Programmkino in Kensington. So richtig mit Flöhen. Und da Harolds Mutter und Mrs. Fowley sich gar prächtig verstanden, beschlossen sie an einem lauwarmen Sommerabend, dass es doch eine prima Idee wäre, wenn Harold ein Wochenende bei den Fowleys übernachten würde und die beiden Jungs Jungsdinge machen könnten. Harold zog es vor, an einem Magen-Darm-Virus zu erkranken, was aber nicht half, er musste trotzdem übernachten. Sie hatten sehr viel Spaß. Fünf Stunden lang spielten sie: Wer zuerst ein Wort sagt, verliert. Ethan Fowley war der geborene Verlierer. Nach fünf Stunden und drei Minuten gab er auf und schlug vor, die Treppen hinunter ins Kino zu gehen, da sei zu der Zeit keiner mehr und er wisse, wie man den Filmprojektor anwerfe. Harold hatte nichts dagegen, er konnte ja nicht ahnen, welches Trauma auf ihn wartete. Das Trauma hieß: *Der alte Mann und das Meer*. Der Raum verdunkelte sich, der Projektor knisterte den Vorspann auf die gilbige Leinwand, und Harold fühlte sich von der ersten Minute an unwohl. Der Film hatte etwas Bedrohliches, das Meer eine Tiefe, die nur eine dunkle Vorahnung all der Schrecken preisgab, die dort unten auf die Furchtsamen lauerten. Als Spencer Tracy den mächtigen Marlin in einem epischen Kampf endlich besiegt und an seine Nussschale angebunden hatte, war Harold bereits ein nervliches Wrack. Ethan Fowley musste es ähnlich ergangen sein, denn er hatte die Augen geschlossen und atmete schwer. Und er tat gut daran, denn so musste er nicht mehr mit ansehen, wie aus dem Nichts erst einer, dann zwei und schließlich fünf Millionen Haie auftauchten, um ihr Abendmahl einzunehmen. Zerrend und zuckend rissen sie riesige Stücke aus dem Körper des Marlins, bis nur noch das traurige Gerippe nebst Kopf und Schwert in den sanften Wellen auf und ab wogte. Als der Abspann lief, weckte Harold schweißgebadet seinen besten Freund

Ethan Fowley, der ihn nur rüde anbläffte, ob der Unterbrechung seines Schönheitsschlafes. Dabei hatte Ethan Fowley mehr Pickel als Haare. Aber diese Erfahrung hatte sie zusammengeschweißt, sie gingen fortan getrennter Wege.

»*On a dark desert highway ...*«

21

Der Penner spielt ein Solo. Auf seinem Xylofon. Melvin starrt ihn an, er weiß nicht, wie das indisponiert riechende Individuum hierhergekommen ist, noch warum es jetzt neben ihnen sitzt und schauerlich musiziert. Keime tanzen schwerelos auf seinem zauseligen Bart, in seinen Händen nistet der Erden Dreck vergangener Jahrzehnte und seine Kleidung ist ein lotterlebendes Bakterium. »*Welcome to the Hotel California ...*« Das Individuum hat ganz sicher alle Krankheiten, die es auf der Welt gibt, und dazu noch einige mehr, die erst in Jahrzehnten von der Medizin entdeckt und für panikartige Zustände in der Bevölkerung sorgen werden. »*... such a lovely place ...*« Es spuckt aus beim Singen. »*... such a lovely face ...*« Keuchender Husten. Furioses Finale auf dem Xylofon. Pause. Zeit für den tosenden Applaus. Aber das Publikum bleibt stumm.

»Ich hoffe, ich konnte für ein wenig Kurzweil sorgen und erbitte mir ein Pfund, um mir eine warme Mahlzeit kaufen zu können.«

Melvin stiert den Penner entgeistert an. »Meinen Sie das ernst?«

»Schon.«

»Nein.«

»Warum nicht?«

»Das hat etwas mit Angebot und Nachfrage zu tun.«

»Versteh ich nicht.«

»Sie bieten etwas an, für das es keine Nachfrage gibt.«

»Nicht?«

»Nein.«

»Ich könnte auch *Teenage Kicks* spielen.«

»Nein, danke.«

»*This is not a Love Song*?«

»Nein.«

»*Hells Bells*?«

»Nein! Hören Sie, ich bewundere durchaus, wie Sie Ihr Handicap meistern. Es ist bestimmt nicht einfach, mit echten Kochlöffeln auf ein Xylofon einzuschlagen, auf dem nur noch sechs lose wie auch brüchige Palisander ihr verqueres Dasein fristen. Aber Ihrer Stimme und Musikalität wurden sehr enge Grenzen gesetzt. Sie sollten sich lieber ein Bein amputieren lassen, ein Stück Pappe mit der Aufschrift *Für Euch habe ich kleine Kinder in Afghanistan getötet* in Händen halten und sich wie ein geschlagener Mischlingsrüde vor Starbucks setzen. Das dürfte weitaus mehr Erfolg versprechen. Außerdem wäre ich Ihnen sehr dankbar, wenn Sie Ihren leprösen Körper samt Ausscheidungen gen Osten bewegen könnten, da mein Immunsystem gerade eine depressive Phase durchmacht. Vielen Dank.«

So schlecht fand Harold das Musikspiel jetzt auch nicht. Der Penner schaut betrübt zu Boden, Melvin wieder auf das Wasser. Das ist deutlich genug. Außerdem gibt es noch ein ganz anderes Problem. Melvin hat folgende Informationen über Jeremiah Newsom Nummer zwei zusammengetragen: Boxer, 37 Jahre, 124 Kilo Lebendgewicht, Kampfname Jonny Danger. Er hat sogar herausfinden können, dass Jonny Danger am heutigen Tag einen Vorkampf um die Provinzmeisterschaft in East Sussex bestreitet. Doch niemand konnte ihnen bisher den Weg zur John-Christie-Gedächtnis-Sporthalle weisen, noch wusste jemand, ob es die John-Christie-Gedächtnis-Sporthalle überhaupt gibt. Weder die beiden Taxifahrer aus Jakarta noch der Standesbeamte vor dem Lack-und-Leder-Laden und schon gar nicht die Mutter mit dem leeren Kinderwagen, die irgendwie hysterisch wirkte.

Melvin starrt wieder den Penner an. Der Penner starrt Melvin an. Fragend. In seinen Augen wimmert Hoffnung.

»Ich könnte auch ...«

»Nein. Aber kennen Sie sich hier aus?«

»Schon.«

»Wissen Sie wo die John-Christie-Gedächtnis-Sporthalle ist.«

»Weiß ich.«

»Wie kommen wir dorthin?«

Der Penner kaut an seinem rechten Daumennagel und kräuselt die Stirn in Falten. Er denkt nach. Aus seiner Nase tropft Glibber. »Ihr braucht eine Information?«

Melvin ist erstaunt, wie viel Bauernschläue in der brüchigen Existenz noch vorhanden ist. »Nun gut, Sie bekommen Ihr Pfund.«

»Fünf.«

»Bitte?«

»Das hat etwas mit Angebot und Nachfrage zu tun.«

»Mein lieber Penner, werden Sie nicht unverschämt.«

»Ich könnte auch *Stairway to Heaven* spielen.«

22

Harold und Melvin sind rechtzeitig zum Gong der dritten Runde eingetrudelt. Die fünf Pfund waren gut angelegt, die John-Christie-Gedächtnis-Sporthalle hätten sie sonst nie gefunden, so weit außerhalb, fernab der Zivilisation. Der Tempel herkulischer Scharmützel ist eine Gemeinschaftsmehrzweckhalle von trefflicher Bescheidenheit, in der, wie angeschlagen, mittwochs Erlebnis-Yoga für Damen ab fünfzig angeboten wird, auch ohne Voranmeldung. Kaum mehr als hundert Zuschauer verlieren sich auf der notdürftigen Bestuhlung, und das betörende Aroma privilegierter Unterschicht nach kaltem Schweiß und schalem Bier zeugt von elegischer Authentizität. Der olfaktorischen Offenbarung des besinnungslosen Darniedertaumelns folgt ein nicht minder komplexes Staunen ob der visuellen Eindringlichkeit. Das Publikum ist dank darwinistischer Auslese ein Who's who des menschlichen Wagemuts. Arbeitsskeptische Jungunternehmer, frühpensionierte Luden, Selbsthilfegruppen mit Migrationshintergrund, freischaffende Hooligans und Familienväter in Freizeitblousons. An Sophie's Prosecco-Stand, das Glas für 99 Penny plus ein Pfund Pfand, stehen drei alkoholisierte Damen und giggeln Unzüchtiges. Das ansonsten männliche Publikum stört sich nicht weiter an weibischer Inkontinenz und wohnt mehr oder minder desinteressiert dem Kampf bei. Harold und Melvin sitzen in der dritten Reihe, guter Blick, niemand vor ihnen, nur drei Stühle weiter rechts sitzt ein vom Leben ausgemergeltes Individuum mit gelber Schiebermütze und schnupft Tabak.

Der Ring hat sein brüchiges Dasein noch nicht gänzlich aufgegeben und beherbergt zwei Boxer, die entfernt wie

Menschen aussehen. Melvin ist nicht sicher, welcher der beiden Helden Jonny Danger ist. Es kann aber nur der Hüne in den blauen Shorts sein, der erstaunlich behände mit seinen Füßen zu tänzeln vermag und dessen trainierter Körper im brennenden Flutlicht schokoladig plinkert. Ein Schwarzer? Fließt afrikanisches Blut in Melvins Adern? Warum nicht. Der andere jedenfalls kann unmöglich Jonny Danger sein. Es ist schwer zu erkennen, was er überhaupt sein könnte. Das Gesicht ist durch die treffsichere Führhand seines Gegners in Mitleidenschaft gezogen, die Augenfarbe durch die Schwellungen hindurch nicht zu erkennen und die Nase ein Nachtschattengewächs von weichkochender Güte. Der gedrungene Leib spiegelt die tragische Vehemenz maßloser Völlerei wider, die Fleisch gewordene Antithese heroenhafter Grazie. Und doch, so scheint es, muss dieser von Narben gezeichnete Körper Schlachten geschlagen haben, von denen Achilles nur zu träumen wagte. Ein animalisches Denkmal, zweifelsohne, von seltener Ehrlichkeit und mit schlichten malerischen Elementen verziert. Auf dem rechten Oberarm prangt eine künstlerisch zweifelhafte Meerjungfrau kurz vor der Menopause und auf dem Rücken ist der Hauptsponsor, *Barney's Schlüsseldienst Ltd.*, verewigt. Er ist Rechtsausleger, also Linkshänder, genau wie Melvin. Zufall. Reiner Zufall.

»Jetzt hau dem Neger doch mal in die Fresse, du Gurke«, krächzt der Mann mit der gelben Schiebermütze und schnupft Tabak. Melvin starrt ihn an. Die fachmännische Analyse lässt auf einen Experten schließen.

»Entschuldigen Sie, aber welcher der beiden Herren im Ring ist Jonny Danger?«

Der Mann mit der gelben Schiebermütze setzt das Gesicht einer allwissenden Müllhalde auf und schnupft Tabak. »Na, der auf dem Boden, wer sonst?«

Melvin dreht sich wieder um. Ein harter rechter Haken hat Jonny Danger auf die Bretter geschickt. Aus der Restnase tröpfelt Blutiges, der Mann ist im Eimer, so viel ist klar. Selbst Lenny Ferguson würde keinen Penny mehr auf ihn setzen, denn nichts deutet auf einen Phönix aus der Asche hin, allenfalls die Asche selbst. Der Ringrichter ist schon bei sieben angelangt, als sich Jonny Danger mit letzter Kraft an den Seilen emporzieht und taumelnd seine Bereitschaft zur finalen Demütigung signalisiert. Doch noch bevor der schwarze Hüne die Wiederauferstehung wieder hinabschickt, ertönt ein blecherner Gong und Jonny Danger findet, zum Erstaunen aller, den Weg in seine Ecke. Dort wartet schon etwas. Theoretisch könnte es der Trainer sein. Der theoretische Trainer, ein hagerer 60-Jähriger mit rostiger Trainingsjacke, wischt mit einem nassen Schwamm notdürftig das Blut weg, die Verletzungen behandelt er nicht, es sind derer zu viele, da wüsste er ja gar nicht, wo er anfangen sollte. Wichtiger scheint ihm die psychologische Motivation zu sein: »Das machst du gut, Junge. Den hast du bald. Der kann nicht mehr. Deine Nase ist eine Waffe. Zweifelsohne. Aber du musst ihn überraschen, schlag doch mal mit der Faust zu. Auch wenn's weh tut.« Ein dickes Vorstadtmädchen mit fettigen Haaren dreht unzüchtig einsame Runden im Ring und hält ein Pappschild mit einer handgeschriebenen vier in die Höhe. Aus einer dunklen Ecke in Nähe der Toiletten brüllt jemand »Anziehen.« Ein Herr in Freizeitblouson lacht. Die Stimmung steigt, wenn auch langsam, aber die Lunte der Ekstase ist zweifelsohne entfacht. Der Trainer reinigt den Mundschutz im Spuckeimer, er tätschelt seinen Zögling mit einer kleinen Backpfeife und sagt: »Schmerz ist nur ein anderes Wort für Deckenleuchte.«

Derart euphorisiert torkelt Jonny Danger in die Mitte

des Rings, der Gong ertönt und das Ungemach nimmt seinen Lauf. Eine klassische Links-rechts-Kombination schlägt unvermittelt ein, Flucht nach vorne, die Körper klatschen aneinander und Perlen aus Schweiß tanzen in bezaubernder Eleganz durch die Luft. Trennen. Weitermachen. Die Einschläge werden stärker. Es macht Zack, Bumm und auch Dusch. Einige Zuschauer springen auf, sie spüren die Nähe des Untergangs, den süßlichen Geschmack der totalen Vernichtung. Harold hält die Hände vors Gesicht, zu viel der Pein, da selbst das bloße Zuschauen körperliche Schmerzen verursacht. Ein linker Leberhaken raubt Jonny Danger die Sauerstoffzufuhr, kein Ausweichen mehr, so soll es sein, den anfliegenden Uppercut, der unter seinem Kinn einschlägt, sieht er nicht mehr kommen, das Gesicht eine florierende Knautschzone, der Körper fällt gerodet zu Boden, dreimal noch titscht der Kopf auf den Brettern nach, bis er endgültig zur Ruhe kommt. Keine Regung mehr.

Moribunde. Stille.

Jonny Danger ist tot.

23

Die Umkleidekabine verdankt ihre gemütliche Aura dem nackten Beton, einer Pritsche und einem verbeulten Spind, auf dem nackte Frauen posternd ihre primären Geschlechtsmerkmale preisen. Jonny Danger sitzt auf der Liege, jemand tackert ihm das Auge zurecht, ein Arzt oder ein Fliesenleger, so genau ist das nicht zu erkennen. Es riecht sehr streng. Der Raum ist ohne Fenster, es fehlt an Frischluftzufuhr. Ein Potpourri aus Blut, Schweiß und saurem Atem kitzelt in den Nasenwänden, ein Verwöhnaroma für Misanthropen. Harold und Melvin stehen im Türrahmen, im Rücken Jonny Dangers, und begutachten die medizinische Notversorgung in gebührendem Abstand.

»Platz da!«

Ein Unikat genetischer Versuchsreihen schiebt sich zwischen Melvin und Harold in den Raum hinein. Es ist mehr breit als hoch, das Haupt minder behaart, die Augen hinter spiegelnder Sonnenbrille vor allzu neugierigen Blicken geschützt. Sein Gang ist tumb, als hätte man es zu schwer beladen. Die wurstigen Finger mit goldigem Plunder verschmückt, der braune Anzug von einer Fuchsstola geadelt, in seinem Mund ein phallisches Ungetüm kubanischer Wickelkunst. Die Luft macht Feierabend. Aus seiner Hosentasche holt es ein Bündel Geldscheine hervor, es benetzt Daumen und Zeigefinger mit gelbem Speichel und zählt routiniert ein paar Scheine ab.

»Jonny, alter Haudegen, klasse Kampf! Vierte Runde! Wer hätte das gedacht! Haste redlich verdient, die 600 Pfund. Abzüglich 100 Pfund für den Trainer, 50 Pfund für den Arzt, 25 Pfund Vermittlungsprovision, macht summa summarum 250 Pfund. Grüß mir die Frauen.«

Der Mathematiker und der Fliesenleger verlassen den Raum, sie beachten Melvin und Harold nicht weiter. Zurück bleibt ein Boxer auf einer Pritsche, in sich zusammengesunken, ein Körper, der im grellen Neonlicht sein wundes Antlitz preisgibt, ein Bild der Demut, der Schöpfung und der Allmacht.

Melvin räuspert sich. »Hallo?«

Keine Reaktion.

»Mr. Danger?«

Der Boxer dreht sich um. Ein schonungsloser Anblick, voll Schmerz und Trauer, an dem Forensiker ihre helle

Freude hätten. Er hebt den Kopf ein wenig, die Nackenwirbel knacken, er versucht sich zu konzentrieren und blinzelt durch die geschwollenen Augen in Richtung Melvin.

»Ja?«

»Wir sind ... äh ... Fans.«

»Fans?« Seine Stimme klingt weich, nahezu unschuldig, als ob die Seele noch in Buttermilch schwämme.

»Um genauer zu sein, ich bin der 1. Vorsitzende des Jonny Danger Fanclubs, mein Name ist Melvin, und der nette ältere Herr neben mir ist Mr. Harold Bacon, der Kassenwart.«

»Nicht wahr.«

Kassenwart?

»Doch. Und wir sind hier, um mehr über Sie zu erfahren, über Ihre Kämpfe, Ihr Leben, Ihre Träume und Ihre Frauengeschichten. Ihre Fans wollen alles von Ihnen wissen.«

»Nicht wahr.«

Kassenwart?

»Doch. Wir basteln gerade an der Internetpräsenz. Und dafür benötigen wir so viele Informationen wie möglich.«

»Nicht wahr.«

»Doch. Mr. Danger ...«

»Nenn mich Jonny.« Sein Körper wirkt plötzlich straffer, seine Haltung ist aufrechter, die Lebensgeister kehren aus ihren Schmollwinkeln zurück.

»Mr. Danger, wie viele Kämpfe haben Sie als Profiboxer bestritten?«

»38.«

»Ihre Bilanz?«

»Ein Sieg, ein Unentschieden.«

»Sie haben 36 Mal verloren?«

»Knapp.«

»Nach Punkten?«
»Vier Mal.«
»32 Mal durch K. o.?«
»Knapp.«
»Jeweils?«
»Ja.«
»Beeindruckend.«
»Danke.«
»Können Sie gehen?«
»Ich denke schon.«
»Wie wäre es, wenn wir diesen ungastlichen Ort verlassen und zu Ihnen nach Hause fahren, um diese anregende Konversation bei einer Tasse Tee fortzusetzen?«
Kassenwart?

24

Harold findet nicht, dass er ein guter Kassenwart wäre. Buchhaltung zählt zwar durchaus zu seinen Steckenpferden, aber die finanzielle Verantwortung für ein ganzes Unternehmen zu tragen, ist ihm eine Nummer zu groß, da könnte er gar nicht mehr in Ruhe schlafen. Außerdem hat er momentan ganz andere Probleme.

Er hat die Queen überfahren. Sie stand einfach vor dem Supermarkt und hat gewunken. Jetzt liegt sie auf dem Boden und der Kopf ist ab. Melvin meint zwar, dass es nicht so schlimm sei, da keiner es gesehen habe und der Pappaufsteller schon vorher einige Dellen aufwies, aber Harold hat da kein gutes Gefühl. Die Queen zu überfahren, ob aus Pappe oder sonst wie, das geht nicht. Da ist man mit sieben Jahren Unglück noch gut bedient. Und das alles nur, weil Jonny Danger noch Bananen kaufen wollte.

Der Supermarkt gehört keiner Kette an. Er führt nur das Nötigste an Obst, Gemüse, Fleisch- und Milchprodukten, dafür aber ist er ein Eldorado für Haartönungen, Heimatfilme und Wundertiegel aller Art. Folkloristische Musik dudelt aus billigen Boxen, es riecht nach Vanille und Sandelholz. Kunden sind sonst keine zu sehen, bis auf den streunenden Hund, der sich, im Kreis drehend, in den Schwanz beißt. Hinter der Kühltheke steht eine dicke ausländische Frau mit einem Beil in der Hand und hackt Fischen die Köpfe ab. Die Kunden lässt sie dabei keinen Moment aus ihren tiefschwarzen Augen, die sagen, rechne nicht mit Verständnis für eine schlimme Kindheit, wenn du zu klauen gedenkst. Harold hat ein Déjà-vu. Kein schönes.

Es bleibt nur eins zu tun: Den Obststand finden und so schnell wie möglich wieder raus hier. Doch plötzlich schlägt die Tür auf, ein kleiner indischer Mann stürmt in den Laden und fuchtelt wild mit einem Schraubenzieher umher. Kurz vor Jonny Danger bleibt er stehen, der Kopf hochrot, die Augen eines Wahnsinnigen.

»Haben Sie die Queen überfahren?«

Jonny Danger wirkt verunsichert, er möchte nicht petzen, die Schuld aber auch nicht auf seine Schultern laden. »Ich wollte nur Bananen kaufen.«

»Wissen Sie, was das heißt? Sieben Jahre Unglück!«

Harold hat's gleich gewusst. War ja klar, jetzt ist es Schwarz auf Weiß, da ist nichts mehr zu machen. Er wird nach Hause fahren und das Haus die nächsten sieben Jahre nicht mehr verlassen.

»Mein lieber Hindu«, mischt Melvin sich in das Gespräch ein, »haben Sie überhaupt eine Lizenz für die Queen?«

Der kleine indische Mann blickt misstrauisch in Melvins Richtung. »Was soll das heißen?«

»Nun, Sie können ja nicht einfach so die Queen vor Ihren Laden stellen. Haben Sie vorher mal gefragt?«

»Die Queen?«

»Ja.«

»Nein.«

»Dann sollten Sie das kleine Malheur besser unter den Teppich kehren und sich wieder um Ihre Kühe kümmern.«

Zur Überraschung aller rennt der kleine indische Mann hinaus, um keine drei Sekunden später wieder reinzustürmen. Erneut hält er etwas in Händen, mit dem er wild hin und her fuchtelt, die Augen blutunterlaufen. »Was ist das?«

Melvin begutachtet die Trophäe und findet das Lächeln eine Idee zu poststrukturalistisch. »Der Kopf der Queen?«

»Was ist das?« Der kleine indische Mann deutet auf strategische Punkte in Deckennähe.

»Überwachungskameras?«

»Davon habe ich auf dem Parkplatz noch fünf weitere installiert, die Tag und Nacht alles aufzeichnen, auch Mörder!«

Melvin geht von einer Patt-Situation aus und überlegt, wie er den Kanarienvogel zur Raison bringen kann. Harold findet die Bezeichnung *Mörder* treffend und möchte ins Gefängnis. Doch plötzlich verzaubert der kleine indische Mann sein Gesicht in einen Regenbogen der Freundlichkeit. Es sieht zwar nicht weniger wahnsinnig aus, hat aber von der Idee her grundsätzlich etwas Gutes zu bedeuten. »Sie möchten einkaufen?«

»Bananen«, sagt Jonny Danger.

»Kein Problem, ich übernehme persönlich Ihren

Wunschzettel.« Der kleine indische Mann schnappt sich einen Einkaufswagen und wirft ohne hinzuschauen Dinge in ihn hinein. Sein Tempo ist beachtlich, er scheint ganz intuitiv eine genaue Vorstellung davon zu haben, was seine Kunden wünschen, ohne es überhaupt ausgesprochen zu haben. Manchmal verschwindet er hinter den Gängen, dann ist nur ein Klappern und Scheppern zu hören, bis er *God Save the Queen* flötend wieder auftaucht. Mit quietschenden Reifen stoppt er in Höhe des Warenbandes. Die Frau mit dem Beil sitzt schon an der Kasse. Eingekauft wird: eine Packung Henna für extra langes Haar, acht Tafeln Schokolade, fünf Beutel Kidneybohnen, ein Flakon Rosenwasser, ein grüner Sari mit Goldbrokatborten, eine Palette Mango Chutney, ein 24-teiliges Geschirr mit aufgemalten Elefanten, eine Bürste, zwei Kilogramm Basmatireis, drei Beutel Glasperlen, ein Tiger als Sparschwein, eine üppige Auswahl an CDs mit indischer Popmusik, eine Flasche Ingwerlikör, drei Päckchen Zahnseide, ein Päckchen Räucherstäbchen, zwei Paar Hauspantoffeln, ein Ganesha-Schlüsselanhänger, ein Deodorant, eine Überwachungskamera und zwei Bananen.

Das glaubt der Kuhhirte doch wohl nicht allen Ernstes. Melvin legt den Kopf schräg, er schiebt die Brille ein Stück die Nase hinauf und räuspert vornehm in seine kleine Faust hinein. »Ich denke, wir nehmen nur die zwei Bananen.«

»Das täte mir leid, dann müsste ich die Queen in Rechnung stellen. Eine ungefähre Ahnung, was sie kostet?«

Trilliarden, schätzt Harold.

25

»Das Mango Chutney ist gar nicht so schlecht«, sagt Jonny Danger und wischt mit seinem linken Handrücken über den verschmierten Mund. Melvin sagt schon eine ganze Zeit lang gar nichts. Harold fährt. Die Gegend sieht nicht so aus, als würde die Polizei hier furchtbar gerne Streife fahren. Gestalten ohne Gesichter stromern hastig die Steige entlang, einige Müllsäcke vor den Häusern sind aufgerissen, hier und da ist das Geschrei groß. Ein Ort, um es sich mal richtig gut gehen zu lassen, sieht anders aus. Zum Glück muss niemand auf Toilette.

»Stop! Da ist ein Parkplatz. Einfach rückwärts rein.« Einfach rückwärts rein? Ist der Boxer dement? Harold kommt spontan in die Wechseljahre und transpiriert, als würde es kein Morgen geben. Er blickt in den Rückspiegel, die Lücke ist groß genug, weit und breit kein Mitglied der königlichen Familie zu sehen, das könnte klappen. Den Rückwärtsgang rein, vorsichtig Gas geben, Kupplung langsam kommen lassen, nach rechts einlenken, bremsen, Kupplung treten, den ersten Gang rein, Gas geben, Kupplung langsam kommen lassen, nach links einschlagen, bremsen, Kupplung treten. Nichts. Kein Knall, kein Inder. Nichts. Harold stellt den Motor ab. Alles ist gut. Sie steigen aus, es ist bereits dunkel geworden. Die Laternen kegeln muffiges Licht auf die Gehwege. Draußen stehen Damen, die noch arbeiten und für Geld wahre Liebe verkaufen. Jonny Danger geht schnurstracks auf ein Gebäude zu, das, hell erleuchtet, das kulturelle Zentrum der Straße zu sein scheint. Auf einem burlesken Messingschild steht: *Holyflower Hotel.*

»Sie wohnen in einem Bordell?«, fragt Melvin, der Mühe hat, Schritt zu halten.

»In einem Haus der Freude«, sagt Jonny Danger, fast ein wenig beleidigt. »Ich kann hier umsonst wohnen, dafür bin ich so etwas wie der Hausmeister.«

»Sie wechseln Birnen?«

»Auch.«

Am Eingang angekommen steht eine rauchende Dame am Geländer, die sehr arm sein muss, wie Harold findet. Außer ihrer Unterwäsche hat sie anscheinend nichts zum Anziehen, und das zu dieser Jahreszeit, sie wird sich ganz bestimmt erkälten.

»Na Jonny, wieder Überstunden gemacht?«, fragt die Dame, die aus Rauchschwaden wunderschöne Kringel zaubert. Jonny Danger nickt verstohlen und schenkt ihr ein schüchternes Lächeln. Die Dame drückt ihre Zigarette mit graziler Fußarbeit aus und lenkt ihr neugieriges Wesen auf Melvin und Harold. »Was seid ihr denn für ein niedliches Pärchen? Habt ihr euch verlaufen, oder soll Rosie euch Nachhilfe in Französisch geben und danach den Hintern versohlen?«

Derweil Harold noch überlegt, warum Rosie ihm den Hintern versohlen möchte, zieht Melvin ihn hinter Jonny Danger in den Hausflur hinein. Er ist größer als erwartet. Es riecht nach chemischen Keulen und billigem Parfum. Sauber ist es, der Boden frisch gebohnert, die himmelblauen Butzengläser auf Hochglanz poliert. Die Ruhe ist befremdlich, sie passt nicht recht, weiter oben troubadourt Paul Anka Süßstoff in die Atmosphäre, ansonsten Stille, als würde man ein Pfarrhaus betreten. Die knarzige Holztreppe wirkt müde, nahezu aufopfernd, aber keineswegs instabil. Auf der ersten Etage stoppt Jonny Danger und fingert an seinem Hemd herum. Er holt einen Schlüssel hervor, der an einem Band um seinen Hals hängt. Er muss sich bücken, um das Schloss zu erreichen. Die Tür knirscht auf.

Jonny Danger ist nicht auf Besuch eingestellt. Der Weg hinein ist durch Berge von Altpapier und Armeen aus Leergut vortrefflich gesichert und nur mit äußerster Konzentration zu meistern. Die Wohnung ist eine größere Abstellkammer mit Kochnische. Eine Matratze, ein kleiner Tisch mit drei Stühlen und ein Regal voller Mumpitz sorgen für erschreckende Gemütlichkeit. Mit einem flüchtigen Fingerwink bedeutet Jonny Danger seinen Gästen, sich wie zuhause zu fühlen. Er selbst geht zur Kochnische, keine zwei Meter entfernt. Das Spülmittel muss schon seit mehreren Wochen leer sein, das Geschirr stapelt sich in alpine Höhen und würde auch als Fototapete eine prima Figur abgeben. Melvin und Harold nehmen Platz und schauen zu, wie ihr Gastgeber Tee macht, wie er scheppernd ein Tablett, eine Kanne, einen Löffel und drei Tassen sucht, wie er gegen halboffene Schranktüren tritt, wie er sich am Hintern kratzt, wie er das Tablett auf den Tisch stellt und den kaum gezogenen Tee in die Tassen füllt. Er riecht gar nicht schlecht, aber Harold würde es im Traum nicht einfallen, die Tasse auch nur zu berühren.

»Und, Mr. Danger«, versucht Melvin die Unterhaltung sanft einzuleiten, bevor er die entscheidende Frage stellt, »wie sehen denn so Ihre Pläne für die Zukunft aus?«

»Darüber habe ich nachgedacht, als ich vor zwei Monaten knapp gegen Henry *The Killerduck* Murphy verloren habe«, sagt Jonny Danger und schüttet zwei Esslöffel Rohrzucker in seinen Tee.

»Und sind zu welchem Ergebnis gekommen?«

»Dass es so nicht weitergehen kann. Ich baue mir ein zweites Standbein auf, für nach die Karriere.«

»Welche Karriere?«

»Als Boxer.«

»Ach ja. Und wie sieht dieses zweite Standbein aus?«

»Ich bin Dichter.«
»Sie sind Autor?«
»Nein, Dichter.«
»Sie schreiben.«
»Ja.«
»Was denn so?«
»Gedichte.«
»Aha. Wer sind denn Ihre Vorbilder?«
»Muhammad Ali und Lennox Lewis.«
»Literarisch.«
»Literarisch?«
»Ja, als Literat lesen Sie doch auch, oder?«
»Nun ja, eigentlich nicht so gerne. Ich bin ja Dichter. So wie Lord Byron. Da habe ich auch ein Buch von. Irgendwo. Ich schreibe aber anders. Mal hören?«
»Warum nicht.«
Jonny Danger bückt sich und wühlt in einem Stapel gefalteter Milchkartons. Er zieht das gesuchte Exemplar vorsichtig heraus und hält es in Händen, als sei es ein Picasso. Er räuspert sich.
»›Kichererbsen weinen nicht‹. Von Jonny Danger. Bereit?«
»Absolut.«
Jonny Danger räuspert sich. Zweimal.

»Erbsenlaub, o Erbsenlaub,
ist taub.
Taub, taub, taub,
ist Erbsenlaub.«

Harold würde es sofort kaufen. Auch weil es so kurz ist. Melvin ist da etwas anderer Meinung. »Vielleicht hat es Ihnen noch niemand gesagt, aber: Dadaismus ist tot. Aus der Schweiz kommen nur noch Taschenmesser.«
»Dadaismus?«
»Vielleicht sollten Sie es mit Belletristik versuchen.«

»Belletristik?«

Melvin grinst, als versuche er einem Zweijährigen zu erklären, dass es keine gute Idee wäre, eine Tube Sekundenkleber zu essen, auch nicht als Nachtisch. »Einen Roman. Nennen Sie ihn: Das klandestine Plusquamperfekt. Besser noch, eine Autobiografie: Jonny Danger – Das Proletariat schlägt zurück.«

»Ich habe auch noch etwas mit Rosen und Sonnenuntergang. Ist aber noch nicht fertig.«

»Dann sollten wir damit warten, bis es fertig ist. Mal zu einem anderen Thema. Mit wie vielen Frauen hatten Sie bisher Geschlechtsverkehr?«

Jonny Danger wird rot wie ein Bus. Er nippt an seinem Tee und starrt Löcher in den Tisch. Melvin kann sich schon vorstellen, dass es in diesem Pfuhl der Sünde nicht gerade wenige waren.

»Nun ja«, sagt Jonny Danger, »ich bin noch Jungfrau.« Melvin sieht die Abrissbirne kommen, kann ihr aber nicht mehr ausweichen. Wie kann das möglich sein? Der Mann ist 37 Jahre alt, da muss sich doch irgendetwas ergeben haben. Natürlich nicht umsonst, bei dem Aussehen. Aber etwas Gutes hat die Unbeflecktheit auch: Jonny Danger kann unmöglich Melvins Vater sein, eine Sorge weniger, immerhin. Melvin wird müde, er schaut auf seine Albert-Camus-Armbanduhr, die er von seiner Mutter zum achten Geburtstag geschenkt bekam, und gähnt.

»Wie die Zeit vergeht. Kennen Sie zufällig ein günstiges Hotel in der Nähe?«

Jonny Danger überlegt. »Ihr könnt bei Paris übernachten, die liegt im Krankenhaus, Eierstockentzündung.«

Bei Paris?

26

Eigentlich hätte Melvin gerne im *The Grand* übernachtet. Im Internet sah es toll aus. Ein wenig in die Jahre gekommen, aber immer noch das erste Haus am Platz. Letztes Zeugnis legt es ab, ein Hauch der Erinnerung an die einst mondäne Aura Brightons, als Könige hier noch Seeluft schnupperten und der schlechte Geschmack noch in der Gosse kroch. Leider bietet ihr Budget keinen Raum für extravagante Wünsche, um fürstlich gebettet zu tüdeliger Pianomusik sanft einzuschlummern. An dessen statt sind nachbarschaftliche Bettfedern zu hören, deren letzte Ölung schon eine Weile her sein muss, und Paul Anka schmachtet in seismografisch messbarer Lautstärke dem Höhepunkt entgegen. Ansonsten ist es aber gar nicht so schlimm bei Paris. Alles ist sauber und alles ist rosé. Das Bett, die Wände, der Teppich, alles. Auch der leuchtende Eiffelturm und die Utensilien für fantasievolle Paarungsrituale, die auf einer viktorianischen Kommode thronen.

Melvin hat sogar kurz mit der verrückten Idee geliebäugelt, den Morgenmantel mit den puffigen Ärmeln und dem flauschigen Revers überzuziehen, sich dann aber doch für seinen eigenen Pyjama entschieden, auf dem die Physik-Nobelpreisträger der letzten 50 Jahre abgebildet sind. Ein Geschenk des Reifenhändlers, mit dem Melvins Ma mal etwas hatte, als sie verzweifelt und völlig orientierungslos nach Nähe suchte. Der Klempner war auch nicht besser, und den Erdkundelehrer verzeiht Melvin ihr bis heute nicht.

Sein noch junges Leben ist schon voller Narben und bedarf ein wenig der Ruhe, um neue Kraft zu tanken. Wenn Harold endlich aus dem Bad kommt, kann Melvin das Licht ausmachen und diesen Tag so schnell wie möglich wieder vergessen. Vielleicht haben sie ja bei Nummer drei mehr Glück.

Harold schaut in den Spiegel. Reste von Zahnpasta nisten in den Mundwinkeln, die Augen höhlen in tiefster Kümmernis und die Wangen hängen träge wie Waschlappen herab. So also sieht jemand aus, der die Queen überfährt. Ein Monstrum. Sein Magen grummelt, er hat Hunger, es gab kein Abendbrot, das ist nicht gut. Abendbrot ist die wichtigste Mahlzeit des ganzen Tages nach dem Frühstück. Was würde er jetzt für ein Gurken-Sandwich und ein warmes Glas Milch geben. Sein Seelenheil? Warum nicht. Viel gibt es ja nicht mehr zu verlieren, die Hausratversicherung, den Kristallleuchter, das elektronische Blutdruckmessgerät, das Silberbesteck, und das war es im Grunde schon, der Rest müsste entsorgt werden. Unnötiger Ballast, loslassen, trennen, nicht mehr umdrehen, beenden. Wie auch diese Beziehung. Es ist ja nicht so, dass er Melvins Suche nach den Ahnen seines Erbguts nicht verstehen würde. Auch Harold hätte gerne mehr von seinem Vater gehabt, den er im Alter von vier Jahren das letzte Mal sah. Herzinfarkt. Das Einzige, woran er sich erinnern kann, ist der Pfeifengeruch, der ständig im Haus für schlechte Luft und bei Harold für brechreizende Übelkeit sorgte.

Ansonsten besitzt er nur ein paar alte Reitstiefel, nicht mehr als ein Andenken, wie eine Postkarte, nur sperriger. Aber wurde er durch diesen Schicksalsschlag aus der Bahn geworfen? Nein. Verlust ist das einzig Beständige im Leben, mal abgesehen von Rückenschmerzen. Und er, Harold, sieht keinen vernünftigen Grund, warum er diesem jungen Menschen etwas anderes beibringen sollte. Und eigentlich sieht er nicht ein, warum er ihm überhaupt etwas beibringen sollte. Er ist nicht Mahatma Gandhi. Die Reise endet hier. Definitiv.

Harold öffnet die Tür zum Schlafzimmer. Er geht um das Bett herum in Richtung der großen Fenster. Er zieht die schweren Vorhänge auf, öffnet eines der Fenster und lässt die Dunkelheit sein Gesicht umschmeicheln. Mit dem rechten Bein steigt er auf den Heizkörper, er berührt die abblätternden Fensterrahmen, die von kleinen Insekten bevölkert werden, er hält sich fest, nimmt Schwung und zieht sich mit einem kurzen Ruck ganz nach oben. Melvin versteht nicht genau, was Harold da macht. Es sieht so aus, als wolle er aus dem Fenster springen. Harold atmet die kalte Herbstluft ein, als würde er ein letztes Mal ihren herben Duft empfangen, von Ferne läutet eine Kirchenglocke, Blätter rauschen ihrem Ende entgegen und der Mond scheint, als sei er ein wenig beleidigt. Noch einmal innehalten. Hören. Sehen. Riechen. Das ganze Leben spult sich innerhalb einer Sekunde ab, mit Längen im Zwischenteil, ein Schritt nur, ein letztes Geleit und es ist vollbracht.

Er springt.

Melvin macht das Licht aus, dreht sich um und schläft über der Frage ein, ob Harold den Sturz aus dem Erdgeschoss überlebt hat.

Dienstag

27

Kurz vor Leicester stecken sie fest. Sie haben es nicht mehr geschafft. Die Straße wurde vor ihren Augen komplett gesperrt. Hinter ihnen staut sich der Verkehr auf einer Länge von mehreren tausend Kilometern. Und eine ganze Kohorte Polizisten wacht über die Lawine, dass auch keiner auf schiefe Ideen kommt.

Melvin spricht nicht. Schon seit dem Frühstück nicht mehr. Niemand hat gesprochen. Beim Frühstück. In diesem kalten Café. Nicht das in die Leere blickende Paar am Nachbartisch, noch der nervöse Herr am Eingang, der jemanden oder etwas erwartet hat, das aber nicht kam. Die feilgebotene Nahrung konnte der Stimmung keinen Schaden zufügen, das Erstaunen war einfach zu groß. Appetitlich zeigten sich nur die kleinen gebratenen Speckkrusten, die eventuell von Schweinen stammten, wenngleich Melvin nach wie vor unschlüssig ist, aus welcher Jahrhundertwende sie Zeugnis einer globalen Epidemie ablegen. Harold trank Kaffee, von dem er nicht wusste, dass es einer war. Spontan hätte er Kartoffelpudding gesagt. Aber man fragte ihn nicht. Niemand fragte etwas. Man nahm wahr und versuchte zu verstehen, wie alles so weit hatte kommen können und warum das wenige Glück auf Erden sich stets zwei Blöcke entfernt aufhält. Für Harold ist das kein sensationeller Umstand.

Und nun warten. Warten, dass sich der Stau wieder auflöst, dass die Reise weitergehen kann. Der Grund des Staus ist keine Massenkarambolage oder ein waghalsiger Terroranschlag islamischer Fundamentalisten. Für beide Szenarien würde Melvin klagendes Verständnis an den Tag legen und, wenn möglich, den einen oder anderen Toten aus nächster Distanz begutachten. Der anatomischen Studien wegen. Der Grund aber für die ungewollte Rast ist ein Marathonlauf. Hunderte wenn nicht Tausende verschwitzte, dehydrierte, rotköpfige, katatonische und dem Tode ins Auge blickende Wesen laufen irgendwohin. Viele stolpern auch nur vorwärts, und stünde Melvin dem Humanismus nahe oder zumindest nicht feindselig gegenüber, würde er Mitleid haben. Aber wie kann man für derlei Selbstjustiz Verständnis hegen? Warum reicht hier und da ein bisschen flagellieren nicht mehr aus? Ist die Krönung der Schöpfung nicht schon beschämend genug? Und warum kann sie nicht wenigstens gut riechen? Harold und Melvin können nichts weiter tun, als warten und die traurige Szene mit starren Augen verfolgen. Sie sitzen da wie Mürbeteig. Und nie wünschte sich Melvin mehr, sein Alter Ego sei Josef Stalin. Da wäre so eine Veranstaltung schnell dahingemetzelt.

Harold hat weit mehr Verständnis für die Läufer. Für ihren Mut, ihr unbändiges Verlangen, die eigenen Grenzen zu erforschen und sich des Schmerzes in all seiner Blüte bewusst zu sein. Auch Harold war einst ein Jonny Danger, ein Sportler aus reinem Herzen. Auf Wunsch seiner Mutter. Alle männlichen Mitglieder der Familie waren einer Sportart verpflichtet. Sein Onkel Nathan war sogar fast Olympiasieger. Im Schwimmen. Da Harold tiefes Wasser nur aus sicherer Entfernung verehrt und Schwimmflügel per se indiskutabel sind, wurden die nicht weniger klassischen Sportarten Fechten, Polo und Kricket zu seiner Passion. Aber entweder er fiel vom Pferd oder er verfing sich im Florett oder er schlug einem Sportkameraden mit einem 80 Gramm schweren Hartgummiball ein Auge kaputt, sodass Harolds Mutter meist nur wenige Wochen nach der Anmeldung einen freundlichen Brief des jeweiligen Vereins erhielt, in dem mitgeteilt wurde, dass ihr Sohn einen hervorragenden ersten Eindruck hinterlassen habe, man beim besten Willen aber nicht wisse, was man ihm noch beibringen könne und es sicherlich noch andere Sportarten gäbe, die sein außerordentliches Talent zu fordern vermögen. Die Anmeldegebühr werde natürlich in vollem Umfang rückerstattet. Glückwunsch. Schließlich hatte Mutter ihn auf Anraten Onkel Derringhams in einem Ringerverein angemeldet, um seine maskulinen Gene zu stimulieren, wie es hieß. Das Trikot fand Harold auch ganz hübsch, und auch die ersten Trainingseinheiten verrieten ein theoretisches Geschick bei der Umsetzung der unterschiedlichen Griffe, Hebel und Schwünge. Das Problem war der Gegner. Insbesondere wenn er sich wehrte. So wie bei dem Drei-Städte-Freundschaftswettkampf in der Turnhalle des eingetragenen Vereins für Leibesertüchtigungen und Schmerzpatienten. Harold traf ohne Umwege auf Ivan, der den etwas merkwürdigen Beinamen *Kran aus Manchester* trug. Sie waren beide elf Jahre alt und ungeschlagen in der Klasse bis 34 Kilogramm. Nur dass Ivan, der Kran aus Manchester, schon 41 Schlachten vorzeitig auf Schulter beendet hatte, es für Harold indes der erste Wettkampf war. Auch sonst waren Gemeinsamkeiten mit dem bloßen Auge nicht zu erkennen. Ivan hatte sogar schon Flaum über der Oberlippe. Er hatte richtige Muskeln, und wenn er seinen rechten Mundwinkel diabolisch zurückzog, entblößte er einen Goldzahn, in dem funkelnd die Angst reflektierte, während Harolds Zähne noch überwiegend aus Milch waren. Als wenig hilfreich erwiesen sich auch Trainer Browns Anekdoten über Ivans Kampftaktik. In der Regel wurde der Gegner in den ersten beiden Runden mit diversen Fallrückziehern mürbe gemacht, bis ihm ein finnischer Hüftzug für gewöhnlich das Schulterblatt brach. Zeigte sich der Kontrahent trotz Ungemach kampfeswillig, wurde ihm an sanftmutigen Tagen mit einem einfachen Nackenhebel ein Ende gesetzt, an weniger sanftmütigen mit einem Doppelnelson, der sicherheitshalber die Schultergelenke gleich mit auskugelte. Harold stand nach dem ersten Fallrückzieher, mit dem er selbst als Einleitung geliebäugelt hatte, nicht wieder auf. Zum ersten Mal in seinem Leben wurde ihm bewusst, wie zerbrechlich der menschliche Körper ist, wie schnell das Dasein auf Erden schon vor der Blütezeit Geschichte sein kann. Gegen Wilbert, die Dampfwalze aus Sheffield, trat Harold dann gar nicht erst an, da die schwere Gehirnerschütterung über einen längeren stationären Aufenthalt behandelt werden musste. Der Familienrat beschloss daraufhin, die Sportlerkarriere auf unbestimmte Zeit zu verschieben.

28

Es ist kein Ghetto. Noch nicht. Aber schön ist anders. Vierzig Mietparteien in dem zehnstöckigen Wohnsilo, das sich als kantig grauer Klotz in den Himmel schraubt. Vierzig Klingelschilder auf Beton. Vierzig abschließbare

Keimzellen. Suchen. Zwischen Karimi und Dickenson ein J. Newsom, fünfte Etage links. Noch bevor Melvin die Klingel drücken kann, geht die Haustür auf. Zwei farbige Jugendliche stehen im Eingang. Der kleinere von beiden trägt einen Radiorekorder auf der Schulter. Bässe, die bis in Harolds Mageninneres dringen und dort für Empörung sorgen. Der größere besteht aus reinem Testosteron. Beide tragen viel zu große Kleidung und sehen aus wie in dem Musikvideo, das Melvin sich für ein Referat über die afroamerikanische Kultur in den 1980ern ansehen musste und das seine unerschütterlich antirassistische Haltung zutiefst erschütterte.

»Yo Mann, rein oder raus?«

Melvin versucht die Frage zu entschlüsseln, folgt dann aber doch lieber Harold, der an den beiden Jungmännern vorbei ins Treppenhaus huscht. Das Treppenhaus ist hell, vor Jahren in mattes Grün gestrichen, keine Graffitis, es sieht beinahe sauber aus. Der Aufzug, keine fünf Meter entfernt, geht auf. Eine alte Frau um die 140, vielleicht aber auch älter, stochert sich mit ihrem Gehstock hinaus und krächzt: »Neger! Neger! Überall nur Neger!« Sie bleibt vor Harold stehen, mustert ihn durch trübe Augen und fragt: »Sind Sie auch ein Neger?« Harold überlegt, doch Melvin schiebt ihn in den Aufzug, der nicht warten will. Die Türen schließen sich, noch bevor er auf die 5 drücken kann. Der Aufzug ruckelt sich klagend aufwärts, beinahe zeitlos, wie ein französischer Film, der kein Ende nimmt, bevor man einschläft. Es sei denn, Jean Gabin spielt mit, da verpasst Harold keine Szene, und wenn er je einen Wunsch frei hätte, würde er im Alter gerne genau so aussehen. Dritter Stock. Der Aufzug hält. Ein kahlköpfiger Mann und eine Bulldogge aus der Vorhölle steigen zu. Der Hund fixiert Melvin, der Mann Harold. Harold fixiert die Aufzugwände, auf denen mithilfe eines

Filzstifts Nachrichten hinterlassen wurden. *Geistige Sozialhilfeempfänger* und *Quatsch mit Soße* und *Liz fickt mit jedem*. Auch mit *David, die blöde Fotze*. Fünfter Stock. Harold und Melvin steigen aus, die Bulldogge und der Mann fahren weiter.

Den Gang links runter, die zweite Tür auf der rechten Seite. Das Namensschild scheint schwere Zeiten erlebt zu haben, die Buchstaben sind verblasst, an einigen Stellen kaum mehr zu erkennen. Melvin atmet tief durch. Nummer drei also. Wie wird er aussehen? Wie wird er sein? Viel hat er nicht herausfinden können, über Jeremiah Newsom Nummer drei. Mit 35 Jahren die jüngste der fünf Zielpersonen. 1 Meter 78 groß, hager, abgebrochene Frisörlehre. Mit Anfang zwanzig eine kurze Karriere als DJ in einschlägigen Clubs, danach verliert sich jede Spur. Zum Glück ist Melvin operativer Einsatzleiter beim MI 5, wie er der Dame vom Einwohnermeldeamt am Telefon erklärt hatte, die unter Androhung des Verlustes sämtlicher Bürgerrechte auch anstandslos die aktuelle Adresse des Flüchtigen preisgab. Das Umfeld aber lässt nur wenige Spielräume für eine intakte Sozialisation offen. Vielleicht ein gescheiterter Künstler, ein verkanntes Genie, das nun in der anonymen Einsamkeit an seinem Lebenswerk feilt und ein klitzekleines Alkoholproblem hat. Warum nicht.

Melvin klingelt. Warten. Melvin klingelt erneut. Geräusche. Etwas fällt um. Es klingt nach Scherben. Die Tür geht auf. Melvin erschrickt. Harold auch. Ein Mann steht im Türahmen. Im Unterhemd. Unrasiert. Die wenigen Haare streunen in verquerer Lage auf dem kantigen Schädel. Er trägt Boxershorts mit Comic-Mäusen, die an löchrigem Käse schnuppern. Trotz fehlender Statur wärmen Sportlersocken seine Füße, die in braun-gelb karierten Hausschuhen verschwinden. Die Beine und Arme sind dünn, der Bauch nicht, es sieht aus, als habe der Mann einen Medizinball verschluckt und Probleme mit der Verdauung. Eine Karikatur seiner selbst. Der Mann mustert Melvin und Harold misstrauisch.

»Wir kaufen nichts.«

Die Tür knallt zu.

Melvin klingelt erneut.

Die Tür geht auf.

»Wir spenden auch nichts.«

Die Tür knallt zu.

Melvin klingelt erneut.

Die Tür geht auf.

»Auch nicht für Behinderte.«

Die Tür knallt zu.

Melvin klingelt erneut.

Die Tür geht auf.

»Muss ich deutlicher werden?«

»Mr. Newsom ...«

»Wer?«

Melvin denkt nach. Hoffnung. »Newsom. Sie sind doch Jeremiah Newsom, oder?«

»Nein.«

Halleluja.

»Aber Sie kennen Jeremiah Newsom?«

»Nein.«

»Er muss vor Ihnen hier gewohnt haben.«

Der Mann denkt nach. Schwer. »Jerry. Ihr meint wohl Jerry. Der wohnt zwei Etagen tiefer. Wir haben die Wohnungen getauscht. Ein Zimmer mehr, wir kriegen Nachwuchs.«

»Wer ist denn da?«, ruft eine weibliche Stimme aus der Tiefe des Raumes.

»Keine Ahnung, irgendwelche Pappnasen, die zu Jerry wollen.«

Schritte, etwas fällt um, Laute, die wie erstickte Flüche klingen und von einem röchelnden Husten ersetzt werden, der allseits nach Endstadium klingt. Die halb offene Tür wird noch einen Spalt breiter geöffnet, etwas lugt hervor, eine Frau. Sie sieht aus, als habe es bei der Zeugung schnell gehen müssen. Irgendwie unvollendet. Ein rotes Unterkleid hält notdürftig die üppigen Reize in Verwahrung und das Haar wird mithilfe eines fliederfarbenen Frottehandtuchs in einem Turban versteckt. Die aschgraue Haut steht in einem jähen Kontrast zu den knallrot geschminkten Lippen und die selbstbräunenden Flecken auf den Beinen reichen bis zu den Füßen, die in überdimensionierten Tiger-Pantoffeln stecken. Auch die Zigarette im linken Mundwinkel zeugt von einer schöpferischen Eleganz, wie sie sonst nur den Impressionisten alter Schule gelang, wenn sie genügend getrunken hatten. Harold fühlt sich erotisch berührt.

»Die beiden wollen zu Jerry?«

»Ja.«

»Warum?«

»Weiß ich nicht.«

»Sehen gar nicht so aus.«

»Nein.«

»Haben Sie um Geld gebettelt?«

»Noch nicht.«

»Gib ihnen nichts.«

Die Frau verschwindet wieder hinter der halboffenen Tür. Harold ist enttäuscht, doch das Bildnis der fleischlichen Versuchung dürfte noch über viele Jahre in gewissen Situationen eine Quelle der Inspiration sein.

»War's das?«, fragt der Mann, der sehr krank sein muss, wie Harold findet, da er sich unablässig im Schritt kratzt.

»Ja, vielen Dank, wir möchten Sie nur ungern bei ...«

Die Tür knallt zu.

Melvin fällt ein Gebirge vom Herzen. Dieses Etwas und seine Mutter? Das Urgestein der Erbsünde Mann und das elfengleiche Bildnis der Jungfrau Maria? Hätte er, Melvin, das Resultat sein können? Wäre das genetisch überhaupt möglich? Fragen, die sich nicht mehr stellen, auf dem Weg durch das Treppenhaus, zwei Etagen tiefer, wo der richtige Jeremiah Newsom lebt, zu Jerry, wie er wohl allerorten genannt wird.

Die Klingel hat eine ungewöhnliche Melodie, sie passt nicht zu diesem Ort, nicht in diese Welt, sie ist der Frühling aus Vivaldis *Vier Jahreszeiten*. Die Tür geht auf. Melvin erschrickt. Harold auch. Jerry sieht anders aus als erwartet. Ganz anders.

»Hallihallo.«

29

Harold kann sich nicht erinnern, jemals etwas Vergleichbares gesehen zu haben. Jerry hat vorgeschlagen, hierhin zu gehen. An diesen Ort. Um zu frühstücken. Um drei Uhr nachmittags. In einem Etablissement, das sich Café nennt, genauer gesagt Café Tutu. Und das genauso aussieht, wie es heißt. Das plüschige Ambiente ignoriert die Zierde der Bescheidenheit und lädt auf scharlachroten Sesseln in der Größe von interstellaren Raumschiffen zum Verweilen ein. Kleine, zottelige Tischlämpchen verströmen ein diffuses Licht, in dem Rauchschwaden flüchtige Wolkenformationen bilden. Komische Dinge gibt es zu entdecken, von Salzstreuern in Form des schiefen Turms von Pisa, bis hin zu Kerzenhaltern, die wie aus

Spaghetti geformte Obelisken aussehen. In Öl ertrunkene Porträts hängen an grob verputzten Wänden. Menschen sind zu erkennen. Bei näherer Betrachtung nackt. Mal mehr, mal weniger direkt.

Irritierender als das Ambiente ist nur Jerry selbst. Bisher ist Harold die Homosexualität nur aus dem Fernseher oder von der gegenüberliegenden Straßenseite bekannt. Selten wagt er einen längeren Blick, doch mehr als ein gedankliches Schulterzucken kommt ihm nie in den Sinn. Meistens muss er nur an Mrs. Cardigan denken, die in solchen Fällen immer sagt: Wenn's schön macht. Die leibhaftige Konfrontation aber mit einem Protagonisten homoerotischer Orientierung ist eine völlig neue Erfahrung von empfindsamer Eindrücklichkeit. Zumal Jerry gänzlich sorglos seine feminine Ader zur Schau stellt und die fatale Dominanz des Purpurnen seiner Aura etwas Unerschütterliches verleiht. Nichts an ihm scheint von der Stange zu sein, weder seine selbst gehäkelte Strickjacke noch das kirschblütenfarbene T-Shirt mit der kindlich geschwungenen Aufschrift *Emanze* und schon gar nicht das mit kleinen Pailletten verzierte italienische Schuhwerk, das mit jedem Schritt Verdi'sche Arien klimpert. Am allerwenigsten aber seine Stimme, die zwischen Barbra Streisand und Kermit der Frosch changiert. Und vielleicht ist dies auch der Grund, warum Melvin nach dem ersten Schreck der Begrüßung erzählt hat, er sei Autor für die Schülerzeitung und schreibe an einer Reportage über homo- und transsexuelle Subkulturen. Harold, so hat sich herausgestellt, ist Melvins Englischlehrer Mr. Wintersleep, eine Koryphäe auf dem Gebiet der südpersischen Literatur der Jahre 41 bis 57 nach Christi Geburt.

Jerry hat ohne erkennbares Zögern eingewilligt, der Aufklärung wolle er gerne zu Diensten sein, hat er gesagt, den Vorurteilen noch ein wenig mehr Raum geben und überhaupt sei sein Leben filmreif, Drama, Tragödie, Heldenepos, alles dabei. Geschichten könne er erzählen, die selbst Hollywood zu unglaubwürdig wären, dabei sei alles wahr und getreu der Ereignisse, die er nicht auszuschmücken gedenke, ganz im Gegenteil, hier und da müsse auch geschwiegen werden, gleichwohl ihm das Schweigen stets große Bürde sei.

Eine richtige Unterhaltung aber hat bisher nicht stattgefunden, nicht stattfinden können, da ständig Menschen an ihren Tisch kommen, die Jerry aufgrund des plötzlichen Ablebens seines Zwergkaninchens Marlene kondolieren. Marlene hatte aufgrund eines Tumors nur drei Beine und ein Auge, weshalb auch nicht aufgeklärt werden konnte, ob es sich bei dem Sturz vom Balkon um einen Unfall oder um einen Selbstmord handelte. Melvin versucht zu verstehen, warum ein verstorbenes Tier derart hemmungslose Mitleidsbekundungen hervorruft. Es war ein Tier. Noch dazu mit drei Beinen und nur einem Auge.

Obwohl auch Harold das gemeine Haustier nie über Gebühr emotionalisiert, versteht er weit mehr die Bedeutung des Verlustes. Die Bekanntschaft mit diesem schwermütigen Gefühl hat er mit sieben gemacht. Mit Pling. Pling war aus dem Nest gefallen, im Garten der Familie, der zwei Hektar maß voll ungestümer Bäume, die zum hemmungslosen Nisten einluden. Pling war eine Blaumeise. Kaum größer als eine Walnuss und keineswegs flugbereit. Harold hätte sie nicht einmal bemerkt, hätte sie nicht freundlich, aber doch energisch auf ihre missliche Situation aufmerksam gemacht, indem sie tschilpte wie ein Tamburinchor. Er hatte nicht darüber nachgedacht, er hatte Pling einfach mitgenommen, es war mehr ein Reflex, eine Reaktion auf ein Geschehen. Er nahm ihn mit hoch auf sein Zimmer, besorgte Spezialfutter für die Aufzucht aus dem Nest gefallener Blaumeisen und fütterte ihn mehrmals täglich. Pling nahm Harold wie selbstverständlich als seine Mutter wahr, Größe und Aussehen spielten keine Rolle, die weiche Hand, auf die er hüpfte und die ständig kleine Köstlichkeiten barg, war Beweis genug. Pling aß mit solcher Hingabe, dass Harold ernsthaft in Betracht zog, Pling könne später mal ein Steinkopfadler werden oder ein Nilpferd. Mindestens. Doch dazu kam es nicht. Nach einer Woche machte Pling seine ersten viel versprechenden Flugversuche, wenngleich er regelmäßig gegen Fenster, Wände, Regale oder Bettpfosten flog und die Landung in guten Zeiten einem Steinschlag glich. Das Zimmer wurde allmählich zu klein und so entschied Harold, Pling an einem Montag in die Freiheit zu entlassen, in die große weite Welt, die zu erkunden war, die einen Platz für ihn hatte, zwischen all den anderen Blaumeisen und was sonst noch hin und her flog. Auch wenn Abschied nehmen eine schwere Prüfung zu sein schien, wie Harold von Clark Gable und Vivien Leigh erfahren hatte, aber es musste sein. Gleich nach dem Unterricht, in der Schule, die Harold missfiel, die jeden Tag seines Lebens zu einer epischen Tragödie machte und die nur erfunden wurde, um die bunten Blüten der Bosheit zu entfalten. Als Harold nach der letzten Doppelstunde Englisch wieder zurückkam, merkte er, dass etwas nicht stimmte. Kein Gezwitscher, kein Flügelschlag, kein Hallo. Pling lag auf dem Boden. Atemlos. Harold setzte sich neben ihn und schaute. Eine Stunde lang. Oder ein Jahr. Das war schwer zu sagen. Er hatte nicht einmal seinen Tornister abgelegt. Er hatte keinen Gedanken dafür. Er hörte nicht, als seine Mutter ihn zum Essen rief, er sah nicht, wie der Regen mit kleinen Nieseltropfen die Landschaft tränkte, und er fühlte nicht, wie sein Körper in kleinen Schüben fröstelte. Wie bei einer

Erkältung, nur Schnupfen, Schnupfen hatte er gar nicht, auch keinen Husten, nicht einmal Halskratzen. Plings Augen waren auf, groß und ruhig, und zum ersten Mal sah Harold, dass sie braun waren, dass sie Fragen hatten und 10.000 Meilen weit sehen konnten. Dann berührte er Pling. Vorsichtig. Mit dem rechten Zeigefinger. Der weiche Brustkorb gab ein wenig nach und das flaumige Untergefieder schmiegte sich um seine Fingerkuppe. Keine Regung, nur Kälte, nicht wie im Winter, wenn er draußen Schneemänner bauen musste, ganz anders und ohne Vergleich, als habe es nie Wärme gegeben. Und zum ersten und einzigen Mal in seinem Leben sprach Harold zum lieben Gott und bat ihn, alles wieder gut zu machen, so wie gestern oder vorgestern, aber nicht so wie heute, denn Abschied nehmen gefiel ihm nicht, er hatte sich das einfacher vorgestellt. Doch der liebe Gott schien anderweitig beschäftigt zu sein, weshalb Harold nicht einsah, jemals wieder mit ihm zu sprechen.

30

»Den meisten Schwulis bin ich schon zu feminin«, sagt Jerry, der lacht, als würde man ihn mit einer frisch gerupften Gänsefeder foltern. Harold und Melvin starren ihn an, als sei Jerry ein Weltwunder, und wären sie Japaner, würden sie jetzt knipsen. Aber Melvin ist viel zu sehr damit beschäftigt, die Vorstellung, er sitze seinem leiblichen Vater gegenüber, mit aller Macht zu eliminieren. Und Harold versucht, sich wieder auf sein Rührei zu konzentrieren, das er bestellt hatte, das aber irgendwie ganz anders aussieht als die mattgelbe Pampe, die er gewohnt ist. Es sind die Kräuter, die ihn irritieren, einige sieht er zum ersten Mal in seinem Leben, sie sind, wie so vieles in letzter Zeit, neu, zu neu.

»Also Schätzchen, was möchtest du wissen?« Melvin ist ob der Anrede wenig amüsiert, entschließt sich aber nicht zu insistieren, da in diesem Milieu der Hang zur Vertraulichkeit auffallend ausgeprägt scheint.

»Wann genau wurden Sie homosexuell?«

»An dem Tag, als meine Mutter schreiend in einem unvorteilhaft beleuchteten Kreißsaal lag und ich ihr Geschlechtsteil perforierte. Eine leichte Übung, wenn man 50 Zentimeter misst und dazu noch mit einem Wasserkopf gerüstet fulminant das Licht der Welt erblickt, oder?«

»Sicher«, antwortet Melvin, der lustlos in seinem Früchtesorbet stochert und die ganze Angelegenheit so schnell wie möglich über die Bühne bringen will, »aber es gab doch sicher einmal ein ...«

»Jerry!«

»Wilbert!«

»Jerry!«

»Wilbert!«

»Jeeeeeeeee!«

»Wiiiiiiiiiiii!«

Jerry springt von seinem interstellaren Raumschiff auf und fällt Wilbert in die auffangbereiten Arme. Sie küssen sich auf Wange, Mund und Nase, streicheln einander den Rücken, die Arme, das Gesicht und hüpfen dazwischen wie unkontrollierbare Flummis umher.

Harold ist überwältigt von der emotionalen Wucht dieser Begegnung. Jerry und Wilbert müssen sich seit Jahren, vielleicht seit Jahrzehnten nicht mehr gesehen haben, Freunde, die sich aus den Augen verloren, Brüder, die ein tragisches Schicksal auseinanderriss, oder gar Liebende, die nun wieder zueinanderfinden. Harold ist durchaus berührt.

»Wieso bist du gestern schon so früh gegangen?«, fragt Wilbert

»Hach, die Migräne, Schätzchen, die Migräne. Ist denn noch was Aufregendes passiert?«

»Robbie Williams ist beim Stagediven ertrunken.«

»Aha.«

»Wer sind denn die beiden Süßen hier?«

»Oh, entschuldige, der hübsche Knabe hier ist Melvin, ein Jungjournalist, der mich interviewt, und der schneidige ältere Herr ist Mr. Wintersleep, eine Koryphäe auf dem Gebiet der südpersischen Literatur.«

»Sehr erfreut«, sagt Wilbert und reicht die zierliche Hand zur Begrüßung. Wilbert ist mindestens zehn Jahre jünger als Jerry, seine feminine Aura wirkt noch nicht aufgepinselt, Engelslocken umschmeicheln sein römisches Gesicht und sein zarter Körper bewegt sich mit der Anmut einer ländlich gut gebuchten Ballerina. Er setzt sich unaufgefordert mit an den Tisch.

»Wie geht's deinem Mann?«, will Jerry wissen.

»Martin? Gut. Wer war eigentlich die Schlampe, die sich gestern an ihn rangemacht hat?«

»Der mit der Hakennase und dem indiskutabel sitzenden Prada-Anzug?«

»Genau«.

»David. So weit ich weiß aus London. Ein erfolgloser Modedesigner oder so.«

Harold hat ein logisches Problem. Wenn die zweite Person der Mann der ersten Person ist und eine dritte Person als Schlampe bezeichnet wird, müssten mathematisch gesehen zwei der drei Personen weiblich sein. Aber weder Wilbert noch David sind Harold als Frauennamen ein Begriff. Melvin hingegen scheint keinerlei Interesse an der Unterhaltung zu finden und löffelt gedankenschwer in seinem Früchtesorbet umher.

»Hast du Grace Pinkerton gesehen?«, fragt Wilbert.

»War ja nicht zu übersehen. Wie sie sich ständig vorgebeugt hat, damit auch jeder ihr neues Dekolletee bewundern konnte.«

»Und wie sie sich aufgeführt hat, nur weil sie drei Monate Directrice bei Hedi Slimane war.«

»Als Praktikantin.«

»Und wer war der Typ an ihrer Seite mit der 94er Liam-Gallagher-Gedächtnis-Frisur?«

»Einer dieser Menschen, die von Velvet Underground nur die Platte mit der Banane haben und sich selbst als Musikkritiker bezeichnen.« Harold hat von Velvet Underground weder eine Platte mit einer Banane noch mit sonst einer Obstsorte. Dabei hat Harold viele Platten. Keine CDs. Richtige Schallplatten. Überwiegend Klassik. Es ist nicht so, dass ihm diese Musik besonders gefällt oder er die Virtuosität der Komponisten und Musikanten schätzt. Sie beruhigt ihn einfach. Die klassische Musik. An schweren Tagen legt er irgendeine dieser Scheiben auf den knisternden Plattenspieler, verweilt auf seinem Ohrensessel, bis er müde wird und selbst die Trübsal ihm zu anstrengend ist.

»Und wer hat eigentlich diesen völlig unfähigen Barkeeper engagiert?«, möchte Wilbert wissen.

»Hat mich an Brian erinnert.«

»Brian de Palma?«

»Nein, Brian Little.«

»Wer?«

»Der Brian, der seit acht Jahren infolge eines Motorradunfalls körperlich wie auch geistig schwerstbehindert ist und den größten Teil seiner Freizeit damit verbringt, in ein hellblaues Lätzchen zu sabbern.«

»Ach, der lebt noch?«

»Peripher.«

»Und wer war ...«, Wilbert unterbricht sich selbst, er legt seine rechte Hand kurz auf seine glänzenden Lippen und sagt: »Oh, Entschuldigung, wie unhöflich von mir, ich platze hier einfach in das Interview hinein und plausche blindlings drauflos.«

»Kein Problem, Schätzchen«, beschwichtigt Jerry und verschenkt ein charmantes Lächeln voller Nachsicht.

»Nun ja«, kontert Melvin, der seiner höflichen Zurückhaltung ein wenig Spielraum gönnt, »auch wenn ich die wahnsinnig interessante Unterhaltung nur sehr ungern unterbrechen möchte, wäre es in der Tat sehr schön, wenn wir das Interview fortführen könnten.«

»Nehmt mich einfach nicht mehr wahr, ich bin gar nicht anwesend, unsichtbar und absolut geräuschlos, macht einfach weiter, wo ihr aufgehört habt, ich werde hier nur sitzen, mucksmäuschenstill, hach, es ist ja alles so aufregend.«

»Jerry.«

»Melvin.«

»Was ist Kunst?«

»Wenn man etwas macht, das man eigentlich nicht hätte machen sollen.«

»Definieren Sie Existenz?«

»Das Leben ist eine Rolltreppe. Entweder sie ist kaputt oder es geht abwärts.«

»Was ist Intelligenz?«

»Pyramiden mit einer unterschiedlichen Anzahl an Pünktchen gedanklich auf den Kopf stellen zu können. Was auch beweist, dass ich eine dumme Tunte bin.«

Wilbert gluckst. Melvin ist verunsichert. Eigentlich waren die Fragen nur zur Einstimmung gedacht, zur eigenen Beruhigung, zur Bestätigung, dass Jerry genetisch unmöglich sein Vater sein kann, da seine intellektuelle Begabung maximal bis zur *Vanity Fair* reicht und im Jahrmarkt der Eitelkeiten Karussell fährt. Die Antworten aber, auch wenn sie nicht umwerfend sind und hier und da im Fahrwasser der Logik ertrinken, lassen dennoch auf die Fähigkeit zur Reflexion schließen. Ist es tatsächlich möglich? Könnte Jerry es sein? Melvins Gedanken kreischen wie eine junge Pavianhorde umher und hinterlassen ein wüstes Durcheinander manischer Irritationen. Vater? Genetische Manipulation? Unbefleckte Empfängnis? Babyklappe? Konzentration! Eine Frage, eine einzige Frage. Und dann? Gewissheit.

»Jerry ...«

»Ach herrje ...«

»Jerry ...«

»Schon so spät ...«

»Jerry ...«

»Wilbert, wir müssen ...«

»Jerry ...«

»Ihr beiden Süßen, ich muss mich jetzt leider verabschieden, die schnöde Arbeit ruft, und da kann ich euch leider nicht mitnehmen. Ein guter Freund gibt heute Abend eine Party, ich schreibe euch die Adresse auf, es ist übrigens eine Kostümparty und das Motto heißt: *Oui, bicyclette, transistor, parapluie, mon chérie, o la la.*«

31

Es ist schwer zu sagen, ob Jakob Isaakstein ein gutmütiger Mensch ist. Seine blendenden Zornesfalten und das lotterlebende Haar in Einstein'scher Manier geben keine eindeutige Antwort. Auch das braun-beige geflickte Kleidwerk, welches seinen gebrechlichen Körper in notdürftiger Form hält und im Nachkriegswinter 45 als leidlich chic gegolten haben muss, ist wenig aufschlussreich. Die trüben Augen wirken durch das fleckige Brillenglas stets abwesend, als seien sie nur vorhanden und hätten jegliche Funktion schon vor Jahren eingestellt, da es sowieso nichts mehr Neues zu erblicken gibt. Wenn Jakob Isaakstein spricht, ist es, als existiere die Welt nur noch in Zeitlupe und er selbst diene als lebender Beweis der Chaostheorie. Und sollte je wieder ein Jemand daherkommen, um das Meer zu teilen, so ist es eigentlich unvorstellbar, dass Jakob Isaakstein sich davon beeindrucken ließe. Andere können fünf gerade sein lassen oder Bier aus Eimern trinken. Alles Wunder.

Jerry hat ihnen die Adresse von Jakob Isaakstein gegeben und gesagt, er sei der beste Kostümverleiher der ganzen Stadt, wenngleich er nicht genau wisse, ob es noch einen anderen gäbe. Man sei immer der einzige Kunde, egal wann man komme, und finde jedes Kostüm, das man sich wünsche, und wenn nicht, würde es maßgeschneidert. Er, Jerry, habe sich vor zwei Jahren die 1978er Robe von Sid Vicious anfertigen lassen und sei auf der Party von Ron Selby der absolute Star gewesen, der sich hemmungslos als Enfant terrible benehmen konnte, ohne dass sich irgend jemand echauffierte.

Für Melvin aber ist die Kostümierung an sich ein bedauernswertes Missverständnis des menschlichen Vergnügungstriebes, eine nicht mehr wiedergutzumachende Übertretung des eigenen und des fremden Schamgefühls. Wenn man unbedingt Pirat sein möchte, warum wird man dann nicht Pirat, warum kleidet man sich mit chinesischer Mängelware ungelenk in ein trostloses Abziehbild? Weil es dann leichter fällt, mit animalischen Brunftlauten unkontrolliert seine Umwelt zu belästigen? Es lebe das Strafgesetzbuch! Das Problem nur ist, dass Jerry unmissverständlich klargestellt hat, dass es ohne Kostüm keinen Einlass gäbe.

Peter Pan ist indiskutabel. Das Bienenkostüm noch sehr viel mehr. Auch als Cowboy, Indianer, Ritter und Mönch fühlt Melvin sich nicht wohl. Mit Cäsar könnte er sich arrangieren, aber er stolpert bei jedem Schritt über die viel zu lange Tunika. Es ist für ihn auch kein Trost, dass Harold der einzige Mensch auf Erden ist, der in einem Kostüm noch beklagenswerter als er selbst aussieht. Als Rocky ist Harold physiognomisch eine unantastbare Fehlbesetzung, als Elvis im Endstadium ein Schlag ins Gesicht, und auch als James Bond kommt er nicht über den stellvertretenden Vollwaschmittelverkäufer hinaus.

Jakob Isaakstein hat sich die Kostümierung mit der Geduld einer Trauerweide angesehen, hier und da ein wenig kommentiert, zugesprochen und abgeraten, aber nie ändert er seinen Tonfall, nie zeigt er auch nur die kleinste Regung. Seit mehr als 40 Jahren ist er im Geschäft, er kennt sich aus mit schwierigen Kunden, er weiß, dass sie Zeit benötigen, und er weiß auch, wann sie an dem Punkt angelangt sind, an dem man ihnen jedes Kostüm vermitteln kann, auch die, die nicht so gut laufen.

»Vielleicht«, sagt Jakob Isaakstein, »vielleicht sollten Sie thematisch zueinanderfinden.«

Thematisch zueinanderfinden? Ein arbeitsloser Wurstfachverkäufer, der sich chronisch selbst umbringt und das wahrscheinlich größte lebende Genie seit Hegel? Melvin mustert Jakob Isaakstein, der ungerührt seinem Blick standhält.

»Sie meinen so etwas wie Stan Laurel und Oliver Hardy? Bonny und Clyde, Batman und Robin, Hector und Achilles?«

»So ähnlich.«

Jakob Isaakstein verschwindet hinter einem beigefarbenen Vorhang, auf dem im Laufe der Jahrhunderte nikotingelbe Flecken und halbverweste Motten Einzug gefunden haben und für kleine Farbtupfer sorgen. Es raschelt im Verborgenen, Kartons fallen um, keuchendes Atmen und ein flehender Klagelaut, kaum hörbar, ein Zeichen des Erfolgs. Jakob Isaakstein ist fündig geworden. Schwere Last bürdet in seinen Armen und auf seinen Schultern, ein zufriedenes Lächeln umspielt seine schmalen Lippen, die keinerlei Farbe mehr aufweisen.

»Da wäre es.«

Melvin und Harold starren auf die beiden Kostüme, die Jakob Isaakstein auf den ehrwürdigen Holztisch neben der Napoleonbüste ablegt. Obwohl das größere der beiden Kostüme einen Kopf hat, findet Harold nicht, dass es die bessere Wahl wäre, und die Befürchtung, dass es gar keine Wahl gibt, stimmt ihn sorgenvoll.

»Sie sind Jude?«, fragt Melvin, der die Schockstarre überwunden hat.

»Absolut«, sagt Jakob Isaakstein mit der Begeisterung eines Topflappens.

»Und Sie möchten uns für die Freveltaten an Ihrem Volk büßen lassen, weil Sie glauben, dass wir Deutsche sind?«

Zum ersten Mal zeigt Jakob Isaakstein eine emotionale Regung, indem er seine linke Augenbraue einen guten Millimeter nach oben zieht. Und seine Haut, die wie vergessenes Weizentoast aussieht, spannt sich gegen ihre welke Natur, und wäre es noch etwas dunkler in diesem nebligen Raum, wäre ein geneigter Betrachter versucht, ihn ein oder gar zwei Jahre jünger zu schätzen, als er tatsächlich ist. Sein Volk? Seine Familie? An seine Eltern kann sich Jakob Isaakstein kaum mehr erinnern. Wenn er alte Fotos von ihnen anschaut, ist es, als seien sie Fremde aus einer anderen Welt, die jedes Jahr ein wenig mehr verblasst. Sie sind auch nicht durch Zyklon B, sondern durch einen betrunkenen Kraftfahrer aus Sheffield ums Leben gekommen.

»Eigentlich nicht«, sagt Jakob Isaakstein.

»Und trotzdem möchten Sie uns ernsthaft diese beiden Kostüme andrehen? Sie möchten, dass ein elfjähriger Junge dem Amüsement adoleszenter Kleinkrimineller vor die Turnschuhe geworfen wird und traumatisiert für den Rest seines Lebens nie wieder Rühreier anrührt?«

»Eigentlich nicht.«

»Dann seien Sie doch bitte so lieb und schauen in Ihrem exquisiten Fundus noch einmal nach einer entsprechenden Garderobe, die nicht unzweifelhaft indiskutabel ist. Und hätten Sie vielleicht ein Kaltgetränk?«

»Es ist jetzt 19 Uhr 56.«

»Und?«

»In genau vier Minuten schließe ich mein Geschäft, ob mit oder ohne diese beiden Kostüme.«

Ohne. Harold ist definitiv für ohne. Es muss Grenzen geben. Es gibt immer Grenzen. Die Natur will es so, die Physik, das Leben, das Universum. Der Mond fällt ja auch nicht einfach so vom Himmel. Und Harold hat seine eigene Umlaufbahn in den letzten Tagen mehr als einmal zu viel verlassen. Melvin aber geht blitzschnell die Alternativen durch, er hat die Zeit vollkommen aus den Augen verloren, etwas, das ihm sonst nie passiert, und hätte er eine Wahl, würde er Jakob Isaakstein einen schönen Tag wünschen und fortan einen großen Bogen um jeden Kostümverleih machen.

»Nun gut, wir nehmen den Wahnsinn für den halben Preis.«

»Tut mir leid.«

»Bitte?«
»Wir haben zurzeit keine Sonderangebote.«
»Dann geben Sie uns eben Cäsar und Kleopatra.«
»Tut mir leid.«
»Bitte?«
»Ausverkauft.«
»Dann eben ...«
»Ausverkauft.«
Melvin schiebt mit seinem rechten Zeigefinger die Brille seine Nase hinauf und fixiert Jakob Isaakstein mit einem Blick, der selbst in brasilianischen Favelas für Respekt sorgen würde. Er weiß ganz genau, wann er in der stärkeren Position ist und wie er einen jüdischen Geschäftsmann in die Knie zwingen kann. Eine leichte Übung.

»Dann werden Ihre einzigen Kunden eben ohne ein Kostüm Ihr Geschäft wieder verlassen.«

Genau.

32

Es ist ein lauwarmer Herbstabend mit einer sanften Windbrise und dem Geruch nach Apfelmus, der an das Gute im Menschen glauben lässt, der das Versöhnliche wie eine Fata Morgana zum Greifen nahe anpreist. Die Bäume rascheln alte Blätter auf die Straßen und Gehwege, aus den großzügigen Einfamilienhäusern schwirrt molliges Licht und in der Ferne kreischen Katzen sich Nettigkeiten entgegen. Harold und Melvin haben einen Parkplatz in der Nähe gefunden. Es sind nur hundert Meter bis zu der Adresse, die Jerry ihnen genannt hat. Es gibt Menschen, die laufen hundert Meter in weniger als zehn Sekunden. Und auch wenn Melvin die eigene wie auch Harolds läuferische Begabung wohlwollend als griechische Tragödie betrachtet, so sieht er dennoch gute Chancen, unbemerkt die Party zu erreichen. Gefährlich sind nur die Laternen, die alles wie für einen Hollywoodfilm ausleuchten, als käme jeden Moment Sophia Loren um die Ecke. Schlimm genug, wenn es ein einfacher Spaziergänger wäre. Weder Melvin noch Harold legen Wert auf eine Begegnung mit unkostümierten Menschen, auf eine Erklärung, warum sie in dieser Aufmachung so spät am Abend durch die Gegend watscheln, warum Jakob Isaakstein ein so unangenehmer Verhandlungspartner ist und wieso überhaupt die Polizei nichts unternimmt.

Nur noch eine Querstraße, dann muss das Haus schon zu sehen sein, keine vierzig Meter mehr und Harold fängt schon an zu transpirieren, in diesem unhandlichen Kopf, und als er gerade das Ende der Hecke erreicht, stößt er beinahe mit einem Hund zusammen, der jedoch im letzten Moment erschrocken zur Seite springt und mit weit aufgerissenen Augen das Gegenüber anstarrt. Er hat noch nie in seinem Leben ein so großes Huhn gesehen, und ein Ei mit Brille und Beinen, das laufen kann, ist ihm auch zutiefst suspekt. Weshalb er nach dem ersten Schock seiner ureigensten Bestimmung gewahr wird: Bellen. Hysterisch. Einzig die Leine, die ein ebenso verstörter Halter mit zittrigen Händen hält, schützt alle Beteiligten vor unvorteilhaften Kontakten. Melvin fixiert den sich an die Hecke drückenden Hundebesitzer und schreit ihm im Vorbeigehen ein »Kostümparty!« entgegen.

Mit jedem Meter Entfernung wird das Gebell schwächer, es wird kläglicher, bis nur noch die schrillen Laute durchdringen und schließlich selbst diese verstummen. Nr. 23. Das Haus passt nicht in diese Gegend. Es ähnelt vielmehr einer kalifornischen Sommerresidenz, flach, mit breiten Fensterfronten, einer verschiebbaren Terrassentür und warmen Farben im engen Spielraum zwischen Apricot und Terrakotta. Zitternde Lichter flackern in den Fenstern, aber hineinsehen lässt sich nicht, die cremefarbenen Lamellenvorhänge bieten einen blickdichten Schutz vor allzu neugierigen Blicken. Musik ist zu hören, mit lauten Bässen, Pop-Musik aus den Achtzigern, beherztes Mitsingen in mutiger Tonlage auch.

Melvin klingelt.

Ein schlankes, mindestens zwei Meter großes Wesen mit einer neongrünen Afroperücke öffnet die Tür und erstarrt jäh in seinem virtuosen Luftgitarrenspiel.

»Wer seid ihr denn?« Während Harold noch überlegt, wer er ist, sagt das Wesen: »Die Pädophilen-Party ist zwei Blöcke weiter.« Die Tür knallt zu.

Melvin klingelt erneut.

Die Tür geht auf.

»Ach herrje, mein Fehler. Ich bitte vielmals um Entschuldigung, mich so missverständlich ausgedrückt zu haben. Also noch einmal mit allem gebührenden Respekt: Verpisst euch!« Doch noch bevor das Tür-auf-Tür-zu-Spiel richtig in Fahrt kommen kann, zwängt sich Jerry hinterrücks in das Geplänkel und legt sanft seinen linken Arm um die Schulter des unhöflichen Wesens.

»Daniel-Schätzchen, sei bitte brav zu meinen Biografen von der *New York Times*.« Daniel-Schätzchen dreht sich herum und starrt Jerry ungläubig an. Irgendetwas stimmt nicht, an der Information oder der Dekodierung, alkoholisch bedingte Interferenzen in ungewöhnlich früher Phase des Sichwegknallens.

»Von der *New York Times*?«

»Aber ja. Kennst du nicht die Rubrik, in der Schülerjournalisten aus der ganzen Welt eine bedeutende oder äußerst interessante Persönlichkeit ihres Heimatlandes aufsuchen und porträtieren?«

»Nein.«

»Eine Lücke.«

»Und du bist die bedeutende Persönlichkeit?«

»Die äußerst interessante.«

»Oh.«

»Ja.«

»Von der *New York Times*?«

»Von der *New York Times*.« Daniel-Schätzchen dreht sich wieder in Richtung Harold und Melvin, doch etwas ist anders, erschreckend anders, das Gesicht in ein Lächeln maskiert, ein Antlitz der reinen Unschuld fern jeglicher Disharmonie, eine Mutation.

»Eine Freude, eine Ehre, Daniel Sutcliffe, Deflorationsexperte und Börsenmakler, schlichte Seelen sagen auch Guru, so sind die Menschen, da wehrt man sich vergebens. Willkommen in meiner bescheidenen Hütte, von Mies van der Rohe entworfen, wie einst Hugh Grant mir gegenüber erwähnte, als ich ihm meinen 1962er Ferrari für die Filmfestspiele in Cannes ausgeliehen habe. Wie wäre es mit einem Gläschen Champagner und einem Schälchen Fischeier?«

»Ganz bezaubernd, Daniel-Schätzchen, aber hier geht es um meine Wenigkeit. Außerdem neigen sich die Limetten dem Ende zu, und du weißt, wie wenig ich meinen Mojito ohne Limetten schätze. Also los, husch, husch, ab in die Küche.« Widerspenstig lässt Daniel-Schätzchen sich zur Seite schieben, derweil Jerry die *New York Times*-Biografen ins Innere führt.

Schockschwerenot.

Jede Farbe, die in den 70ern modern war, ist heimgekehrt. Mintgrün, Türkisblau, Plüschgelb, Hennarot. Alle wieder da. Auf Tapeten, Lampen, Boxen, Sesseln. Alle.

Kreuz und quer, ohne Vernunft, ohne Mitleid, rücksichtslos, unmenschlich. Harold und Melvin suchen Schutz beim Büffet, derweil Jerry in ausgiebigen Begrüßungsritualen mit suspekten Individuen vertieft ist. Das Essen ist vergleichsweise farblos, doch Harold ist froh, überhaupt mal wieder Nahrung zu sehen. Exotische Salate, komischer Fisch, fremdes Obst und: Gurkensandwiches! Doch noch bevor Harold des Glücks in all seinen Ausmaßen gewahr wird, zupft Melvin störrisch an Harolds Gefieder.

Ein Mann mit wallendem Haar, nur mit Lendenschurz und Römersandalen bekleidet, wippt tänzelnd auf sie zu. An seinen Händen klebt Blut. Auch auf seiner nackten und frisch eingeölten Brust, die einen offenen Blick auf den hageren wie auch sportiven Körper ermöglicht. Die Dornenkrone auf seinem Haupt sieht echt aus und hinterlässt kleine Wunden auf der hohen Stirn. Mit Pupillen groß wie Schallplatten starrt er Melvin und Harold an.

»Wer seid ihr denn?«

»Das Huhn und das Ei.«

»Ich bin Jesus.«

»Christus?«

»Wer?«

»Der Sohn Gottes.«

»Nein.«

»Sondern?«

»Jesus.«

»Aha.«

In naher Zukunft erwartet Melvin von Jesus keine allzu großen Wunder und auch die anderen Gäste machen auf ihn nicht den Eindruck, als werde dieser Abend eine intellektuelle Herausforderung. Isaak Newton sieht aus, als halte er Quarks für eine Fruchtgummisorte, Oscar Wilde ist höchstens siebzehn und Greta Garbo schielt unablässig auf den rot-weiß gestreiften Strohhalm, der in ihrem Cocktailglas steckt. Nur der Pinguin, der an der linken Box steht und mit seinen Flossen ungelenk jeden Takt mitklatscht, gibt Melvin ein Rätsel auf. Doch noch bevor er weiter darüber nachdenken kann, torkelt eine Symbiose aus Kevin Keegan und Whitney Houston in ihre Richtung und erbricht den Wochenvorrat einer gut laufenden Suppenküche auf den orangefarbenen Flokatiteppich. Kleine Bröckchen landen auf Harolds Gefieder. Es sieht nicht schön aus. Es riecht nicht gut. Es ist schlimm. Die Symbiose sieht nicht so aus, als wäre sie schon fertig. Sie sieht aus, als käme noch sehr viel mehr.

Melvin greift instinktiv Harolds Hand und zieht ihn mit sich auf die Terrasse. Auch hier wimmelt es von Individuen jenseits der Vernunft. In Grüppchen verteilt, stehen, lagern und schlängeln sie sich um den Pool, der sanft beleuchtet im Zentrum des Gartens eingefasst wurde. Die Gäste scheinen sich zu amüsieren, es sind überwiegend Männer, soweit sich das beurteilen lässt. Ein Paradies. Ein Sündenpfuhl. Ein Karussell. Für Menschen mit homoerotischen Neigungen. Melvin erblickt Jerry an einem der lose verteilten Stehtische. Er unterhält sich mit Harry Belafonte, der höchstens zwanzig ist.

»Jerry ...«

»Melvin, Mr. Wintersleep.«

Harold möchte nicht mehr Mr. Wintersleep heißen. Er möchte auch kein Huhn mehr sein. Auch kein vollgekotztes. Er möchte nach Hause.

»Alles in Ordnung?«

Nein.

»Ja, bestens, ich hätte da noch ...«

»Ist das nicht eine großartige Party?«

Nein.

»Sehr, da wäre ...«

»Ihr amüsiert euch doch?«

Bitte?

»Überaus, aber ich ...«

»Möchtet ihr nicht etwas trinken?«

»Jerry!« Melvins Stimme bricht in der hohen Tonlage. Sie zischt wie eine Messerklinge durch die Luft. Selbst Harry Belafonte wirkt ein wenig bleich.

»Melvin?«

»Da wäre noch eine Frage.«

»Bitte.«

»Hatten Sie jemals sexuelle Beziehungen mit einer Frau?«

Ein einfaches Ja reicht. Nie wieder Jeremiah Newsom. Nie wieder Melvin. Endlich wieder Bridge.

»Bitte?«

Falsch.

»Hatten Sie jemals sexuelle Beziehungen mit einer Frau?«

Zweite Chance.

»Um Himmels willen: Nein.«

Es sind nur drei Schritte bis in den Swimmingpool.

Drei.

Zwei.

Eins.

Platsch.

Das Wasser saugt sich hastig in das schwere Gefieder und zieht den Körper wie ein U-Boot hinunter. Die himmelblauen Fliesen auf dem Grund haben ein Muster, und in dem Muster flimmern Gestalten. Es sind griechische Sportler aus der Antike. Sie werfen mit Speeren und Disken, sie springen, laufen und balgen wie große Kinder. Zwei Ringer im Zentrum des Schauspiels sind in fester Umklammerung auf ewig miteinander verbunden, schwer gebeugt von der Last auf ihren Schultern. Schön sieht das aus, sehr schön. Ganz, ganz schön. Wie spät ist es? Wasser dringt in die Luftröhre, kleine Bläschen fliehen nach oben als würde dort jemand auf sie warten. Ein Trugschluss. Niemand wartet. Nichts wartet. Die Zeit steht nicht still. Sie hat zu tun. Rund um die Uhr. Auch am Wochenende. Chlor. Das Wasser schmeckt bitter. Wie die Medizin damals, gegen die Lungenentzündung. Weil das Eis zu dünn war und brach und es kälter war als in Onkel Williams Tiefkühltruhe, in die er immer seine Rehe legte, die er schoss und die ganz steif wurden. Wie geht's Mutter? Lange nicht gesehen. Nur noch einmal wach werden. Gute Nacht.

Mittwoch

33

Seit zwei Stunden stülpt ein trüber Nieselregen träge Schleier über die Gemüter. Gedanken schwirren ziellos umher, Kleinigkeiten locken sie in völlig neue Gegenden, in denen es auch nicht besser ist, nur anders. Der Scheibenwischer schliert tumbe Landschaften auf die Windschutzscheibe, die von innen beschlägt. Alle Scheiben sind beschlagen, die Lüftung hat längst aufgegeben, sie knurrt nur noch monotones Unvermögen vor sich hin. Melvin zeichnet mit dem Finger kleine Hieroglyphen in die Feuchtigkeit, Zeichen, die kyrillischen Buchstaben ähneln, nur etwas unheimlicher. Die Buchstaben geben einen schmalen Blick nach draußen frei, doch auch dort ist die Welt nur eine graue Dunstglocke, in der sich schemenhaft die Strukturen ändern. Schon am Morgen zeigte sich das Wetter schlecht gelaunt – bei der Verabschiedung, als Melvin sich bedankte, dass sie Harold aus dem Swimmingpool gezogen hatten und sie vor Ort übernachten durften. Und Melvin versprach, ihn, Daniel Sutcliffe, den Deflorationsexperten und Börsenguru, lobend in der Reportage zu erwähnen, namentlich und auch mit Ferrari. Das Frühstück allerdings war mäßig. Und an

Jerry hat Melvin keinen Gedanken mehr zu verschwenden. Nun ist es an der Zeit, die Konzentration voll und ganz auf die nächste Zielperson zu fokussieren. Noch fünfzehn Kilometer bis Birkenhead

Über Jeremiah Newsom Nummer vier hat Melvin vergleichsweise viel in Erfahrung bringen können. Der Vater, ein Araber aus dem Libanon, die Mutter, eine Engländerin aus Bristol. Unehelich geboren und nie anerkannt, da eine Nicht-Muslima als Mutter seitens der väterlichen Familie nie akzeptiert worden wäre. Nach der Geburt des zweiten Kindes, ein Mädchen, hatte sich der Vater freiwillig der Hisbollah angeschlossen, um im Namen Allahs seine Eingeweide auf ungläubigen Straßen zu verteilen. Der durchschlagende Erfolg seines Unterfangens ermöglichte es Jeremiah Newsom als Halbwaise aufzuwachsen und auf dem harten Pflaster Bristols die schmerzhaften Facetten von Ehre und Respekt kennenzulernen. Die Mutter brachte beide Kinder so gut es eben ging über die Runden und versuchte, sie nach den moralischen Maßstäben der baptistischen Kirche, der sie tiefen Glauben und kleine Ersparnisse schenkte, zu erziehen. Der junge Jeremiah Newsom aber brach frühzeitig die Schule ab und interessierte sich zeitweise für Gefängniszellen, die er hier und da besuchte. Die langwierigen Prozesse der Aufenthaltsgenehmigungen erarbeitete er sich durch Schlüsselqualifikationen wie Mut, Stärke und Durchsetzungskraft, Eigenschaften, die ihn für schweren Diebstahl und räuberische Erpressung prädestinierten. Mit 21 zog Jeremiah Newsom nach Liverpool und nahm den Nachnamen seines Vaters an. Als Jeremiah Al-Kasim brachte er es binnen zehn Jahren zu lokaler Prominenz in einschlagenden Kreisen. Heute ist er Geschäftsführer einer Im- und Export-Firma, die sich insbesondere auf den Im- und Export konzentriert.

Melvin erwartet Vito Corleone. Mindestens. Harold erwartet eher gar nichts. Erwartungen, so hat er gelernt, enden nur in neuen Hoffnungen, die über die Enttäuschungen des Geschehenen hinwegtrösten sollen. Jedes Jahr hatte er gehofft, Mutter würde seinen Geburtstag vergessen. Sie hat ihn nie vergessen, und jedes Jahr gab es eine Überraschungsparty, die Harold erwartet hatte. Und jedes Jahr aufs Neue hoffte er, sie werde nicht so schlimm wie die im Jahr zuvor. Und jedes Jahr wurde er enttäuscht. In der Regel fand sich die gesamte Familie ein, Onkel, Tanten, Cousinen und Cousins, ersten, zweiten und dritten Grades. Freunde kamen nicht, Harold hatte keine Freunde. Dafür Nachbarn. Wie Mr. Palawahan. Mr. Palawahan kam ursprünglich aus Sri Lanka. Nachdem die Singhalesen zum wiederholten Male sein Haus und sein Auto ausgebrannt hatten, bürgerte er um und baute innerhalb weniger Jahre einen hochgradig florierenden Bügelservice auf. Mit 27 Filialen. Seinen größten Ehrgeiz aber schien er zu entfalten, wenn es um Harolds Geburtstag ging. Keiner wusste im Grunde genau warum. Es war einfach so. Eine Mariachi-Kapelle der örtlichen Putzkolonne, die sich ob der falschen Tonart massenschlugen, die 44 Pudel aus Rudys Hundeschule, die auf zwei Beinen stehend *Harold* in den Schnee zu pinkeln versuchten, und die Häkelgruppe des Hubertus Altenpflegeheims, die *Happy Birthday* im Triangel-Quartett schepperte, waren noch die geringsten Vergnügen, welche er sich leistete.

Das größte Ungemach indes hörte auf den Namen Lolita, die von Amts wegen Natascha hieß und eine 58-jährige Pornodarstellerin aus der Ukraine war. Mr. Palawahan hatte eine zwei Meter hohe Torte aus Pappmaché anfertigen lassen, aus der Lolita sich mühevoll zu Frank Sinatras *My Way* befreite, wobei sie ihre blonde Langhaarperücke an das Sahnehäubchen verlor. Sie wankte hochprozentig aber zielgenau auf Harold zu, entledigte sich ungelenk der halbseidenen und ihrer Meinung nach unnötigen Garderobe, bis nur noch fleischfarbene Wäsche die Scham des Lebens bedeckte, stolperte auf dem vom Regen aufgeweichten Boden in den Gabentisch, zwang sich vor imponierten Zeitzeugen mit übermenschlicher Kraft wieder hoch und erreichte das auf einem Stuhl weilende Geburtstagskind, um auf dessen gebügelter Hose mit formvollendeter Falte einzuschlafen. Was also sollte Harold von einem arabischstämmigen Kleinkriminellen aus Liverpool erwarten? Dass er in seiner Freizeit Atombomben mit Schokoladenüberzug und Mandelsplittern sammelt und in die jubelnde Menge wirft?

Das Leben ist kein Wunder, mal abgesehen von selbstklebenden Briefmarken, es hat nur ein Verfallsdatum und eine Tankanzeige.

Die Tankanzeige. Die Tankanzeige leuchtet.

Sie müssen tanken. Müssen Sie? Warum das Alarmsignal nicht einfach übersehen, warum nicht einfach stehen bleiben, mitten im Nichts, und sich am Ende der Reise erfreuen, im Regen eine entzückende Lungenentzündung holen und die letzten Tage in einem weichen Bett genießen?

»Wir müssen tanken.«

34

Die Tankstelle sieht nicht nach einer Kette aus. Auf den ersten Blick. Sie sieht aus, als habe jemand, unvorsichtig und naiv, ein Zeitfenster in die Vergangenheit geöffnet, so, als würde jeden Moment Cary Grant mit einem 55er Buick Roadmaster vorfahren. Auf den zweiten Blick sieht sie aus, als wäre Norman Bates ihr Inhaber. Zwei rostige Streben halten zitternd das bröckelnde Vordach, an dem ein Schild mit der schwungvollen Aufschrift »Walden Brothers« baumelt und den Besitzern, so sie noch besitzend sind, einen Hauch von Nonchalance verleiht. Die Zapfsäulen waren einst rot, letzte Farbreste halten sich tapfer, doch länger als einen Winter werden auch sie nicht bleiben, die Witterung würde das nicht zulassen, schon aus Prinzip nicht. Die Säule mit Normal-Benzin hat eine Delle in der Größe eines Fußballs und der schwarze und an einigen Stellen poröse Schlauch windet sich auf dem nassen, von herbstlichen Blättern benetzten Boden.

Immerhin: Der Hahn hängt eingerastet an der für ihn gestählten Vorrichtung. Harold zieht ihn aus der Verankerung, steckt ihn in die Tankmulde, drückt das Einrasthäkchen herunter und wartet. Ein Wimmern aus der Tiefe des Erdkerns wächst zu einem fabelhaften Grollen an, doch anstatt in einer gewaltigen Eruption zu münden geht das Grollen in ein stotterndes Glucksen über, welches auch Säuglinge stillendhalber zu Tage fördern. Die Anzeigen setzen sich in Bewegung und das mechanische Klacken beim Umblättern der Zahlen wirkt beinahe beruhigend. Warum aber ist keine Menschenseele zu sehen? Warum ist das Tankwarthäuschen unbeleuchtet und mit heruntergelassenen Jalousien vor allzu neugierigen Blicken geschützt? Und warum heißen die Walden Brothers *Walden Brothers* und nicht Shell oder BP? Können sich Orte im Raum-Zeit-Kontinuum verirren und wenn ja, warum muss es dann regnen? Die nieselnde Feuchtigkeit legt sich zwanglos auf die Kleidung, kriecht hindurch und hinterlässt fröstelndes Unbehagen. Melvin ist nur mäßig erfolgreich, die beschlagenen Brillengläser mit seinem Zeigefinger frei zu wischen. Ein rostiges Quietschen. Die Zahlen stehen still. 43 Pfund. Noch ein Geräusch, wie von einem 80er-Jahre Nadeldrucker, ein Zettel fällt aus einer kleinen Öffnung, Melvin fängt ihn auf, bevor das dünne Papier den Boden erreicht. Er dreht den Kassenbon herum, aber es stehen keine Zahlen drauf, es sind nur Worte: *Dass der Mensch sich nach Lust und Laune von einem Automobil überfahren lassen kann, ist eine Errungenschaft der Zivilisation. Er hat es sich verdient.* Melvin versteht nicht, warum nun selbst Tankwarte sich zur Prosa berufen fühlen, warum Oktanzahlen und pampige Sandwiches in Frischhaltefolie sie nicht mehr ausfüllen. Der Wind wird stärker und zu leichte Blätter tanzen über die immer größer werdenden Pfützen. Melvin dreht sich nach links, nach rechts, immer noch keine Menschenseele, er geht ein paar Schritte um das Tankwarthäuschen herum, irgendwo muss Leben sein.

Keine zwanzig Meter entfernt steht noch ein Gebäude, ein Flachbau, die beiden Tore sind halb geöffnet, ein schwaches Licht dringt heraus, ein Fiepen, eine Rückkopplung, eine Stimme: »Lieber Fleisch als gar keine Tomaten.« Keine fünf Meter mehr, Melvin erkennt einen Mann, der in einem Sessel sitzt und auf einen Fernseher starrt. Der Mann ist um die vierzig, sein spärliches blondes Haar ist wüst verkämmt, er ist wohlgenährt, mit der rosigen Haut eines Kleinkindes und dem eingefrorenen Blick einer Rosebud-Puppe. Er trägt eines dieser blauen amerikanischen Arbeiterhemden mit Namen auf der Brust. Sein Name ist Jim.

»Hallo, sind Sie hier der Tankwart?«

Keine Reaktion. Jim schaut sich einen Fischfilm an. Es scheint eine Langzeitdokumentation über ein Aquarium zu sein. Fische aller Couleur schwimmen in einer künstlichen Unterwasserwelt hin und her, deren liebevoll kopierte Miniaturen von meisterlicher Choreografie zeugen.

»Hallo?«

Keine Reaktion. Jim nimmt Signale außerhalb des Fischfilms nicht wahr. Auf seinem Schoß liegt einer dieser bunten Kassettenrecorder mit blau-rotem Mikrofon für Kinder ab drei Jahre. Er streichelt mechanisch das Gehäuse, drückt auf einen gelben Knopf, führt das Mikrofon an seinen Mund, Fiepen, Rückkopplung.

»Lieber Einzelkind als gar keine Geschwister.«

Melvin kann nicht ganz folgen. Er sieht sich um. Der Raum ist mindestens sechzig Quadratmeter groß. Ein Gemisch aus Werkstatt und Wohnung. In der Mitte, im Halbdunkel, steht ein alter Bentley, Türen und Motorhaube fehlen und die noch vorhandenen Scheiben sind mit einer zentimeterdicken Staubschicht vor allzu neugierigen Blicken geschützt. Schmierige Lappen hängen über einem rostigen Ölfass, als seien sie dort vergessen worden, bevor der Erste Weltkrieg ausbrach. Auf der linken Seite stehen zwei alte Sessel, der grün-braune Kordbezug hat sich hier und da tapfer gehalten, nur die Federung hinterlässt einen hochgradig indisponierten Eindruck. Zwischen den Sesseln steht ein kleiner Tisch, der wankelmütig ein handgeschnitztes Schachbrett trägt. Der schwarzen Dame fehlt der Kopf, dem weißen König ein paar Zacken in der Krone und die Türme sehen beiderseits nicht so aus, als könnten sie einer ernsthaften Belagerung standhalten. Schritte kommen näher. Vertraute Schritte. Melvin dreht sich um. Es ist Harold.

»Kann ich helfen?« Melvin dreht sich wieder um. Ein Mann steht keine zwei Meter entfernt vor ihm, als habe er *sich* oder jemand *ihn* just materialisiert. Er hält einen Schraubenschlüssel in der Hand, mit dem sich, wäre es vonnöten, Flugzeugträger zusammenbauen ließen. Der

Mann ähnelt Jim, vier oder fünf Jahre älter vielleicht, etwas dicker, aber die gleiche rosige Haut. Auch er trägt ein amerikanisches Arbeiterhemd mit Namen auf der Brust. Sein Name ist John.

»Wir würden gerne zahlen. Wir haben getankt.«

John legt den Kopf schräg, als habe er nicht recht verstanden. »Ihr habt getankt?«

»Ja, getankt. Ist das so ungewöhnlich?«

John denkt nach. »Und ihr möchtet bezahlen?«

»Nun, wenn es zu viele Umstände bereitet, können wir im gegenseitigen Einverständnis auch davon absehen.«

»Das macht 100 Pfund.«

»Auf der Anzeige steht 43 Pfund, Sie können gerne nachsehen.«

»Die Anzeige ist kaputt.«

»Und woher wissen Sie dann, dass es 100 Pfund sind?«

»Erfahrung.«

Erfahrung? Melvins bisweilen etwas direkte Art hat ihn schon als Grundschüler ein ums andere Mal in eine prekäre Situation gebracht. Als er sich weigerte, auf einem Schulfest sambaesk für eine heile Welt zu trommeln, da er solch Gehabe als debiles Muster der Sozialpädagogik ablehnt, wurde er an vorderste Front befohlen, um eine fröhlich bunte Friedensfahne zu schwenken. Eine Demütigung, von der er noch ein halbes Jahr lang alpträumte, zumal Fotos belegen, dass er an jenem Tag von seiner jungfernen Klassenlehrerin Mrs. Honeymoon auch genötigt wurde, ein Che-Guevara-T-Shirt zu tragen. Und als er Paul Ellington, der ein Jahr jünger, aber zwei Köpfe größer war, sagte, dass er ihn für einen fettleibigen Primaten aus der intellektuellen Unterschicht halte, schlug dieser ihm mit einem einzigen Schlag vier Milchzähne auf einmal aus, eine Leistung, die bis zum heutigen Tag als Schulrekord in den Annalen steht. Eingedenk der psychischen und physischen Konsequenzen zu großer Offenheit hat Melvin gelernt, seine Auffassungen freundlicher zu formulieren.

»Sind Sie in psychiatrischer Behandlung?«

»Spielt ihr?«

»Bitte?«

»Schach.«

»Warum?«

»Eine Partie um die 100 Pfund.«

Melvin schiebt die Brille ein Stück die Nase hoch und versucht sein Entzücken zu verbergen, indem er missmutig seine Backen aufplustert und eine gehörige Portion Kohlendioxid seitlich hinauspustet. Harold starrt lieber auf den Fischfilm. Interessant. Wie Fische schwimmen. Und ohne Haie.

»Warum nicht.«

»Die Regeln sind bekannt?«

Melvin könnte John darauf hinweisen, dass er viermal hintereinander die Schul-Schachmeisterschaft gewonnen hat. Aber warum sollte er unnötig für Irritationen sorgen?

»Grob.«

»Der Herausforderer hat selbstverständlich weiß.«

Erster Fehler.

»Ach so, und es wird Blitzschach gespielt.«

Zweiter Fehler. Melvin hat im Blitzschach zwei englische Großmeister geschlagen, auf einem Benefizturnier zugunsten hungernder Kinder irgendwo in Indien.

»Fünf Minuten Zeitlimit für jeden.«

Fünf Minuten? So lange wird Melvin nicht brauchen, aber bitte.

»Falls es kein Problem darstellt.«

Dritter Fehler. Unterschätze niemals deinen Gegner.

»Bitte schön.« John deutet einladend auf den linken Sessel, der noch mitgenommener aussieht als der rechte.

Selbst traurige Zeitgenossen würden ihn zwischen zwei Schlücken Wodka Gorbatschow nur schielend beachten, läge er sperrmüllend am Straßenrand. Melvin setzt sich und versucht, der offenen Sprungfeder an der linken Ecke keine Angriffsfläche zu bieten. Ein hölzerner kleiner Kasten mit zwei symmetrisch eingefassten Uhrwerken ist im Lauf der Zeit von zentimeterdicker Staubschicht bedeckt. Der gegenüberliegende Sessel ist immer noch leer. Melvin schaut John fragend an.

»Jim, spielen.«

Jim steht auf, er senkt seinen Blick auf den Boden, geht hinüber zu der Spielfläche, setzt sich auf den freien Sessel und fixiert das Spielbrett. Er schaut Melvin nicht ein einziges Mal an. Fiepen, Rückkopplung. »Lieber Trübsal als gar kein Vergnügen.«

»Er spielt noch nicht sehr lange, aber er ist jetzt immerhin recht sicher mit den Pferden«, sagt John.

Wie auch immer. Melvins Favoriten sind die katalanische und die nimzo-indische Eröffnung. Aber wenn der Gegner mitspielt, wäre auch die Benoni-Verteidigung eine interessante Variante.

»Bereit?«

»Selbstverständlich.«

D4 ... Klack ... Nf6 ... Klack ... c4 ... Klack ... e6 ... Klack ... Nf3 ... Klack ... c5 ... Klack ... d5 ... Klack ... exd5 ... Klack ... cxd5 ... Klack ... d6 ... Klack ... Nc3 ... Klack ... g6 ... Klack. Nd2 ... Klack ... Nbd7 ... Klack.

Aha, der Gegner kennt die Benoni-Verteidigung.

E4 ... Klack ... Bg7 ... Klack ... Be2 ... Klack ... O-O ... Klack.

Schematisch. Durchschaubar. Das dürfte kein Problem werden.

O-O ... Klack ... Re8 ... Klack ... Qc2 ... Klack.

Na also, er muss schon überlegen, er sollte jetzt besser

keinen Fehler machen, sonst ist das Spiel schon vorbei, schade eigentlich.

Nh5 ... Klack.

Hm. Der Zug ist falsch. Was hat er vor? Will er die Königsseite attackieren? Nur zu!

Bxh5 ... Klack ... gxh5 ... Klack ... Nc4 ... Klack ... Ne5 ... Klack ... Ne3 ... Klack ... Qh4 ... Klack ... Bd2 ... Klack ... Ng4 ... Klack ... Nxg4 ... Klack ... hxg4 ... Klack ... Bf4 ... Klack ... Qf6 ... Klack ... g3 ... Klack ... Bd7 ... Klack ... a4 ... Klack ... b6 ... Klack.

Irgendetwas stimmt nicht. Es läuft zu linear, wie ein Muster, wie eine Partie, die schon einmal gespielt wurde. Nur welche? Harold ist keine große Hilfe, er staunt nach wie vor die schwimmenden Fische an.

Rfe1 ... Klack ... a6 ... Klack ... Re2 ... Klack ... b5 ... Klack ... Rae1 ... Klack ... Qg6 ... Klack ... b3 ... Klack ... Re7 ... Klack ... Qd3 ... Klack ... Rb8 ... Klack ... axb5 ... Klack ... axb5 ... Klack ... b4 ... Klack ... c4 ... Klack ... Qd2 ... Klack ... Rbe8 ... Klack ... Re3 ... Klack ... h5 ... Klack.

Reykjavík 1972. Boris Wassiljewitsch Spasski gegen Bobby Fischer. Das dritte Spiel, das erste Mal überhaupt, dass Fischer Spasski besiegen konnte.

R3e2 ... Klack ... Kh7 ... Klack ... Re3 ... Klack ... Kg8 ... Klack ... R3e2 ... Klack ... Bxc3 ... Klack ... Qxc3 ... Klack ... Rxe4 ... Klack ... Rxe4 ... Klack ... Rxe4 ... Klack ... Rxe4 ... Klack... Qxe4 ... Klack ... Bh6 ... Klack ... Qg6 ... Klack ... Bc1 ... Klack ... Qb1 ... Klack.

Welche Farbe hatte Fischer?

Kf1 ... Klack ... Bf5 ... Klack ... Ke2 ... Klack ... Qe4+ ... Klack ... Qe3 ... Klack ... Qc2+ ... Klack.

Schwarz. Melvin ist ...

Qd2 ... Klack ... Qb3 ... Klack ... Qd4 ... Klack ... Bd3+ ... Klack.

... Spasski.

Fiepen, Rückkopplung. »Lieber gut als gar nicht böse.«

Melvin starrt Jim an, der aufsteht und, den Blick auf den Boden gerichtet, wieder zu seinem Platz geht, zu seinem Fischfilm. Wie konnte das passieren? Wie konnte Melvin gegen einen emotional wie intellektuell eingeschränkten Tankwart, der Primaner-Sprachspiele in ein blau-gelbes Mikrofon näselt, verlieren? Melvin starrt John an, um dessen Mundwinkeln sich der Hauch eines Lächelns abzeichnet.

»Das macht dann 100 Pfund.«

35

Harold ist fasziniert. Er hätte nie gedacht, dass Fischfilme von solch erhabener Eleganz sind, dass sie im Zeitlosen sich selbst verlieren und den Betrachter in den Zustand des Vergessens versetzen. Er hätte gerne in Erfahrung gebracht, wo es solche Filme zu erwerben gibt, aber Melvin hatte misslaunig zur Weiterfahrt gedrängt, er wollte die 12-Uhr-30-Fähre von Birkenhead nach Liverpool erreichen. Die Überfahrt verlief erstaunlich friedfertig, beinahe ereignislos. Harold hatte eine doppelte Portion Fish and Chips in den Magen geschlungen und Melvin, der an einem Erdbeermilchshake saugend über Berkeleys subjektiven Idealismus sinnierte, starrte abwesend auf das trübe Wasser, als würde die Zukunft sich darin lesen lassen, um in den bittersüßen Schemen der Hoffnung den Verstand zu ertränken. Erst als die heimische Unterschicht und Teutonen in Gesundheitssandalen *Ferry Cross the Mersey* durch ihre schundbeladenen Kehlen schmetterten, tippte Melvin dem neben ihm stehenden deutschen Touristenpaar in den Vierzigern auf den Bauch und fragte, ob sie, anstatt zu singen, doch lieber wieder Bomben werfen könnten, da völkische Talente vielleicht ungerecht, wie einzuwenden wäre, so aber doch eindeutig verteilt seien. Das deutsche Touristenpaar aber schwäbelte alttestamentarische Verwünschungen, nahm das fremde Liedgut wieder auf und erklomm Tonlagen, die selbst ein unter Vollbremsung die Gleise verlassender Schnellzug nicht ohne das komplette Programm der Verwüstung zu lärmen vermag. Vor hundert Jahren hätte man ihnen in den Albert Docks die Kehlen durchgeschnitten, heutzutage dürfen sie zur Belohnung auch noch weltkulturerben. Da spreche noch jemand von Fortschritt.

Und nun sind sie schon fast eine Stunde lang wieder unterwegs, und Liverpool zeigt sich von seiner einnehmenden Seite. Es hat aufgehört zu regnen und die Sonne bricht durch die undichten Stellen der grummelnden Wolkenberge. Gemalte Lichtkegel strahlen die viktorianischen Bankgebäude, die rotbackigen Häuserfassaden, das Grand Plaza und die St George's Hall an, als habe Caravaggio persönlich den Pinsel geschwungen. Die malerische wie auch ungeplante Stadtrundfahrt verdanken sie großflächigen Baustellen, die mit kruden Umleitungsschildern Wege der Torheit weisen und Namen wie Lord Nelson, Mount Pleasant oder Great Howard tragen. Wenig hilfreich ist auch Harolds sanftmütige Hochachtung vor den Regeln der Straßenverkehrsordnung. Melvin ist ob dieser ausgeprägten Neigung zur obsessiven Hörigkeit keineswegs amüsiert, denn rote Ampeln und Einbahnstraßen sind für ihn nur ein weiterer Beleg für die existenzielle Notwendigkeit eines atomaren Erstschlags und gerne würde er selbst Hand anlegen und wie James Bond mit 200 Sachen über Straßen und Bürgersteige fegen, durch Gemüsestände und Schaufenster rumpfen, von Brücken springen und durch U-Bahn-Schächte tunneln, aber im Radio läuft gerade Cat Stevens mit *Father and Son*. Nicht, dass Melvin dieser Kitsch in irgendeiner Art und Weise berühren würde, dass der schwere Dunst der Melancholie sein Haupt umwölken und seine anatomisch unauffindbare Seele trauern ließe, nein, solch volkstümliche Idiosynkrasie käme ihm nie in den Sinn, er versucht nur zu verstehen, warum eine süßlich-sentimentale Melodie, gepaart mit altherrenden Weisheiten, außer geringschätzige Verachtung überhaupt etwas bewirken sollte und warum sich die winzigen Haare auf seinen Unterarmen aufrichten.

Harold hat Melvins fröstelnde Stimmung bemerkt, denn seit sie die Metropolitan Cathedral passiert haben und auf der Hope Street der blechernen Kolonne in Richtung Windsor Street folgen, ist Melvin in eine Art Starre verfallen, die üblicherweise der unwiderruflichen Leblosigkeit vorbehalten ist. Harolds Aufmunterungsversuch, indem er den Scheibenwischer betätigt, obwohl es gar nicht mehr regnet, scheitert kläglich. Das Hupen der Nationalhymne wäre, verspräche es Erfolg, gewiss einen weiteren Versuch wert, doch es gibt Dinge, über die selbst Harold nicht zu springen vermag. Gleichwohl die Bürde, in solch jungen Jahren nicht zu wissen, wer der eigene Vater ist, durchaus Empathie erzeugt. Ein Kümmernis, ja, voller Zweifel und Hoffnungen, das Ungewisse als treuer Begleiter, die Unruhe als ewiges Nagen. Für einen Augenblick möchte Harold all die Unannehmlichkeiten dieser Reise vergessen und das Gefühl der Zuversicht vermitteln, um Trost und Mut zu spenden, in einer Welt, die nie eine andere war als die der Schändung. Und gerne würde er jetzt weinen, er weiß nur nicht wie.

36

»Wir gehen einfach hintenrum.«

Harold findet nicht, dass sie einfach hintenrum gehen sollten. Das Haus mit der blitzblanken weißen Klinkerfassade sieht sehr teuer aus und die Bewohner mögen es bestimmt gar nicht, wenn man einfach hintenrum geht, auch wenn das Tor weit offen steht und der Garten liebevoll einladend gestaltet ist. Aber Melvin stromert schon um die sorgsam geschnittene Buschhecke herum, an den Rosensträuchern entlang, bis er vor einer drei mal drei Meter großen Fensterfront seitlich in Deckung geht. Er stiert durch die halb offenen Vorhänge aus türkisfarbenem Damast. Harold bleibt nichts anderes übrig, als es Melvin gleichzutun. Es ist nicht besonders hell, nur eine schlanke Stehlampe verströmt ein diffuses Licht in dem großzügigen Raum. Die wuchtigen Möbel prunken und protzen auf dem frisch gebohnerten Parkett, meterhohe Palmengewächse pflanzen sich in goldig verzierten Töpfen fort und allerorten sorgt tönernes Getier für ungläubiges Staunen. Was für Menschen mögen in dieser Sammelstelle des Klimbims wohnen? Ein Mann sitzt auf einem antiken, in blumigem Dekor gehaltenen Stuhl. Der Mann ist leicht untersetzt, er hat eine Halbglatze, auf der selbst im trüben Licht kleine Schweißperlen zu erkennen sind. Seine Hände halten unnatürlich die Armlehnen fest. Ein zweiter Mann steht keinen Meter entfernt von ihm, er geht kurze Wege langsam auf und ab und scheint einen Monolog zu halten. Sein trainierter Körper wird von einem maßgeschneiderten schwarzen Anzug bekleidet. Das strahlend weiße Hemd spannt sich straff über den kleinen Bauchansatz, die oberen beiden Knöpfe sind geöffnet, um die exquisite Brustbehaarung zur Geltung zu bringen.

Sein dunkles volles Haar ist nach hinten gekämmt, einzelne Strähnen fallen vor sein gemeißeltes Gesicht und wenn seine braunen Augen im Fensterglas reflektieren, gefriert die Welt für einige Sekunden.

Es könnte Jeremiah Al-Kasim sein. Ein dritter Mann steht etwas Abseits an einer Tür gelehnt, die Arme vor dem Bauch verschränkt. Auch er trägt einen dunklen Anzug, doch sind seine Proportionen von solcher Urwüchsigkeit, dass jeden Moment alle Nähte zu platzen drohen. Vielleicht ist es der Butler. Stimmen sind nicht zu hören, die Fenster sind vierfach verglast und halten dicht, manchmal nur dringen Paukenschläge durch und Violinen, die zu epochalen Klangteppichen anschwellen, bis sie plötzlich ohne Vorwarnung wieder verstummen und nur der eigene Atmen noch zu hören ist. Der Butler verschwindet in die halboffene Küche, er sucht etwas in den Schubladen, er kommt mit einem Beil wieder zurück und stellt sich vor den sitzenden Mann. Er nimmt dessen linke Hand und spreizt den kleinen Finger ein Stück weit auseinander. Es sieht so aus, als wolle er maniküren. Aber warum mit einem Beil?

Der Mann auf dem Stuhl scheint etwas sagen zu wollen, wahrscheinlich findet auch er es merkwürdig, dass der Butler seine Hände auf diese doch recht grobmotorische Weise aufzuhübschen gedenkt. Vielleicht eine arabische Tradition? Der Butler hebt das Beil. Im Gegenlicht blinkende Reflektionen künden von Ungemach. Das Beil saust schwungvoll hinunter und trennt den kleinen Finger der linken Hand ab. Ein sauberer Schnitt. Professionelle Arbeit. Der Finger fliegt in Richtung Fenster. Direkt auf Harold zu. In Zeitlupe. Wie ein Bumerang dreht sich der Finger im Flug um die eigene Achse. Kleine Blutkörper perlen von der Schnittkante ab und tanzen durch den Raum. Kurz bevor der Finger Harolds Kopf erreicht, ploppt er gegen das Fenster und fällt zu Boden. Harold plumpst nach hinten und reißt einen tönernen Blumenkübel mit sich, der in kleine Teile birst und einen Heidenlärm verursacht.

Die Aufmerksamkeit der Männer ist nun uneingeschränkt auf Harold und Melvin fokussiert.

Es gibt Momente, in denen selbst Melvin nicht so gerne der Mittelpunkt einer Gesellschaft ist. Er winkt verhalten mit seinem rechten Arm, er weiß nicht recht, warum er das tut, aber er hat das Gefühl, dass eine freundliche Geste die ungemütliche Situation ein wenig entspannen könnte. In einer unheimlich wie unmenschlich kurzen Zeitspanne stürmt der Butler heran, reißt die Vorhänge auseinander, öffnet das Schiebefenster und packt Melvin und Harold am Schlafittchen, um im nächsten Moment reglos zu verharren. Harold findet, dass dies der geeignete Zeitpunkt ist, ein Held zu sein. So wie Burt Lancaster in *Der rote Korsar*. Harold entscheidet sich dann aber doch lieber für einen Herzinfarkt. Ganz spontan.

»Gäste?«, tönt eine tiefe Stimme aus der Mitte des Raums, in der sich der zweite Mann, der Jeremiah Al-Kasim sein könnte, im Halbschatten der Stehlampe eine Zigarette anzündet.

»Nur ein Missverständnis, fehlende Orientierung, beachten Sie uns gar nicht weiter, wir sind schon wieder weg«, sagt Melvin. Harold nickt vorsichtig ob der völlig schlüssigen Erklärung, außerdem hat er sowieso nichts gesehen, und auch daran kann er sich nicht mehr erinnern, Amnesie im Endstadium, unheilbar.

»Tretet ein.«

»Liebend gerne, aber wir haben Termine, die wir nicht verschieben können, so leid es uns tut. Wir kommen auf Ihre Einladung aber gerne zurück, sobald es sich irgendwie einrichten lässt.«

»Ali.« Ali, der vermeintliche Butler, erwacht aus seiner Starre und befördert Harold und Melvin mit dem sanften Schwung einer ukrainischen Kugelstoßerin in den Raum hinein. Er schließt das Schiebefenster, zieht die Vorhänge wieder etwas näher zusammen und lässt Harold nicht aus den Augen, so, als ob er ihn für einen gut getarnten Auftragskiller hält, was Harold unter anderen Umständen durchaus als Kompliment erachten würde. Im Innern sieht der Raum noch mächtiger aus, mindestens achtzig Quadratmeter groß, in der linken Hälfte eine großzügige Sitzecke aus dunklem Büffelleder, ein in Naturstein gekachelter Kamin, der mit kleiner Flamme knistert, und schräg gegenüber ein kubisches Bücherregal, beladen mit ungelesenen Gesamtausgaben verstorbener Dichter und Denker. Nicht weit davon entfernt: der Mann auf dem Stuhl. Der Mann auf dem Stuhl schwitzt. Melvin hat noch nie einen Menschen so schwitzen sehen. Harold auch nicht. Sein Gesicht ist krebsrot, der Knebel in seinem Mund erschwert das Atmen, er schielt die ganze Zeit auf seine linke gefesselte Hand, an der der kleine Finger fehlt. Dieser weilt indes auf dem arabischen Läufer, der ein so interessantes Muster hat, dass Harold seinen Blick nicht mehr davon abwenden kann. Der Zauber geometrischer Linien lässt die Realität in weite Ferne entschwinden und ermöglicht das Hineinversinken in eine Welt voller Wattebäusche. Ein Handtelefon klingelt. Melvin greift in seine rechte Jackentasche, er holt das Übel hervor und beendet Schönbergs *Moses und Aron* mit einem leichten Tastendruck.

»Hallo Ma ... Mir geht's gut ... Ja, Harold ist nach wie vor ein ausgezeichneter Babysitter ... Natürlich ... Mmh ... Kürbissuppe ... Nein ... Nichts Besonderes ... Bei Freunden ... Schön ... Mmh ... Ma, ich muss jetzt Schluss machen ... Ja, mache ich ... Tschüss.« Melvin drückt auf eine Taste und verstaut das Telefon wieder in seine Jackentasche. Er versucht das unschuldige Lächeln eines Elfjährigen zu zaubern, aber es fällt ihm schwerer als gedacht, er hat keine Übung in der leicht debilen Aura seiner Generation, die mit dem ersten Testosteronschub jegliche Gehirnzellen verliert.

»Sehr schönes Mobiliar«, versucht Melvin das Gespräch wieder in Gang zu bringen und spinkst neugierig in das Halbdunkel hinein, indem der mutmaßliche Jeremiah Al-Kasim im Nikotinnebel nur als Schemen zu erkennen ist.

»Danke«, sagt die tiefe Stimme.

»Ist das ein Chlorophytum comosum in der wundervollen chinesischen Vase?«

»Ja.«

»Eine Augenweide.«

»Danke.«

Der Mann auf dem Stuhl unterbricht die angeregte Unterhaltung, indem er seine erstickten Laute mit einem unangenehm lauten Trampeln auf den glänzend polierten Parkett untermalt. Ihn weiterhin zu ignorieren ist kaum mehr möglich

»Besteht die Möglichkeit, dass die Person auf dem Stuhl in Folge einer Sauerstoffunterversorgung kollabiert?«

»Ich denke nicht.«

»Es sieht nur so aus, als ob er etwas mitteilen möchte.«

»Ali.«

Ali, der seit geraumer Zeit die Regung einer Standuhr imitiert, setzt seinen klobigen Körper mechanisch in Bewegung, geht zu dem knisternden Kamin, nimmt ein gusseisernes Geschirr mit breiter Pfanne aus dem drahtigen Korb, stellt sich vor den Mann auf dem Stuhl, fixiert seinen linken Fuß und holt behände aus.

Melvin ist überrascht, mit welcher Lautstärke menschliche Fußknöchel zu bersten in der Lage sind. Harold hat gar nichts gehört, und wenn er etwas gehört haben sollte, dann hat er sich verhört, denn eigentlich hört er nicht sehr gut, er ist im Grunde taub, völlig. Der zweite Mann tritt aus dem Halbschatten heraus.

»Wir haben nach wie vor nicht klären können, welch glücklicher Fügung wir diesen Besuch zu verdanken haben.«

Melvin beschließt, ohne weiteres Geplänkel direkt zum Thema zu kommen.

»Könnte es sein, dass sie mütterlicherseits den Namen Newsom tragen?«

Jeremiah Al-Kasim hebt seine linke Augenbraue an, für Ali, den Butler, ein untrügliches Zeichen bevorstehender Arbeit. »Könnte sein.«

»Könnte es sein, dass Sie vor zwölf Jahren in London eine Liaison mit einer gewissen Denise Bentham hatten?«

Jeremiah Al-Kasim denkt nach. Er war tatsächlich vor zwölf Jahren für einige Monate geschäftlich in London unterwegs. Der Name Denise Bentham sagt ihm spontan nichts, aber auch die Namen der anderen 71 Jungfrauen, mit denen er vorab schon probeweise techtelmechtelte, sind ihm nicht mehr geläufig. »Könnte sein.«

»Dann könnte es sein, dass ich Ihr Sohn bin.«

Sohn? Jeremiah Al-Kasim wirkt zum ersten Mal ein wenig verunsichert. Ein Sohn? Ein leibhaftiger Sohn? Trotz der Oligospermie? Ein Sohn? Allah sei Dank!

»Sohn!«

»Vater!«

»Sohn!«

»Vater!«

37

Jeremiah Al-Kasim legt großen Wert auf die gründliche Reinigung des Körpers. In den Genuss seiner hauseigenen Sauna kommen in der Regel nur engste Verwandte oder ganz besondere Freunde. Für ihn ist es ein Ort der Besinnung, des Austausches und des näheren Kennenlernens. Und aus diesem Grund wird Melvin und Harold die Ehre erwiesen, im gemeinsamen Hinausschwitzen bar der Unreinheit bessere Menschen zu werden. Für Melvin kein Grund zur überschäumenden Glückseligkeit, aber auch kein Anlass in Trübsal zu fallen. Ein wenig überraschend ist für ihn nur die Tatsache, dass die Sauna weniger dem traditionellen Hamam ähnelt als vielmehr den Schwitzkästen westeuropäischer Kleinbürger in holzvertäfelter Gemütlichkeit.

Harold indes ist ob der Gunst mit einem um die Hüfte gebundenen Leinentuch auf harter Bank zu schwitzen von tiefster Tragik beseelt. Seit jeher ist er etwas gschamig, wenn es um die öffentliche Zurschaustellung des kaum verhüllten Körpers geht. Das ureigenste Privatime bedarf in seinen Augen nicht der ungeteilten Aufmerksamkeit fremden Lebens. Er erschrickt sich selbst bisweilen, wenn er nach dem Baden aus der Wanne steigt und im Vorbeigehen seines zum Übergewicht neigenden und rosig schimmernden Körpers im Spiegel gewahr wird. Saunend macht sein Körper eine noch weit unglücklichere Figur, die einst lockigen Brusthaare kleben tropfend auf nasser Haut, die nunmehr roher Kalbsbrust ähnelt. Die feuchtheißen Schwaden der nach Teer duftenden Luft führen die Atmung an den brüchigen Rand der Existenz. Von 130 Grad Celsius ist die Rede, aber Harold hat bei jedem erneuten Übergießen der Steine das

Gefühl, als sei das Fegefeuer im Vergleich ein wohl temperierter Naherholungsort.

Für den Aufguss ist Ali zuständig, der sich erstaunlich behände um das Wohlergehen der Insassen kümmert. Mit einem blutroten Handtuch verteilt er den Wasserdampf großzügig in alle Richtungen und wenn dies zu genüge erreicht ist, peitscht er mit der aus Birkenzweigen zusammengebundenen Vasta auf die Saunenden mit der ihm angeborenen Wucht ein. Ali scheint aus unerfindlichen Gründen Gefallen daran zu finden, insbesondere Harold zu flagellieren, der, mit jedem Schlag der Ohnmacht nah, ein wenig tiefer in sich selbst versinkt. Um die Schmerzen zu ertragen, ihnen zu entfliehen, bleibt nur der Weg, das Luftschloss zu erklimmen, in dem gedeckte Apfeltorte auf den Märtyrer wartet, mit Rosinen, groß wie Tennisbälle.

»Ist es nicht herrlich?«, fragt Jeremiah Al-Kasim in die fröhliche Runde hinein.

»Herrlich«, antwortet Melvin mit der Gleichmut einer Milchkuh. Gedanklich aber weilt er eine Etage höher, da ist noch etwas, das zu entwirren ist, bevor es dem Vergessen anheim fällt. »Schuldet Ihnen der Mann oben auf dem Stuhl Geld?«

»Ja.«

»Was wird mit ihm passieren?«

»Ali wird sich um die Entsorgung kümmern.«

Entsorgung? Melvin ist nicht ganz sicher, was damit gemeint ist. Geht es um das traditionelle Einzementieren oder um den fachgerechten Umgang mit einer Drahtschlinge? Ist Ali das arabische Alter Ego zu Luca Brasi? Und welche Rolle spielt Jeremiah Al-Kasim in diesem Unternehmen? Melvin entscheidet sich für die direkte Konfrontation: »Haben Sie schon einmal einen Menschen getötet?«

Stille. Ali hat aufgehört zu peitschen und Jeremiah Al-Kasim blickt finster in die Ferne. In diesen Kreisen gibt es anscheinend Fragen, die besser nicht gestellt werden.

»Ein einziges Mal«, sagt Jeremiah Al-Kasim betont ruhig, und zum ersten Mal wirken seine feurigen Augen kalt wie Schokoladeneis.

»Und warum?«

Ali fängt wieder an zu peitschen.

»Es ging um meine Schwester. Eine Angelegenheit der Ehre.«

Harold verschluckt sich an der imaginären Apfeltorte, Melvin ist neugierig. »Sie haben Ihre Schwester getötet?«

»Nein. Den Mann, der mir sagte, ich solle meine Schwester töten, weil sie durch ihre Kleidung und ihr Verhalten die Ehre der Familie verletze. Zu seiner Verteidigung muss ich gestehen, dass er nicht wissen konnte, dass meine Auffassung von Ehre sich gänzlich von der seinen unterscheidet.«

»Inwiefern?«

»Ehre ist, die eigene Familie zu verteidigen und nicht das Gewäsch der Leute. Er hat das erst sehr spät eingesehen. Aber ich habe ihm nicht geglaubt.«

»Wie haben Sie ihn umgebracht?« Harold überlegt, ob es unhöflich wäre, nach einem Kopfhörer zu fragen.

»Oh, das war gar nicht so einfach. Ich hatte an jenem Tag der Aussprache aus unerklärlichen Gründen keine Waffen dabei. Da ich aber schon mit 19 Jahren von recht kräftiger Statur war, schlug ich solange mit der Faust in sein Gesicht, bis ich mir alle Fingerknöchel gebrochen hatte. Das war dann auch der Zeitpunkt, in dem er einsah, dass ich Recht hatte. Aber wie schon gesagt, ich konnte es nicht glauben. Ich hegte den Verdacht, er fühle sich zu dieser Aussage gezwungen. Denn unter gewissen Umständen redet der Mensch bisweilen leichtfertig daher, ohne nachzudenken. Ich wollte da lieber auf Nummer Sicher gehen. Doch auch nachdem ich mir alle Fingerknöchel der linken Hand gebrochen hatte und er, wie ich meinte heraushören zu können, noch einmal betonte, dass ich Recht habe, kamen mir Zweifel. Ich wusste nur nicht, wie ich diese noch zum Ausdruck bringen konnte. Wie so oft im Leben, spielte der Zufall eine entscheidende Rolle. In der Ecke der kleinen Gasse lag ein zirka fünfzig Zentimeter langes Holzscheit und, nicht genug des Zufalls, steckten an einem der Enden zwei rostige Nägel. Ich war dann sehr überzeugend, meine Argumente in all ihren Facetten zu erläutern.«

»Die normative Kraft des Faktischen.«

»Wie auch immer. Um noch einmal auf die Vater-Sohn-Sache zurückzukommen. Ich möchte in dieser Angelegenheit absolute Gewissheit haben und hoffe, dass mein Ansinnen nicht verletzend wirkt.«

»Keineswegs. Welches Ansinnen?«

»Wir werden einen Gentest machen.«

»Sofort?«

»Gleich. Ali, noch einen Aufguss.«

Harold erlischt.

38

Willkommen im 22. Jahrhundert. Die dezent angebrachte Zeitangabe in Augenhöhe des Empfangs wirkt keineswegs überzogen. Eine Klinik sieht anders aus, eine Praxis auch. Das strahlende Weiß der Wände, der Böden und der Einrichtung strapaziert das überirdische Ambiente an die Grenzen des Existenzialismus. Die Augen schmerzen, sie suchen einen Fixpunkt, eine Farbe, eine Orientierung. An den Wänden hängt Kunst, Fotografien von Schnee, verschwommen, überbelichtet, akademisch, toll. Chorale Frauenstimmen in höchsten Tonlagen wabern hintergründig von monotoner Gleichmut. Beruhigung allerorten, die beunruhigend den Geist in helle Aufruhr versetzt. Der jüngste Tag wird offenbart. Klinisch totes Leben im freien Willen der Evolution. Und Morgen? Morgen mögen die Engel endlich fliegen und die Menschen für immer verstummen. Melvin erschrickt. Ein Lebewesen. Wo es herkommt, ist unergründlich. Doch wichtig ist es nicht, warum auch, es ist da, und das ist alles, was zählt. In weiß gekleidet, wie auch sonst, die langen blonden Haare streng nach hinten gezopft, die hohen Wangenknochen ein Ebenmaß der Anmut und die blauen Augen ein kristallener See ohne Grund. Von weit her muss sie gekommen sein, aus dem Lebensborn entsprungen, ein arisches Meisterwerk, vollkommen und für ewig unerreicht.

»Wie kann ich Ihnen helfen?«, fragt die Elfe.

»Wir möchten einen Gentest machen«, antwortet Jeremiah Al-Kasim, dem die gleißende Helligkeit nichts ausmacht, er trägt eine Sonnenbrille.

»Sie haben einen Termin?«

Jeremiah Al-Kasim blickt auf das in Brusthöhe weilende Namensschild. »Schwester Elanore, Sie sehen nicht nur ganz bezaubernd aus, ich bin auch überzeugt davon, dass Sie ein besonders kluges Mädchen sind und sich daher nicht vorstellen können, dass wir aus heiterem Himmel hier hereinspazieren, ohne einen Termin zu haben.«

»Bei Dr. Wagner?«, fragt Schwester Elanore nach, deren Wangen nun ein wenig erröten.

»Genau, bei Dr. Wagner.«

»Sein Büro ist den Gang entlang, die dritte Tür rechts.« Schwester Elanore taucht kurz hinter dem Empfangstisch ab, und als sie wieder auftaucht, hält sie etwas in ihren Händen, eine weiße Kugel, in durchsichtiges Zellophan gewickelt, die sie wie einen verloren geglaubten Schatz präsentiert. Sie beugt sich zu Melvin hinunter und fragt: »Möchtest du ein Bonbon, junger Mann?«

Melvin ist kurzweilig konsterniert ob der anmutigen Geste, die im heiligen Schein von großer Güte zeugt, bis sein Verstand wieder einsetzt. »Nein, danke. Aber würden Sie mir einen Gefallen erweisen?«

»Gerne.«

»Wenn Gott anruft, sagen Sie ihm, ich sei nicht da.«

Melvin dreht sich um und geht den Gang entlang. Die anderen folgen. An der dritten Tür rechts bleiben sie stehen. Auf einem weißen Schild mit weißer hervorgehobener Schrift steht: Dr. Dr. Wagner. Neurochirurg. Wissenschaftlicher Leiter der Genforschung. Abteilung 2. Ali klopft an, und Harold ist überrascht, dass die Tür nicht in tausend Teile birst.

»Ja, bitte«, muffelt eine säuerliche Stimme im Verborgenen. Ali reißt die Tür auf, und die Gesellschaft folgt Jeremiah Al-Kasim ins Innere. Das Büro in der Größe einer Mehrzweckhalle ist spartanisch eingerichtet. Ein Schreibtisch, ein Stuhl, zwei lederne Sessel, ein Schrank und die Büste eines Griechen sphären den Minimalismus in taumelnde Höhen. Dr. Wagner steht an einem beleuchteten Kasten und schaut sich ein Gehirn an. Er dreht sich um und sogleich wird klar, dass es sich bei Dr. Wagner um eine außerordentliche Kapazität auf seinem Gebiet handeln muss. Seine hochgewachsene schlanke Gestalt ist von adliger Präsenz, die im weißen Kittel hervorragend zur Geltung kommt. Die moderne Hornbrille und die sorgsam nach hinten gegelten Haare sind als vage Andeutung von Individualität die brüchigen Accessoires eines Gesamtkunstwerks. Und obwohl er höchstens 40 sein kann, umgibt ihn eine natürliche Autorität, die qua seines Amtes auch den berechtigten Hauch der Arroganz zu Tage fördert.

»Ja?«

»Guten Tag, wir hätten gerne zweimal den Gentest«, sagt Jeremiah Al-Kasim.

»Bitte?«

»Den Gentest. Zweimal, für mich und meinen Sohn, bitte.«

Dr. Wagner mustert abschätzig die ungewöhnliche Klientel und hat das unbestimmte Gefühl, komisch sein zu müssen. »Dürfen es vielleicht auch noch 200 Gramm von der ungarischen Salami sein?«

»Nein, danke. Nur zweimal den Gentest, bitte.«

»Hören Sie, das ist hier kein Supermarkt. Wenn Sie mich dann bitte entschuldigen würden, ich habe zu tun.« Dr. Wagner tänzelt in eine ausweichende Bewegung, blickt jedoch jäh auf Alis flache Hand, der einfach nur seinen Arm ausgestreckt hat und relativ verständlich ein Stoppzeichen signalisiert. Der Arzt versteht die nonverbale Kommunikation recht gut, obwohl er studiert hat.

»Entschuldigen Sie, wenn ich mich irre, aber wir sind hier doch in einer Fachklinik für Gentests?«

»In etwa.«

»Großartig, dann hätten wir gerne zweimal den Gentest, bitte.«

Dr. Wagners kümmerliche Gabe zur Nachsicht ist dank seiner emotionalen Intelligenz auch in den dunkelsten Ecken seines Gewissens noch auffindbar, denn kontroverse Situationen, so hat er gelernt, bedürfen des Fingerspitzengefühls, insbesondere dann, wenn die menschliche Spezies involviert ist und sich diese zudem explizit atypisch verhält.

»Nun gut, wenden Sie sich bitte an den Empfang. Man

wird Ihnen einen Termin geben. In fünf bis sechs Wochen werden Sie die Ergebnisse erhalten.«

»Vielen Dank für dieses großzügige Angebot. Aber wir würden es vorziehen, die Ergebnisse in zwei Stunden zu erhalten.«

Melvin nickt und geht davon aus, dass der Arzt nun verstanden hat, dass ihm das *cogito ergo sum* nicht nur eine Floskel, sondern auch ein Begriff ist, dem praktische Bedeutung zukommt, dass er also gerne lebt und sich der kleinen und großen Wunder eines jeden Tages bewusst ist. Aber Dr. Wagner ist doch nicht so klug, wie er aussieht, obwohl er eine sehr schöne Brille trägt, durch die ein nahendes Ungemach, so ihr Träger nicht die Augen schließt, vortrefflich zu erkennen ist.

»Möchten Sie, dass ich den Sicherheitsdienst rufe?«

»Nein.«

»Na, das kann ich mir denken, würden Sie dann bitte gehen?«

»Lieber Doktor Wagner, wir werden Ihrem Wunsch gerne nachkommen, aber vorher hätten wir gerne zweimal den Gentest, bitte.«

»Also jetzt ...« Jeremiah Al-Kasim nimmt den Arzt mit einer freundschaftlichen Umarmung, die, so viel ist gewiss, blaue Flecken hinterlassen wird, beiseite und schreitet mit ihm zum Fenster, das einen wunderbaren Blick auf Liverpools Panorama bietet, auf das geschäftige Treiben der wuselnden Menschen, die einem Volk der Ameisen gleich ihr Tagwerk verrichten.

»Ich möchte Ihnen eine Geschichte erzählen. Eine wahre Geschichte. Sie begab sich um das Jahr 720 vor des Propheten Jesu Geburt. Beflügeln Sie Ihre Phantasie in das Mesopotamien zu jener Zeit. Ein assyrischer Hirte, nennen wir ihn der Einfachheit halber Ali, war ein gesegneter Mann, der gleich mehrere Ziegen sein Eigen nannte und sich tagein und tagaus um sie kümmerte. Er sorgte sich um jede einzelne, aber um eine ganz besonders. Sie hatte ein gleichmäßiges graues Fell, das in der Sonne wie Silber erstrahlte, und wenn sie lief, hielt man sie für eine Erscheinung, und wenn sie meckerte, klang es wie Gesang. Doch eines Tages befiel sie ein heimtückisches Fieber, sie trank und aß nicht mehr, sie stand nicht einmal mehr auf, als habe sie mit dem Leben abgeschlossen. Nach zwei Tagen nahm der Hirte die Ziege in seine Arme und wanderte mit ihr den ganzen weiten Weg bis ins nächste Dorf. Schon ohne Ziege auf dem Arm war es für einen ausgewachsenen Mann in guter körperlicher Verfassung eine Tagesreise. Als der Hirte am nächsten Morgen das Dorf erreichte, machte er sich ohne Rast zu einem allseits bekannten Arzt auf, der, wie ihm ein freundlicher Passant mitteilte, der Vermählungsfeier seiner einzigen Tochter beiwohnte. Der Hirte begab sich mit der Ziege auf dem Arm zur Festivität, entschuldigte die ungebührliche Störung und bat den Arzt mit allem Respekt und vollendeter Höflichkeit einen Blick auf seine Ziege zu werfen und sie möglichst schnell zu heilen. Der Arzt aber sagte, er solle verschwinden, und zwar auf der Stelle, sonst hole er seine Söhne, die nicht so zurückhaltend wären. Was, mein lieber Dr. Wagner, glauben Sie, hat der Hirte getan?«

»Er ist gegangen?«, fragt Dr. Wagner nach und in seiner Stimme schwingt Hoffnung mit, gleich kindlicher Naivität.

»Richtig«, sagt Jeremiah Al-Kasim, während seine linke Hand beiläufig das gerahmte Foto auf dem Fensterbrett ergreift, auf dem eine wunderschöne Frau und zwei wunderschöne Kinder dezent überbelichtet in erhabener Anmut lächeln. »Doch noch bevor er ging, machte er der Tochter des Arztes seine Aufwartung und schnitt ihr mit seinem besten und nur zum Schächten vorgesehenen Messer die Kehle durch.«

Dr. Wagner denkt. Er könnte nachfragen, ob an die sterilen Vorkehrungen gedacht wurde, ob der Schnitt fachmännisch sauber ausgeführt wurde oder welchen Lauf die Blutfontäne nahm. Aber tief in seinem Innern spürt er, dass seine Kinder ihm mehr bedeuten, als er je gedacht hatte, dass er selbst seine Frau mehr oder minder für schwer austauschbar hält. »Ich denke, wir können da mal eine Ausnahme machen.«

»Das ist ja wunderbar, aber nur, wenn es keine Umstände bereitet.«

»Kein Problem, ich helfe gerne.«

»Wenn dem so ist«, mischt Melvin sich ein, »dann nehmen wir auch noch die 200 Gramm von der ungarischen Salami.«

39

Ihr Bauch wellt und wabert wie ein wild gewordener Ozean, ihre Brüste, die von einem knappen, glitzernd grünen BH notdürftig verdeckt werden, schlonkern furios im Takt zur folkloristischen Musik, und ihr Hintern wackelt, als hätten sich tatsächlich Hummeln in ihm verirrt. Die Menschen klatschen besinnungslos Beifall, feuern sie mit gutturalen Lauten an und stecken Geldscheine in den klimpernden Rocksaum. Ein Schmaus für die Augen, zweifelsohne, Harold aber blickt lieber auf das Schlachtfest, das sie hinterlassen haben, auf die tausend kleinen Teller, die vor nicht allzu langer Zeit die wundersamsten Köstlichkeiten beherbergten, von denen nur noch schmierige Reste kümmerliches Zeugnis ablegen. Pürierte Kichererbsen in Sesamöl, Zitronensaft und Knoblauch angemacht, gerollte Weinblätter mit Reis, Tomaten, Zwiebeln und Petersilie gefüllt, Frischkäsecreme mit gepresstem Knoblauch und frischer Pfefferminze, gegrillte Auberginen und Paprikaschoten, gekochter Löwenzahn, mit gerösteten Zwiebeln und Zitronensaft verfeinert, in Weizenschrot geschwenkte Rindfleischbällchen, auf Holzkohle gegrilltes Lammfleisch am Spieß, fein geschnittener Rinderschinken im pikanten Würzmantel und zum Abschluss kleine süße Gebäckstücke, die im Zahnschmelz klebrige Wunden schlagen.

Zum ersten Mal seit Anbeginn ihrer Reise fühlt Harold sich beinahe wohl, nie zuvor war er in einem libanesischen Restaurant zu Gast, ein Fehler, gewiss, und selbst Melvin hatte zugeschlagen wie ein ganzes Flüchtlingslager, gleichwohl er laufend betonte, welch untragbare Sünden er als Frutarier mit jedem Bissen beging. Die zuvorkommende Bedienung und der servile Geschäftsführer tragen zum allgemeinen Wohlbefinden bei, der beste Platz auf der Empore ist natürlich eine Selbstverständlichkeit, um den kleinen Wasserfall in der Mitte des Raumes gebührend zu bewundern. Das gemeine Fußvolk muss Parterre speisen. Jeden Moment müsste der Bote mit den Ergebnissen kommen, die zwei Stunden sind fast rum, und was auch immer ihn aufzuhalten gedenkt, es sollte sich besser warm anziehen, und zwar sehr warm. Doch dann marschiert ein Mann mit vier Bodyguards auf die Empore zu, und als sie den Tisch schließlich erreichen, springen Ali und Jeremiah Al-Kasim gleichzeitig auf, als seien sie wettkämpfende Ballerinas, die der Synchronität ihr Leben opfern. Geschäfte? Bandenkrieg? Schießerei? Tote auf beiden Seiten? Melvin ist nicht sicher. Ali, der erstaunlicherweise sprechen kann und dessen Stimme wie eine Katze klingt, die ein Haarknäuel erbricht, krächzt eine knappe Begrüßung. Er wirkt angespannt und selbst in Jeremiah Al-Kasims Augen meint Melvin so etwas wie Beunruhigung zu entdecken. Die Männer aber küssen sich auf die Wangen, sie umarmen sich wie die letzten Gorillas im Nebel und blicken sich an, als würde es kein Morgen geben. Sie sind laut wie ein Jahrmarkt, Harold versteht nur Yalla, und nachdem sie alle Rituale erfolgreich bestanden haben, schweift der Blick des Mannes zu Melvin. Jeremiah Al-Kasim reagiert sofort: »Mein Sohn.«

»Dein Sohn?«

»Mein Sohn.«

»Allahu Akbar.«

Der Mann drückt Melvin eine 100-Pfund-Note in die Hand, streichelt ihm beiläufig über den Haarschopf, und als er lächelt, blinkt und strahlt der schönste jemals von Menschenhand erschaffene Goldzahn, der magisch alle Blicke anzieht. Harold fröstelt.

Der Mann dreht sich wieder um und seine Augen frieren ein, dunkel und melancholisch, als wäre jedwedes Licht erloschen. »Ich möchte dich morgen Abend zum Essen einladen. Wir haben einiges zu besprechen.«

»Gerne.«

»Assalamu aleikum.«

»Wa aleikum salam.«

Auch zum Abschied wird wieder ausgiebig geküsst, der Mann und die vier Bodyguards steigen die Empore hinab, der Geschäftsführer, offensichtlich ein Opportunist, bücklingt noch tiefer als zuvor und als sie endlich die Tür erreicht haben, scheinen alle Anwesenden irgendwie erleichtert.

»Wer war das?«, will Melvin wissen.

»Adolf Hitler.«

»Adolf Hitler?«
»Youssuf Nadir. Offiziell.«
»Warum nennen Sie ihn dann Adolf Hitler?«
»Es macht ihn menschlicher.«
Harold ist froh, dass Melvin nicht näher nachfragt, das Kichererbsenmus soll von nun an seiner Träume Nahrung sein und fortan alles Ungemach vertreiben. Die Bedienung räumt die letzten Teller ab und serviert Tee in kleinen Gläsern, der riecht, als habe man ihn tausend und eine Nacht lang ziehen lassen.
»Jeremiah Al-Kasim«, ruft eine Stimme von weit her.
»Jeremiah Al-Kasim?« Die Stimme kommt näher.
»Jeremiah Al-Kasim?«
»Ja?«
Es ist der Bote. Seine Haare sind lang und verfilzt, in seinen Augenbrauen, seiner Nase und seiner Unterlippe glitzern silberne Ringe, er trägt eng anliegende Leggins unter einer Radlerhose, die seine drahtigen Beine furchtbar zur Geltung bringen. Sein Walkie Talkie knarzt knurrende Störgeräusche in die Welt, seine Augen wirbeln unruhig hin und her, er wirkt ungeduldig, als sei die Zeit keine Frage des Geldes, sondern des Überlebens.
»Ich habe einen Umschlag für Sie. Wenn Sie hier unten bitte unterschreiben würden.«
Ali reicht geschwind einen gelbgoldenen mit Diamanten besetzten Montblanc Royal, mit dem die Unterschrift einem barocken Kunstwerk gleicht. Der Bote geht wieder seines Weges und Jeremiah Al-Kasim hält den Umschlag in seinen Händen, als enthalte er die Antwort auf die letzte Frage nach dem Warum des Seins. Melvin kaut an seinem linken Daumennagel und stiert in eine ungewisse Zukunft. Wenn Jeremiah Al-Kasim tatsächlich sein Vater ist, dann wäre er ein Viertel-Araber, ein irritierender Gedanke, wenngleich seine dunklen Haare und seine sich

nach unten krümmende Nase endlich ihre Legende hätten. Aber welche Verpflichtungen würden diese verwandtschaftlichen Verhältnisse nach sich ziehen? Ist Melvin dann der junge Vito Corleone, der eines Tages die Ehre der Familie zu verteidigen hat? Werden schwergewichtige Männer mit vernarbten Gesichtern seinen Ring küssen und ihn Don Melvin nennen? Wird er, um in dieser maskulinen Welt den nötigen Respekt zu erhaschen, eigenhändig Menschen um die eine oder andere Ecke bringen müssen? Und wird man darauf bestehen, dass er schlecht sitzende Nadelstreifenanzüge trägt?

Jeremiah Al-Kasim öffnet den Umschlag mit der Geschwindigkeit einer toten Schnecke.

Er liest.

Er atmet tief durch.

Er blickt auf.

In seinen Augen schwimmt Trauer.

»Allah ist allmächtig.« Er schließt die Augen. Er öffnet sie wieder. »Ihr könnt selbstverständlich in meinem Haus übernachten.«

»Oh, das ist sehr großzügig«, sagt Melvin, der fast ein wenig enttäuscht ist, »aber wir müssen noch unsere Nachtfähre nach Irland erreichen.«

Nachtfähre?

Irland?

40

Die Kabine ist nicht gemütlich. Und sie ist klein, sehr klein. So also müssen sich Sardinen fühlen. Tierquälerei. Schon wieder auf See, als wäre nicht alles schon traumatisch genug. Wenigstens ein Bullauge hat die Kajüte. Viel zu sehen ist allerdings nicht, die Nacht ist schwarz, tiefschwarz. So, als würde sie nie wieder gehen wollen, als habe das Licht endgültig keine Lust mehr auf das Leben. Ist ja doch jeden Morgen, wenn auch ein anderes, das gleiche. Es sei denn, man glaubt der Werbung für das Knusper-Müsli, aber da ist die Verpackung nicht so schön.

Sieben Stunden wird die Überfahrt dauern, Harold wird kein Auge zumachen können bei den sich bietenden Möglichkeiten. A) Eisberg, b) Tsunami, c) Torpedo. Und auf alle Szenarien folgen Haie, zu Hunderten, hungrig und pietätlos, unbedarft in Schuld und Sühne, charakterschwach bis in den Knorpel. Melvin schläft schon, nahezu naiv, wie er die Augen vor den Gefahren verschließt. Aber er ist noch jung, da sind noch nicht alle Sinne geschärft. Er sieht beinahe unschuldig aus, in seiner embryonalen Schlafhaltung, mit den verwuselten Haaren und den kleinen, zu Fäusten geballten Händen. Harold fragt sich, wo das Kratzbürstige herkommt, warum Melvin seine Mitmenschen bisweilen wie eine Krankheit behandelt, gegen die es nur einen Impfstoff gibt: Verachtung. Würde Gleichgültigkeit nicht völlig reichen? Muss man sie gleich schelten, die armen Wesen? So wie den netten Steward, der Melvin nur gefragt hatte, ob er ins Spieleparadies wolle, woraufhin Melvin antwortete, dass er nicht vorhabe, in bunten Plastikkugeln zu baden und glucksende Juchhus zu intonieren, es sei denn, dass er als zahlender Gast verpflichtet wäre, das pädophile Grundbedürfnis der Besatzung zu befriedigen, dann wäre er selbstverständlich gerne zu Diensten und selbst schuld, wenn er das Kleingedruckte überlesen habe. Harold findet, dass ein einfaches Nein eine Alternative gewesen wäre.

Wenn Harold könnte, würde er Melvin einen Vater zaubern. Das wäre für sie beide das Beste. Aber er kann nicht zaubern. Konnte er noch nie. Und vielmehr stellt sich doch die Frage, was er überhaupt kann. Ein paar Dinge gibt es da schon, nichts Weltbewegendes, sicher, aber doch genug, um eine kleine Liste zu erstellen: Er kann in aller Stille auf einer Parkbank sitzen, bis die Vögel ihn vergessen haben. Er kann einundvierzig Luftballons aufpusten, bevor er in Ohnmacht fällt. Er kann länger aus seinem Küchenfenster schauen, als es Tageszeiten gibt. Er kann drei Liter Tee trinken, ohne auf Toilette zu müssen. Er kann für Mrs. Cardigan sorgen, wenn sie eine Erkältung hat. Er kann stundenlang in Maisfeldern wandern, ohne jemandem zu begegnen. Er kann sich über Geschenke freuen, wenn es sein muss. Er kann über vier Minuten auf einem Bein stehen ohne umzufallen. Er kann sich vorstellen, nicht immer so spontan zu sein. Er kann von außerirdischen Nacktschnecken träumen, die vom Himmel fallen.

Er kann schlafen.

Kann er nicht.

Kann er wohl.

Kann er nicht.

Kann er wohl.

Kann er nicht.

Kann er wohl!

Donnerstag

41

Harold ist das erste Mal in seinem Leben in Irland. Komischerweise regnet es. Seit Sonnenaufgang, der kaum der Rede wert war. Den Schafen ist es egal, sie kennen es ja nicht anders. Harold weiß nicht, wie viele Herden sie schon gesehen haben, zu viele jedoch, um jemals wieder Probleme beim Einschlafen zu haben. Seit über drei Stunden sind sie jetzt schon wieder unterwegs, seit sie von der Fähre aus in Richtung Dingle gestartet sind, die eine und andere falsche Abzweigung genommen haben, einen kleinen Umweg die Küste entlang machten und mittlerweile wieder im Landesinneren kurz vor Limerick sind. Dünne Nebelschleier trüben die Sichtweite, der Himmel strahlt in sattem Grau und die Scheibenwischer quietschen missgelaunt das anhängliche Nass beiseite. Und doch ist Harold fasziniert von der pittoresken Einfalt der irischen Landschaft, von den Hügeln und Buchten, den Seen und Steilklippen, den Landhäusern, Schlössern und Klosterruinen, den steindurchsetzten Weiden und den megalithischen Friedhöfen. Das schmatzend saftige Grün hat Nuancen, die er nie zuvor gesehen hat, noch nicht einmal bei *Harrods*, auch nicht in der Teeabteilung. Ein lebendes Denkmal der fabulösen Mutter Natur. Hier müssen einst Elfen geboren sein, und auch Harold könnte sich sehr gut vorstellen, in diesem entzückenden Land seinen Lebensabend zu verbringen, nicht allzu nah am Meer, in einem dieser kleinen knusprigen Häuschen, in denen das wärmste Licht der Welt funkelt. Er könnte Lilien züchten oder Kühe melken, aber das müsste er erst noch lernen, auch das Im-Blut-liegen. Aber vielleicht hat er ja einen Wunsch frei, der dieses eine Mal auch in Erfüllung geht. Schließlich hat Harold heute Geburtstag. Und 50 wird man doch nur einmal. Oder?

Melvin findet Irland kitschig. Die sagenhafte Idylle mag bei Kleinkindern und Naturburschen glucksende Bezauberung hervorrufen, eine prächtige Kulisse für Märchenerzähler und Landschaftsmaler abgeben, kurzum das naive Gemüt in heimelnde Gefilde frohlocken. Kein Wunder, dass Helden wie Swift, Joyce und Beckett dieser romantischen Einöde den Rücken zeigten, um andernorts Weltruhm zu erlangen. Die letzte Bastion des Katholizismus ist für Melvin nur ein neolithisches Panoptikum tumber Glückseligkeit. Die Iren an sich sind ihm nicht minder suspekt. Bei seiner Recherche über Jeremiah Newsom Nummer fünf hat er so einiges über das abtrünnige Volk erfahren können. Dass sie schlimme Hungersnöte haben durchmachen müssen, dass sie traditionell korrupte Politiker wählen, dass sie mitunter hitzköpfig sind, dass sie keine schönen Toiletten haben und dass sie einen ausgiebigen Spieltrieb besitzen. Sie wetten nicht nur auf Pferde, Windhunde, Pitbulls, Geflügel oder Plastikenten, sondern auch darauf, dass an einem Freitag, den 13. Oktober, die Welt untergeht. Außerdem sind sie fanatische Bingo-Spieler, die Hammelnieren und Muskelmägen essen. Nur rothaarig ist der Ire in der Regel nicht, sondern in der Ausnahme. Alles harte Fakten, die Melvin vorwiegend aus dem Reiseführer von 1984 hat zusammentragen können. Auf seinen potenziellen Vater aber ist er durch die örtliche Presse gestoßen. Da Melvin weiß, dass der Ire für gewöhnlich eine Klatschtante ist, hat er sechs Monate lang die wichtigste irische Tagespresse von der *Irish Times* bis zum *Evening Herald* abonniert. Alles Qualitätszeitungen, die sich mit Vorliebe den Missetaten der Einheimischen annehmen und die Delinquenten vortrefflich anzuprangern verstehen. Mit Adresse. Meistens Schwerverbrecher. Wie Flynn Sweeney aus Wicklow, 38 Jahre, arbeitslos von Beruf, der vom Dorfältesten dabei erwischt wurde, wie er unter starkem Alkoholeinfluss ein Schaf penetrierte. Zu seiner Verteidigung führte Flynn Sweeney an, dass er sich schon gewundert habe, da seine Frau sich sonst weniger zugänglich zeige. Oder wie Mary O'Malley aus Dublin, 44 Jahre, Werftmitarbeiterin, die unter starkem Alkoholeinfluss ihren hippoesken Körper zur käuflichen Liebe feilbot. Einem Pfarrer, der gerade die Nachtmesse abhielt und namentlich nicht genannt werden möchte. Oder eben wie ein gewisser Jeremiah Newsom senior aus Dingle, 81 Jahre, zugezogener Engländer, Pensionär, der unter starkem Alkoholeinfluss auf einem Straßenfest die britische Flagge schwenkte und *A Londonderry Air* sang. Die Selbstjustiz scheiterte, da die Lynchgesellschaft sich nicht auf einen Baum einigen konnte und beleidigt von dannen zog. Melvin geht zwar davon aus, dass ein 81-Jähriger als Vater nicht in Betracht kommt, aber wo ein Senior ist, sollten auch Spuren des Juniors zu finden sein.

Die Frage allerdings ist, ob sie überhaupt noch so weit kommen. Denn seit gut zwanzig Minuten benimmt der Saab sich wie ein Mähdrescher auf einem Rübenacker. Die von ihm erlaubte Höchstgeschwindigkeit liegt bei 30 Meilen pro Stunde. Und das auch nur unter Protest. Aber weit kann es nicht mehr sein bis Limerick. Die ersten Ausläufer sind schon zu erkennen. Auf der rechten Seite liegt ein kleines Gehöft mit drei Häusern, vor der Einfahrt hängt ein Schild mit der Aufschrift *Werkstatt.* Auf der linken Seite ...

»Bremsen!«

42

Die Werkstatt hinterlässt auf den ersten Blick einen durchaus professionellen Eindruck. Eine ausgebaute Scheune mit Hebebühne, Reifenausbuchtmaschine, Druckluftstation und diversen Abgasmess- und Diagnosegeräten. Alles in einem tadellosen Zustand. Die kleinteiligen Werkzeuge sehen aus, als seien sie erst gestern in einem Heimwerker-Baumarkt erworben worden. Schmierige Lappen, rostige Ölauffangbecken oder gar Schimmelpilz sucht man hier vergebens. Auch der Besitzer, wenngleich von großer Statur und mit vollem Bart gesegnet, mag nicht recht den Hinterwäldler geben. Eine gepflegte Gestalt, in brauner Cordhose und grünem Kaschmir-Pullover, der den Stallgeruch betuchter Landbevölkerung und das Auftreten eines Grandseigneurs an den Tag legt. Seit fünf Minuten schaut er sich den Saab mit fachmännischem Blick an, ohne etwas zu berühren, geschweige denn die Motorhaube aufzumachen, so, als wolle er metaphysisch in das Innere des Saabs eindringen, um das Ungemach an seinen Wurzeln zu packen, als sei er ein transzendentaler Autoflüsterer, ein Medium, das im Verborgenen noch den tiefsten Schmerz zu finden vermag. Auf jeden Fall aber ein Profi.

»Ist das ein japanisches Auto?«
Melvin ist schockiert. »Nein, schwedisch.«
»Von den Wikingern?«
»Schwedisch!«
»Aha.« Der Profi reibt sich den Bart und dringt erneut ganz tief in den Saab hinein. »Ich tippe auf Getriebeschaden.«
Melvin wird misstrauisch. Er schiebt die Brille ein Stück die Nase hinauf und betrachtet die makellosen wie auch schwielenfreien Hände des fragwürdigen Mechanikers. »Eine kühne These, aber vielleicht wäre es ratsam, zunächst die Zündkerzen auf ein etwaiges Fehlverhalten hin zu überprüfen.«
»Hm. Gebt mir eine Stunde.«
»Eine Stunde?«
»Ja, ich denke, wir müssen ganz von vorne anfangen, um die Fehlerkette en detail zu analysieren. Ich werde mit dem Kühlwasser beginnen.«
Melvin wird sehr misstrauisch. »Was haben Sie gelernt?«
»Ich habe studiert.«
»Sozialpädagogik?«
»Nein, Wirtschaft. Bis vor einem halben Jahr war ich noch Börsenmakler in Dublin. Aber dann hatte ich genug von der Niedertracht des Kapitalismus und mir gedacht, warum machst du nicht mal etwas völlig Verrücktes.«
»Irre. Und was befähigt Sie dazu, ein Automobil zu reparieren?«
»Ich habe entsprechende Fachliteratur gelesen.«
»Verstehe. Und wie viele Autos haben Sie bisher repariert?«
»Über den Daumen gepeilt können wir von einer Premiere sprechen.«
Melvin wägt die Alternativen ab. Auch seine Kenntnis-

se über einen Verbrennungsmotor sind nur rein theoretischer Natur. Von Harold ist noch weit weniger zu erwarten. Sie könnten versuchen, bis nach Limerick zu kommen, und hoffen, dort auf einen kompetenten Waldschrat zu treffen, der schon als Baby mit Motoröl gestillt wurde. Aber wie wahrscheinlich ist das? Außerdem knurrt ihm der Magen, sie haben seit der libanesischen Völlerei nichts mehr zu sich genommen.

»Nun gut, eine Stunde. Gibt es ein Café in der Nähe, in dem es sich angemessen frühstücken lässt?«

»Aber ja. Meine Frau betreibt ein kleines französisches Café, das *La baguette*, keine 500 Meter von hier.«

Melvin betrachtet den schwarzen Punkt in der Ferne. Es sind mindestens zwei Meilen Fußmarsch. Bergauf. Kaum vorstellbar, dass ein französisches Café in dieser Gegend auf Begeisterung stößt, wo doch die ganze Landschaft nach Stampfkartoffeln schreit. Sei es drum, einen heißen Tee wird man ja wohl zubereiten können.

»Hätten Sie zufällig zwei Regenschirme?«

Verständnisloses Stirnrunzeln. »Wir sind hier in Irland.«

43

Melvin ist außer Puste, Harold hat Atemnot und Herzrhythmusstörungen. Der Weg war noch weit beschwerlicher als angenommen. Außerdem hat der irische Regen sie trotz der blauen Abdeckplane bis auf die Knochen getauft und es steht außer Frage, dass sie monatelang an einer Lungenentzündung laborieren werden. Aber es hat sich gelohnt. Das Café ist äußerst klein, es gibt nur zwei

Tische mit je vier Stühlen. Beide Tische sind einzeln belegt. Das Mobiliar ist hölzern, fast antik, aber in tadellosem Zustand. An den Wänden hängen Fotos verliebter Paare auf den Champs-Élysées, im Hintergrund knistert Edith Piaf, und ein Holzofen verteilt den Duft von Äpfeln, Zimt und Bergamotte. Eine junge Frau kommt ihnen entgegen, von feenhafter Gestalt und mit dem bezauberndsten Lächeln, das Melvin jemals gesehen hat.

»Herzlich willkommen, ich bin Gwyneth. Darf ich euch zu Einar setzen?«

Melvin ist ganz seltsam zumute und lenkt seinen Blick schweren Herzens auf Einar. Einar muss auf Zeitreise sein und sich verlaufen haben. Ein nordischer Krieger aus dem 9. Jahrhundert, der irgendwie deplatziert wirkt. Er ist von kräftiger, aber nicht dicker Statur, die langen, rotblonden Haare sind zu einem Zopf geflochten, und der zauselige Bart fängt kurz unter den Augen an und endet auf Bauchnabelhöhe. Die Augen sind grün und sie starren ins Nichts. Einar ist auf den ersten Blick ein eher introvertierter Zeitgenosse, der keinerlei Signale sendet, die auf ein Faible für mutwillige Geschwätzigkeit schließen lassen. Er bewegt sich mit dem Tempo einer Statue, vielleicht aber auch etwas langsamer. Melvin setzt sich. Harold zögert noch einen Augenblick, er fühlt eine unbekannte Gefahr von irgendwoher kommen und just in dem Moment, als er vorsichtig Platz nimmt, springt ein Monster auf seinen Schoß.

»Oh, keine Sorge«, sagt Gwyneth und lächelt, »das ist nur Tyree. Sie ist eine absolut liebenswürdige Katze. Und das macht sie nur bei Menschen, die sie sympathisch findet. Was darf ich euch bringen?«

»Wir hätten gerne zweimal das englische Frühstück«, sagt Melvin und errötet leicht, »für mich bitte ohne Pilze, ich bin Frutarier.«

»Oh, das tut mir leid, aber wir sind ein französisches Café. Ich könnte einen Obstsalat anbieten oder ein Baguette nach Wahl.«

»Dann nehmen wir zweimal das Schinken-Baguette und Ihren besten Earl Grey.«

»Gerne.«

Gwyneth verschwindet hinter der Theke, Melvin hat ein merkwürdiges Magengrummeln, und Harold nimmt die gleiche steife Haltung wie Einar an. Schuld ist Tyree. Harold versteht nicht, warum er eine solche Anziehungskraft auf Katzen ausübt. Er würde nie auf die Idee kommen, eine von ihnen zu streicheln und außerdem ist er mit Kempowskis Anhänglichkeit schon über Gebühr ausgelastet. Nur, diese Katze ist anders. Sie starrt Harold an, als wolle sie ihn hypnotisieren, wie ein aus dem Nest gefallenes Vögelchen, das sich freundlicherweise als Appetithäppchen zur Verfügung stellt. Die Krallen furchen tief durch das Polyester, bis sie im nackten Fleisch ankern und in grabenden Bewegungen kleine Fetzen herausreißen. Sie scheint es zu genießen und fängt an zu schnurren. Harold würde vor Schmerz gerne ein wenig weinen, hält es aber für keine gute Idee, zumal ihr Schwanz in unregelmäßigen Abständen ausschlägt und auf Harolds Oberschenkel peitscht.

»Zweimal das Schinken-Baguette und der Tee. Guten Appetit«, sagt Gwyneth und stellt das Frühstück ab.

»Danke«, sagt Melvin. Er beißt in das Baguette und schaut Gwyneth nach, wie sie wieder hinter der Theke verschwindet. Ist das Liebe? Harold glaubt nicht, dass er lebend das Frühstück erreichen würde, und verharrt in Ausgangsposition. Er ist ja kein Selbstmörder. Tyree scheint nur auf einen Ausrutscher zu warten, um ihren liebenswürdigen Charakter in all seinen Facetten darbieten zu dürfen.

»Pssst.«

Melvin hört auf zu kauen. Er blickt Einar an. Aber Einar blickt weiter ins Nichts. Nur eine akustische Halluzination? Egal. Harold hat sowieso nichts gehört, da Tyree nach wie vor kein Interesse heuchelt, ihre noch recht junge Beziehung etwas entspannter zu gestalten. Ganz im Gegenteil. Sie hat ihre Position geändert und sitzt nun halb auf ihren Hinterpfoten, während sie voller Hingabe Harolds Bauch und Brust massiert, mit Krallen, die auch Titan wie Butter aussehen lassen.

»Pssst.«

Einar blickt Melvin aus den Augenwinkeln an. Er scheint etwas auf dem Herzen zu haben. Melvin nippt an seinem Tee und flüstert: »Ja?«

»Möchtet ihr mit auf meine Arche?«, flüstert Einar zurück.

»Welche Arche?«

»Meine Arche.«

»Warum?«

»Wegen der Welle.«

»Welche Welle?«

»Die Flutwelle.«

»Nein, danke.«

»Gut.« Einar starrt wieder ins Nichts, Melvin versucht einen Blick auf Gwyneth zu erhaschen, und Tyree ist dazu übergegangen, ihr Revier mit ihren Lefzen zu markieren. Harold ist nicht gerne Revier, er hat Geburtstag, und da backt Mrs. Cardigan normalerweise Apfelkuchen, wenn sie es nicht vergisst.

»Pssst.«

Einar scheint noch etwas auf dem Herzen zu haben. Es sollte wichtig sein, denn zum wiederholten Mal reißt er Melvin aus seinen Tagträumen mit Gwyneth, aus einer wundervollen Zukunft in einem rosa Luftballon.

»Ja?«
»Möchtet ihr mit auf meine Arche?«
Hallo?
»Nein, danke!«
»Gut.«
Tyree ist erbost, dass Harold seine Opferrolle nur ungenügend zu interpretieren vermag. Sie steht mittlerweile aufrecht auf seinem Schoß, die Vorderpfoten auf Harolds Schultern gestützt, den Kopf in Augenhöhe. Keine fünf Zentimeter Luftraum liegen zwischen ihnen, und selbst Errol Flynn würde es nicht wagen, den Helden zu spielen, dafür gibt es schließlich Doubles. Harold hört auf zu atmen.
»Pssst.«
»Was?!«
»Möchtet ihr mit auf meine Arche?«
Bevor Melvin wie auch Tyree eskalieren, wird die Tür aufgerissen und der Mechaniker stürmt ins Café. In seinem Gesicht glüht der Stolz eines Vaters, der gerade von der Entbindungsstation kommt.
»Der Japaner läuft wieder!«

44

Melvin ist nicht mehr verliebt. Er hat Gwyneth schon fast wieder vergessen, auf Dauer wäre das sowieso nicht gut gegangen, der Altersunterschied ist einfach zu groß. Außerdem mag Melvin keine Schnittblumen kaufen, und Körperkontakt wäre ihm auch nicht so recht. Immerhin, es hat endlich aufgehört zu regnen und an einigen Stellen bricht sogar das Sonnenlicht durch die mächtigen Wolken. Nachdem sie Limerick großzügig umfahren haben, um weitere zwei Stunden die barocke Landschaft zu genießen, sind sie nun endlich in Dingle angekommen. Dingle sieht aus, als habe ein Event-Manager die kleine Halbinsel so authentisch wie möglich nachbauen lassen, damit der Besucher erleben kann, wie romantisch die irische Seele mit der Natur verwurzelt ist. Es ist ihm sehr gut gelungen. Das Dorf hat keine 2000 Einwohner, dafür aber mindestens so viele Touristen. Mythische Steine, famose Ruinen und herrliche Sandstrände gibt es zu entdecken. Wer möchte, kann per Fahrrad, Pferd oder Planwagen idyllisch rundreisen oder mit einem der zahlreichen Fischerboote aufs offene Meer schippern, um Fungi zuzuwinken, einem Flipper, den der Event-Manager für die Bucht engagiert hat. Die bonbonfarbenen Häuser sind zum Anknabbern, und in Murphy's Pub lässt sich bestimmt ganz vorzüglich speisen.

Harold findet Dingle auch toll, er hat noch keine einzige Katze gesehen. Dafür aber gibt es eine Kirmes in Hafennähe. Das heißt, ein Bierstand, ein Kinderkarussell und eine Losbude. Zweck des Spektakels ist ein Spenden-Marathon zu Gunsten eines Einwohners von Dingle, der an Hodenkrebs erkrankt ist. Der Name des Einwohners soll nicht genannt werden, da der Erkrankte die Anonymität vorziehe, wie es heißt. Auf einem lila Banner steht deshalb: *Für Seamus Callum O'Rourke – Die Hoden bleiben dran!* Ein voller Erfolg ist auf den ersten Blick nicht auszumachen. Die Touristen kaufen lieber Plastik-Flipper im Souvenir-Shop, die Einheimischen haben Durst.

Melvin versucht, einen weiteren Ansprechpartner ausfindig zu machen. Die bisherige Ausbeute ist kläglich, da spätestens dann, wenn der Name des Gesuchten fällt, die kommunikative Fröhlichkeit zu einem Eisblock gefriert.

Jeremiah Newsom ist in Dingle anscheinend eine Persona non grata. »Satan!« war noch die freundlichste Reaktion.

Der Mann in der Losbude winkt ihnen zu. Wenn der bemalten Holztafel unterhalb der Theke zu trauen ist, dann ist sein Name Jacek. Jacek sieht aus, als wohne er privat in einer Gummizelle. Sein rechtes Auge schielt gen Südost, Shane MacGowan hat vergleichsweise tolle Zähne, und die linke Hand zittert ungelenke Pirouetten. Die Regale hinter ihm sind mit Plüschtieren, Dingle-Kaffeetassen und Einmachgläsern farbenfroher Marmelade staffiert. Melvin und Harold nähern sich achtsam dem Bretterverschlag, wohlwissend, dass die Vernunft anderer Meinung ist.

»Hallo«, flötet Jacek, »möchtet ihr auch für den Einwohner Dingles spenden, der an Hodenkrebs erkrankt ist? Drei Lose für einen Euro.«

»Sind Sie Pole?«, fragt Melvin.

»Ja.«

»Müssen Sie heute keine Reifen klauen?«

Jacek lächelt verlegen, als habe er tatsächlich frei. »Es ist für einen guten Zweck. Drei Lose für einen Euro.«

»Wir haben nur Pfund.«

»Kein Problem. Drei Lose für ein Pfund.«

Melvin überlegt. Vielleicht sollte er Jaceks Vertrauen gewinnen, nicht gleich mit der Frage rausplatzen, sich langsam herantasten. Und obwohl ihre Reisekasse gen Waterloo wankt, holt er aus seinem Brustbeutel einen Schein heraus und übergibt ihn Jacek. Dieser, hoch erfreut, deutet auf die Lostrommel, ein Einmachglas mit kleinen bunten Zetteln. Melvin zieht drei Lose und reicht sie kommentarlos an Harold weiter. Harold wickelt auf. Los eins: Niete. Los zwei: Niete. Los drei: Hauptgewinn.

Hauptgewinn? Harold hat noch nie etwas gewonnen. Nicht mal einen Zahnbecherhalter. Euphorie! Aber welches Ventil? Harold seufzt kaum hörbar. Er gibt Melvin das Los, der gleichsam verwirrt das handbeschriebene Zettelchen betrachtet und es Jacek überreicht, der wiederum völlig aus dem Häuschen gerät und »Hauptgewinn!« schreit. Eine Frau mit Rollator blickt müde auf, rollt dann aber weiter. Jacek entflieht unter die Theke und holt geschwind ein pinkes, von Größenwahn beseeltes Plüschungeheuer hervor. Es ist das hässlichste Kuscheltier, das Melvin jemals gesehen hat, er weiß noch nicht mal genau, was es darstellen soll. Alien 5?

»Herzlichen Glückwunsch«, sagt Jacek und drückt Melvin das Scheusal in die Arme, »das ist Miss Pink Flamingo, ihr müsst sie ein Jahr lang immer bei euch tragen, sie bringt Glück.«

Melvin bekommt keine Luft mehr und übergibt Miss Pink Flamingo Harold. Der bekommt auch keine Luft mehr, ist aber sehr glücklich. Das sollte wohl reichen. An Vertrauen.

»Mein lieber Jacek, Sie sind doch bestimmt eine Persönlichkeit hier in Dingle.«

»Schon.«

»Und wahrscheinlich kennen Sie die Menschen in Ihrem Dorf.«

»Ich kenne jeden hier.«

»Das ist ja großartig. Dann können Sie uns doch bestimmt sagen, wie wir zu einem gewissen Jeremiah Newsom kommen.«

Jaceks Gesichtsfarbe wechselt von Weiß zu Schlohweiß, er bekreuzigt sich und zieht an einem Seil in Nähe der Erdbeermarmelade. Das Vordach scheppert nach unten, um ein Haar hätte es Melvin und Harold erschlagen. Das kann doch nicht wahr sein. Sind denn hier alle irre? Ein kleines Mädchen, vielleicht sechs Jahre alt, tippt auf Melvins Arm und fragt: »Sucht ihr den bösen Mann?«

»Anscheinend ist es so«, murmelt Melvin und betrachtet das kleine sprechende Ding.

»Schenkt ihr mir den Truthahn?«

»Welchen Truthahn?«

Das kleine Mädchen deutet mit dem Finger auf Miss Pink Flamingo in Harolds Armen.

»Aber natürlich«, sagt Melvin. Harold ist nicht so erfreut, er hat sich gerade an das viele Glück gewöhnt. Verschnupft überreicht er Miss Pink Flamingo dem kleinen Mädchen, das nun nicht mehr zu sehen ist.

»Ihr müsst die Straße am Meer lang fahren, bis ihr ein rotes Haus mit einer englischen Fahne seht.«

»Danke.«

»Warum? Ich werde für euch beten.«

45

Das Haus mit den roten Backsteinziegeln ist entzückend gelegen, mit Blick auf den Ozean, unverbaut und frei von lästigen Nachbarn und feucht-fröhlichen Grillabenden. In der Einfahrt steht ein grüner Landrover aus den Achtzigern, brauner Schlamm krustet sich bis zu den Scheiben hinauf, die modrig schlierend keinen Einblick gewähren. Der Vorgarten, sofern als solcher zu bezeichnen, ist wildwüchsig verwittert und riecht nach Diarrhö. In einem der Fenster flimmert ein schwaches Licht, jemand wird zuhause sein.

Hinweise auf den oder die Bewohner gibt es nicht, kein Name an der Türklingel, kein Blumenbouquet oder sonstiger Schnickschnack, der auf eine persönliche Note oder gar ein herzliches Willkommen schließen lässt. Die völlige Stille ist beklemmend, und Harold möchte lieber nicht in den Backofen wie weiland Hänsel und Gretel, er verträgt Hitze nicht so gut. Melvin ist weit weniger zimperlich, dies ist die letzte Chance, der letzte Ort, um seinen Vater zu finden.

Melvin klingelt.

Nichts. Keine Reaktion, kein Geräusch, nichts.

Melvin klingelt erneut.

Warten.

Die Tür knirscht auf.

Ein alter Mann steht im Türrahmen, kaum jünger als Methusalem, der immerhin 969 Jahre alt wurde. Vitaminpillen gab es damals noch nicht. Der alte Mann muss sein Leben auf hoher See verbracht haben, denn die Winde und Gezeiten haben in seinem Gesicht eine faltenfrohe Landschaft gefurcht, die zwischen Grau und Nikotingelb pulsiert. In seiner rechten Hand hält er eine Teetasse, in der linken hängt eine Schrotflinte. Er ist nicht alleine. Zu seinen Füßen weilt ein Hund. Ein Pitbull.

»Ihr habt genau drei Sekunden, bevor Betty euch als Beilage verspeist.«

Melvin und Harold betrachten die o-beinige Betty. Klein, dick, speichelnde Zunge, kullernde Augen und ein propellernder Schwanzstummel. Vor Aufregung verliert Betty kleine Tropfen Urin und stößt heisere Brunftlaute hervor. Auf Anhieb ist sie nur schwer mit einer blutrünstigen Kampfmaschine aus der Vorhölle in Einklang zu bringen.

»Mr. ...«

»Letzte Warnung. Iren beißt Betty zuerst die Eier ab.«

»Wir sind Engländer.«

»Engländer?« Der alte Mann kneift die Augen zusammen, er spinkst über Melvins Kopf hinweg, als erwarte er einen Hinterhalt, aber es ist niemand zu sehen außer diesen beiden Figuren. »Landsleute? Ich hoffe, ihr seid Patrioten.«

»Absolut«, sagt Melvin.

»Anglikaner?«

»Mit Leib und Seele.«

»Reds?«

»You'll never walk alone.«

»Tee?«

»Gerne.«

Der alte Mann führt die Gäste durch einen langen Flur in einen Raum vollgestopfter Gemütlichkeit. Die Wände sind rot gestrichen und mit Porträts der Königlichen Familie behängt. Naive Malerei, die insbesondere Prinz Charles nicht gut bekommt. Zwei wuchtige Sofas und ein Chesterfield-Sessel bilden das Zentrum des Zimmers. Bücher liegen einzeln oder in kleinen Stapeln herum, viel Dramatisches, Marlowe, Heywood, Webster und so. Dank des Kamins ist es mollig warm und der Tee zieht friedlich vor sich hin, in silberner Kanne und kräftig duftend. Der alte Mann stellt seine Schrotflinte in einen Schirmständer, öffnet eine hölzerne Vitrine, holt zwei weitere Tassen heraus und bittet seinen Besuch, Platz zu nehmen.

Scones gibt es leider keine, und Staub wischen könnte auch mal wieder jemand, wie Harold findet. Immerhin: keine Katzen. Betty ist mittlerweile auf Ecstasy, sie hat einen gelben Plastikball gefunden, der in ihrem Maul quiekende Geräusche macht. Besinnungslos dreht sie sich um sich selbst, lässt Harold dabei aber keine Sekunde aus den Augen.

Das fehlte noch.

»Jetzt werfen Sie in Gottes Namen endlich den verdammten Ball«, schnauzt der alte Mann Harold an, derweil er den Tee in die Tassen füllt.

Betty ertrinkt fast in Vorfreude und legt ihren Kopf auf Harolds Schoß. Schmatzend walzt sie ihre mächtigen Zähne in den gelben Ball, dessen Quieken nunmehr Todesschreien ähnelt. Melvin und der alte Mann starren Harold an. Betty auch. Na toll. Langsames Herantasten, keine ruckartigen Bewegungen, absolute Konzentration, doch, oh Überraschung, Betty macht überhaupt keine Anstalten, ihre Beute zu verteidigen, ganz im Gegenteil, bereitwillig lässt sie ab von ihrem Schatz. Glibbernder Speichel tropft an Harolds Hand herunter, er wirft den Ball in Richtung Flur. Es ist getan, wie wunderbar. Betty braucht keine zwei Sekunden, um ihn wohlig knurrend wieder zurückzubringen.

»Zitrone?«

»Nein, danke.«

»Also, was führt euch zu mir?«

»Die Suche nach einer vermissten Person. Dass die Spuren hierhin führen, ist durchaus überraschend. Warum leben Sie in Irland?«

»Irgendjemand muss ja die letzte Bastion des Empires verteidigen. Nicht immer einfach.«

»Noch dazu in einer katholischen ...«

»Ha, die Katholiken. Hier zeugen selbst die Bischöfe Kinder, und sobald eine Marienstatue anfängt zu heulen, ist hier der Teufel los. Torfstecher.«

Harold wirft den Ball.

Der alte Mann kommt Melvin irgendwie bekannt vor. Die schwachen Augen, die asymmetrische Oberlippe, die leicht nasale Stimme, da gibt es Zusammenhänge, eindeutig. Melvin hat das unbestimmte Gefühl, hier richtig zu sein. Kein Grund also, das plüschige Geplausche unnötig in die Länge zu ziehen. Er nippt an seinem Tee, der, heißer als erwartet, kleine Brandbläschen im Gaumen hinterlässt.

»Haben Sie einen Sohn?«

»Warum?«, fragt der alte Mann und reibt nachdenklich an seinen grauen Bartstoppeln.

»Es könnte sein, dass Sie mein Großvater sind.«

»Seid ihr Erbschleicher?«

Harold wirft den Ball.

»Sagt Ihnen der Name Denise Bentham etwas?«

Für einen kurzen Moment wirkt der alte Mann überrascht, er lehnt sich zurück, öffnet ein silbernes Etui, holt eine Zigarette heraus und zündet sie mit einem Sturmfeuerzeug an. Es riecht nach Benzin.

»Mein Sohn sprach eine ganze Zeit lang von einer Frau mit diesem Namen. Auch von einem Kind, aber das hat sie meines Wissens abgetrieben.«

»Hat sie nicht.« Melvins Puls spielt Autorennen. Ist es möglich? Hat er ihn gefunden? Ist sein Vater hier oder holt er gerade Kuchen? Wie soll er ihn anreden? Vater, Dad, Mr. Newsom? Wird er sich freuen oder gar weinend zusammenbrechen? Ist bestimmt nicht einfach, plötzlich einen erwachsenen Sohn zu haben.

Harold wirft den Ball.

»Ist er hier?«

»Nein.«

»Holt er Kuchen?«

»Nein.«

»Wo kann ich ihn finden?«

Der alte Mann zieht quälend lange an seiner Zigarette, die Glut funkelt in biestigem Orange, er atmet hellgraue Rauchschwaden aus und sein Gesicht verliert an Schärfe und Kontur. Er schaut aus dem Fenster, die Wolken sind jetzt Schafe.

»Er ist tot.«

Harold wirft den Ball.

Melvin schluckt. Bunte Punkte tanzen vor seinen Augen, als habe er zu lange in die Sonne geguckt. Tot? Warum ist er denn tot? Hätte er nicht warten können? Das kann doch jetzt nicht wahr sein.

»Wieso?«, fragt Melvin, und seine Stimme klingt zum ersten Mal seit Anbeginn der Reise ein wenig unsicher, fast hilflos.

»Klassisch. Whiskey. Auto. Baum.«

»Wann?«

»Vor drei Monaten.«

»Gibt es ... gibt es ein Grab?«

»Ihr könnt es nicht verfehlen, den Hang runter bis zum Ufer«, sagt der alte Mann und stiert in eine ferne Welt. »Dort habe ich seine Asche ins Meer gestreut.«

Harold wirft den Ball.

46

Das kleine Ufer ist in Klippen gefurcht, die in moosigen Flecken und brüchiger Anmut tapfer den Gezeiten trotzen. Der feuchte Sand hinterlässt Spuren, die nicht lange bleiben werden. Es sei denn, die Zeit stünde fortan still, für immer, mindestens aber für ewig. Die Wolken sind wieder schwerer geworden. Sie formieren sich zu alter Stärke, nur über dem Great Blasket bricht ein Lichtkegel durch, den auch Gott nicht schöner hätte malen können. In schaumigen Wellen rauscht das Meer bis zu den Füßen und zieht sich fauchend wieder zurück. Es riecht nach Fisch, leicht verdorben, als habe man ihn nach dem Auftauen vergessen. Das Kreischen der Möwen ist nicht zu deuten, wahrscheinlich schwatzen sie nur. Für einen flüchtigen Augenblick, kaum länger als ein Wimpernschlag, ist alles vergessen und die schroffe Natur ein putziges Kleinod fürs Gemüt.

Melvin starrt aufs Meer. Hier also ist sein Dad, aber er kann ihn nicht erkennen. Da ist nur Wasser. Unendlich viel Wasser. Bis weit hinter dem Horizont. Da kann er lange die Asche suchen. Sie ist längst ertrunken, und irgendwie ist alles anders als gedacht. Er hat doch alle Szenarien durchgespielt. Nur dieses nicht, das war ihm immer zu kitschig. Und jetzt ist es schon ein bisschen traurig, nicht viel, nur ein bisschen, so wie im Kino, wenn man weinen soll und es Popcorn gibt. Hatten sie Gemeinsamkeiten? Wie den fragilen Körperbau, das souveräne Auftreten, die geschliffene Rhetorik, den sensiblen Hang zur Ironie oder das fabelhafte Gedächtnis. War sein Vater auch ein Genie? Eher nicht, dafür braucht es Generationen und genetisches Glück.

Drei Monate zu spät, um Hallo zu sagen. Drei Monate. Morgen wird seine Ma wieder da sein, und falls das mit der Unterschrift herauskommt, wird er ihr erklären müssen, warum er eine Woche lang nicht zur Schule gegangen ist. Sie legt so großen Wert darauf, obwohl es dort nichts zu lernen gibt. Ganz im Gegenteil. Kostenlos erteilt er Nachhilfe, insbesondere Mr. Windish, seinem Mathelehrer, der in Differenzialgeometrie auf dem Stand eines Dreijährigen ist. Eigentlich sollte er Geld dafür bekommen, dass er zur Schule geht. Soziales Engagement wird viel zu wenig honoriert. Ob er ihr von Dad erzählen soll?

Harold ist betrübt, dass Melvin seinen Vater nun nie kennenlernen wird. Das ist eine Schande. Und doch nur ein weiteres Puzzlestück. Wäre das Leben ein Wunschkonzert, würde es nicht wie eine Schrottpresse klingen. Aber er ist auch froh, dass die Reise endlich ein Ende hat. Er wird wieder nach Hause können, donnerstags wieder

Bridge spielen, auf das *Frühstück bei Tiffany* warten, sich ab und an im Treppenhaus erhängen und mal wieder Teebaumöl kaufen. Vielleicht wird er einen neuen Beruf finden, ohne tote Tiere, er könnte doch im Gesundheitswesen arbeiten oder irgendwas mit Erdbeeren machen. Jetzt, da die Menschen immer mehr auf ihre Ernährung achten.

Reisen aber möchte er in Zukunft erstmal nicht, das reicht ja für die nächsten zwei bis drei Jahrzehnte, vielleicht aber auch länger. Abenteuer sind furchtbar anstrengend. Ob Mrs. Cardigan älter geworden ist? Hoffentlich hat sie sich keine Erkältung zugezogen. Sie ist im Herbst immer etwas leichtsinnig mit der Wahl ihrer Garderobe. Die Feuchtigkeit in Irland ist sogar noch heimtückischer, insbesondere hier am Meer.

»Ach«, zerstört Melvin die zauberhafte Stille, »beinahe hätte ich es vergessen.« Er wühlt in seiner Umhängetasche, er sucht etwas, er hat es gefunden. »Wie Sie ja wissen, bin ich ein Genie, und deshalb weiß ich auch, dass Sie heute Geburtstag haben, und wie jedes Geburtstagskind bekommen auch Sie ein Geschenk.«

Melvin überreicht Harold ein kleines Päckchen. Die rosa Schleife und das glänzend gelbe Papier mit den bedruckten Teddybären ist nicht sein Vergehen. Das war die kranke Frau auf dem Schiff. Im Souvenirshop. Mit den Andenken für die Unterschicht. Aber zwei brauchbare Dinge hat Melvin finden können, immerhin. Harold ist gerührt. Er öffnet die Schleife und zieht vorsichtig das Tesafilm vom Papier. Einer der Bären verliert seinen Kopf, ein anderer ein Bein.

Überraschung: Es sind zwei Geschenke. Eine Tüte Karamellbonbons und eine Straßenkarte von Wien. Die hat Harold noch nicht. Er hat eigentlich überhaupt keine Straßenkarte. Was für eine schöne Idee. Nur, warum ausgerechnet Wien? Ein Sonderangebot? Es ist die Geste, die zählt.

»Habe ich eigentlich schon erwähnt«, sagt Melvin, »dass ich meine Tante Eleonore Gershwin nie persönlich kennengelernt habe. Sie soll mittlerweile in Wien leben. Und nach meinen Recherchen gibt es nur vier Eleonore Gerswhins in ganz Österreich. Ist das nicht wunderbar?«

Harold stirbt.